U0054780

魚巫遺事

王麗雯——著

【推薦序】

一名創作者的造物欲達到極點時，就是《魚巫遺事》。對麗雯而言，創造情節與角色顯然是不夠的，要以瑰麗文字造出大陸、海洋，再造神祕奇詭的種族，後造儀式，造語言，造歌句，甚至是未曾聽聞的信仰，以及文化各異的神。豐富細節使我相信，書中的故事將在人們的閱讀中汩汩流傳，在這個世界以外的另一個世界存在。如娥蘇拉．勒瑰恩在《地海》系列中寫過成為巫師的習作，是必須背誦一朵花包含花萼、雄蕊、花心等每個部位的真名，據此重塑事物的真實，我們從這本書中，能看見作者正行使類似的技藝，以從容姿態走向成巫之路。

——邱常婷（《怪物之鄉》作者、聯合文學小說新人獎首獎）

【推薦序】

《魚巫遺事》雖然是中、短篇小說合集，實際上各個故事之間環環相扣，雖能各自成篇，卻也相互呼應。在縝密細緻的第二世界（架空世界）設定下，用小說形式描繪出一幅動人的景象；在雋永深刻的奇幻作品架構中，用七則故事構築出人臉大陸的詩話。奇幻包裝下所映照的現實議題反而愈發清晰，而本作也證明本土奇幻並非只有妖怪題材能發光發熱；多元的發展與開拓是必要的，也象徵了台灣這塊土地上包容與自由的文學創作根基。

——馬立軒（奇幻研究者、「中華科幻學會」常務理事）

目次

黑貓，黃鳥，燒酒螺

沒有比臨窗把玩地圖儀更有趣的事了。當我的指尖飛掠過家鄉、鄰國、喜愛的城市，與最玄奧的極點，世界時而沉定，時而飛旋，陽光將球體每道曲折映得涓滴閃亮，光中有不可名狀的精靈跳舞。看著智慧線將平原劃出長長的裂口，而生命線孤懸於大洋之上，旋轉球體之際，人有恍然為神的錯覺。

我所在的人臉大陸，也稱人面洲，黥首地。顧名思義，就是一片狀似人臉的巨大土地。這張臉滿布稜角與疤痕，微笑挺拔而古怪。東海岸線：鷹勾鼻、薄嘴唇、尖下巴，輪廓鮮明；西南角：高原乾紅如顴骨，群嶺崎嶇如耳輪。北方的世界之眼是深長千里的大裂谷，最古老的人類從谷邊隱蔽的河灣走出。好醜的臉，表情既厭世又挑逗。有人以為慈悲，有人感覺嘲弄。據說當側臉翻轉為正，世界將轟然毀滅。沒人知道，數千年前的人類是如何、又從什麼角度窺見了世界輪廓？為何那些數萬年前的洞穴壁畫，世界的眼眶、耳輪、微笑，總如此歷歷可指？

關於這張大臉，自古以來有兩種學說：其中一種是人臉無意義說。自然的面目是隨機的，說它是海膽，白兔，馬糞都未嘗不可。但這種說法並不流行：當人們意識到自己竟置身唯一的大陸，還是張滿布刺青的臉，這裡有鬼眼，那裡有龍與長尾猴，簡直像有巨大未知的什麼透過這張笑臉遺留下某種永恆的訊息。你能不懷疑一切並非偶然？不去揣想我們的存在，世界的誕生另有目的？因此，另一種人臉有意義的假說便廣為流傳。那就要確認：誰留下訊息？留下什麼訊息？於是我們有數十種宗教，有基於身體發展出的數百種哲學，而地理學與醫學特別尊貴。大陸上有千百種民族起源，但神人屍體是洪荒之源，宇宙基石，卻是放諸四海而皆準的創世神話。東方人說神人自殺，目為日月，齒為玉石；北方人說諸神以巨人身體布置天地：骨為山，血為海。全都是換句話說——人臉大陸是造物留給萬物之靈的啟示與遺產。雖則四百年前，髮峽商人無意間發現手之洲，差點顛覆了這種說法，但人們很快以盛情歡迎的獏獏土著，手之洲隨便丟顆種子也能發芽的豐饒，正是為了充分滋養頭臉等說法，再次證明人臉大陸何等獨到。我們從不能真正認識自己，但對周遭的每一種認識，都如一面面鏡子強化、映現了我是誰。

至於我們如何親自確認傳說所言不虛，那其實是非常現代、非常偶然的意外了。那年我還是小學徒，在窗邊任午後烈日曬得昏昏欲睡。那日風特別大，將天空刮出毫無防備的艷藍。除了老院長與祕書，所有人都放假了。突然頭頂轟然巨響，大人捧著水管水桶奔竄。我追上去，看見頂樓的風標水塔被一隻大鐵鳥撞歪，三個揹鐵翅、拎掃帚的人驚魂未定爬出來。有人緊靠側翼冒煙的鐵鳥，有人跪在破洞的水塔邊嘔吐，水嘩嘩浸濕他們的腳，嘩嘩流向我們。領頭的青年從塔尖直起身，緩緩張開背後的翅膀。蓬鬆，豐白，那是貨真價實的羽毛。

他們束手就擒。青年表示他們來自空海彼岸的諸嶼城邦，受命橫跨大陸前往北極點，誰知半途鐵鳥卻故障了。青年丹鳳眼，古銅皮膚，骨架纖長高挑，乍看和我們無所區別。是間諜？發明家？還是惡作劇的市民？院長和祕書竊竊私語，他們踱步，目不轉睛盯視那些鐵翅與掃帚，發現青年背後是真羽毛，就如孩子般樂不可支地微笑。後來，祕書還是悄悄勸告：多一事不如少一事。院長暫時決定將他們藏進閣樓，鐵鳥原地不動，派我送餐給藥。養好傷，他們就得走人。

我偷偷給領頭青年起了簡單的小名：羽人。羽人喜歡抽一種氣味複雜的水煙。可能是檸檬與睡蓮，用力嗅聞，還有松木與苔癬的餘韻。打掃太太在園裡指著煙氣繚繞的閣樓問起來，我只好推託，說院長派我上樓煮藥。那幾日他們不時討論：雖然我們國家有翼人，但真正長出翅膀的還是頭一回見過。是不是該把他抓起來？至少，把那對翅膀割下來好好研究？不光是翼人，城裡雖然有樹人、矮人、人魚這些據說是生靈與人類混生的古老世家，但外表與常人幾乎沒有區別，只能從族譜判定。他們有的是古老望族，有的全然不可考，至於水母人、鼠人、螂人這類異族，更是等而下之。但為何同為混生地位卻天差地別，沒有人能說明白。有時也不乏人類聲稱自己是身分有誤，或尚未正名的清高異族，以致長年有苦難言與整個社會格格不入。稍稍特立獨行，也可能被扣上異類的帽子，必須出示族譜以正視聽。但無論如何，外表言行很難看出差別，也難以判定這是心理認同還是自然事實。雖然，也許他有名字只是不說，但對我而言，一個分明長著翅膀的人，顯然不適用翼人這個已經很有歷史的詞。他必須有新名字。

他們沒久留，修好零件，第四天清早就出發，留給院長鐵鳥燒殘的風葉，一襲灰羽編織的長外套。羽人說，這長外套可以駕馭氣流，可以抵禦風寒與高熱。古代的建築師父子，正是靠著初代羽衣才飛出海島王國精巧的迷宮；世界各地有數十種羽衣傳說，全是當地人碰上了我們的探索隊。還沒說完，院長和祕書就連聲冷笑。他沒反駁，只笑嘻嘻邀我們體驗飛行，坐鐵鳥，騎掃帚，揹鐵翅，任君挑選。大人們嚇得連聲拒絕。我說我不坐鐵鳥，我要原始的飛行。羽人就哈哈大笑聳聳肩：還好你不重，否則就飛不動了。我讓他們替我穿上防風鏡與長外套，又拿繩鉤將我倆攔腰連肩繫在一起。他們說，穿過羽衣的人，後來都飛走了。不得不飛走。

起初我睜大眼想看清所有細節，但很快便閉緊雙眼，不敢看。我不知道這種飛其實是拆散骨架的劇痛，也不知道人的體格根本不宜飛行。直到羽人輕聲喚我，我才睜眼，看見腳下徐徐縮小的海岸線，突出的鷹勾鼻，隱隱向內陸滲裂的微笑與些許往南爬伸的下巴。太低了，我看不見眼睛，看不見耳朵與頭髮，看不清這血泊中的臉是嘲弄或是慈悲。

「高一點，再高一點。」我大喊：「我只看見一部分。」

「不可能。」羽人也大喊：「除非你超越天空，完完全全從外面看世界——去我的城邦走走吧，那裡可以。」

我以腳點地，像圖畫書裡的神，飄飄然看著驚惶的院長和祕書。他們叮囑我絕不能說出去：成功飛行純屬運氣，他們的鐵鳥很失控不是嗎？現在想想，那青年人抽的煙總令人昏昏欲睡不舒服。你平安回來只是運氣好。他們焦躁翻看那件灰羽長外套，指尖撩撥，就是不敢穿上。他們本來可以用各種手段去探索去經驗，但現在什麼都沒有，也什麼都不可說了。

當晚我就溜出了院裡——那時的我以為只要朝同樣的目的地直走，我和羽人總有一天會碰頭。我就這樣流浪了好一陣，直到在邊境酒莊替人採葡萄，被返鄉的打掃太太認出才被帶回來。他們對我徒步從國境東南走到西北很驚訝。老院長無奈地問：小笨蛋，你到底想做什麼？我要到世界盡頭。我想找到羽人。他露出欲言又止的神情，隨後擺擺手說：唉，不如，先做地圖師吧。做到極致，總有一天你們會看見相同的世界。從此，我以雙腳與儀器度量，以眼緊緊跟隨日影與北極星，以全身感受山風與海風的來處。從亦步亦趨的小學徒一路熬到地圖師、乃至獨當一面的大地圖師。日復一日，東、南、西、北，我與同伴一步步拼湊世界的樣貌。每次繪製出行至少一年，事後蒐整也得耗上兩三年。我們修短了人臉大陸原本太痴肥的額頭，拉長脖頸，將耳朵與髮絲的線條描摹得更細緻——這不過都是細節的完善，大海以東，才是數千年來人類始終未曾涉足之境。白城濱海，卻不比髮峽諸國良港眾多，反而動輒興起巨大漩渦與風颮。人們只敢沿海捕魚，或將罪人投入深淵。大海近在咫尺，人們卻總在岸邊觀望，說漩渦底有海獸，說每顆珍珠都是一個憂傷的靈。

後來，老院長去世，鐵鳥零件與羽衣也不知所終了。再後來，新院長，新學徒，所有人事幾乎換過一輪，我也有錢住在白城偏僻的港邊了。我還買了艘舊採貝船，閒暇時就在港邊造龍骨，刷油漆，栓螺絲。起初我連裝餌都不會，港邊的人沒事就會搬張躺椅欣賞我修船，順便閒閒提點幾句，諸如醃漬魚肉、灑釘防敵、沿港易物易物的補給。我替小船上了一層銅漆與上好的紫灰鐵皮，還添置了爐床與乾糧。既然無人同行，不如我便自己試著朝空海航行看看吧。只是，聽說我準備暫離崗位獨自出航，大家都笑我發瘋——你就是吃飽太閒。你為什麼不能本分做個有用的人？我的孩子不能像你這樣。

我希望繞過正東漩渦遍布的海域，先向南行，抵達身為諸嶼前哨的矢車菊島補充一點物品。之後逐漸北行，入諸嶼航道探查。如果一切順利，或許能沿著手之洲的拇指節藍火山群東行，回到人臉大陸。總之，一路向東。出發前夕，港邊漁人不放心，替我連夜拉來一位南方水手協航。南方人最懂海事，但他們的語言太難學，又排外。諸國需要這群水手時，要嘛攤開錢袋與地圖，要嘛直接拉上船當奴工。那綠眼水手胸前繫一只彩陶神像，長髮蓬亂赤著腳，當漁人說話，他就在身後睜著大眼定定地端詳。

起初一個月風平浪靜，水手助我先一路南行繞開漩渦，再迂迴往東北去。穿行諸嶼則水路狹淺，碎嶼荒蕪迤邐。我們見過環礁上吃螺肉的人魚群，一種從不著陸的黃羽冠大海鳥；還有以巨型仙人掌為巢的蜥蜴，灰綠長大，曬太陽時體側噴濺銀白的鹽晶。在炎熱多霧的大洋，可以從甲板遠眺流星墜海處閃現的浮島。城裡人總以為地小水多，一無可看，其實各種古怪熱烈，我們還不曉得。然而，當即將穿越諸嶼，過風信灘，往尚無述記的東境探索時，我們的船不小心撞上隱沒的大礁。離前一座島至少半天航程，也不知下個落腳處，我們只能慌亂修補撞出大洞的船隻。那大礁像會呼吸似的，不時噴出泥灰與碎石，鋪出一圈圈蒸騰的海上沙洲。入夜，海上煽起暴風。我抱起裝地圖的木箱躲進船艙，恍惚間聽見綠眼水手跑上甲板，又笑又罵、呼喊著一串串陌生的人名。

❖ ❖ ❖

我如何撐過那場風雨？不知道。是否脫困？也不知道。我只確定：一覺醒來，我竟然還是回來了。看護將我抱上輪椅，推進大廳。我頭暈腦脹，肩膀與左腿纏滿繃帶。水手早已不知所蹤，一群人笑吟吟列隊鼓掌。包括新院長，一個貌似敦厚的矮子，老嫌我們地圖師動作慢，又花錢。

「獨自航行世界一周，這可是史無前例的大成就！好好休息，就來繪製新的世界地圖吧。」

還沒離開諸嶼就碰上船難，怎能說是成功環行呢？院長滿臉堆笑，我一頭霧水，身側的人們此起彼落地歡嘆：

「我早就知道他會做到。」

「與有榮焉。」

「他的成功就是我們白塔的成功。」

他們你一言我一語向院長報告與我的往來。一覺醒來，我成了大家的好朋友。

「這麼久沒見到大家，你一定有很多話想說。來！過來說點什麼。」院長熱切招手。年輕的看護輕拍我的背，我昏昏沉沉地乾咳，感覺聲線顫抖：「各位，謝謝關心。但我必須向大家報告：我失敗了。這是美麗的誤會，我沒有航行世界一周。諸嶼並不是空海盡頭，至少向東就有座大島，島上有大城邦與深水良港。他們的地圖與我們的截然不同。」

他說什麼？哪有這種地方呀？眾人面面相覷。我看不見身後院長的表情，但他倒是保留了些許風度：噢，是嗎？說說你看見了什麼吧。

風雨之後，海上的事我全不記得了，醒來時已經躺在一間金色的房裡。從窗口可以看見灰石古城蜿蜒入海，藍天不時飄浮著閃閃的空泡與灰燕。沒多久，一位紅鶴般的女子敲門走進，身邊還跟著一隻黑貓，一隻黃狗。她的雙眼與四肢細長，挽高髮髻，穿粉藕絲裙。當她展臂推窗，彷彿隨時能從窗邊飛走。她自稱蘇菲，諸嶼城邦圖書館員，他們的船在外海發現了我，開木箱，知道我是白城的地圖師。

除了些許曬傷、脫水與挫傷，我沒有大礙。醒後第三天，蘇菲便帶我四處走走。那是座耀眼骨感的城市，海風穿洗過纖細的樑柱，窗框，鑄鐵門欄。也許是春夏之交，城裡處處可見藍繡球與金紅的藤蔓。當我們在如葉脈歧出的街巷行走，那對貓狗也形影不離地扭打。牠們的主人從不制止，只是緩緩說話，掏出腰間的小壺抽一口煙。那是一座氣味特別豐富的風城，海的淚氣、佛手柑與檸檬樹、蒸薔薇與肉桂的氣味，從亭臺、街鋪溢出，於大風中迷濛湧合。商隊繁多，卻很少見到白城那樣的大家族。街角常有蒙紗女郎腳抵著腳，手攬著腰，成雙成對地跳舞。孩子特別愛看卜煙術士，他們會在正午架爐焚香，小心翼翼將煙圈噴向爐上紗袋裡的甲蟲或蚊蠅。蟲子受煙飛動，那群人就津津有味從迷亂的曲線臆測婚姻、功名、大大小小的煩惱乃至命運。他們的成功，是帶著地圖及早乘船遠颺；他們理想的命運，是無病無災，於最圓熟之際羽化為煙。

蘇菲說我註定歷諸嶼，這是我的福地，所有地圖師夢寐以求的聖境。她顯然知道不少我的事，遠遠超出船上那只木箱的事，卻不說如何知道。我們花了十天徒步走遍整座城。城裡有鑲滿藍彩玻璃的寶頂寺院、踩著龜與蛇的九曲海神噴泉、懸掛數百隻旗幟的議會。那些旗子我全不認識。我常覺得天上的灰燕眼熟，不是對鳥本身，而是這情景似曾相識。她聽了這話，既嫵媚又挑釁地笑起來。不急。時間到了，你什麼都會見到。

「可是，」院長傾身笑道：「我國的船隊在大陸南端的荒礁發現你。你將上衣綁在斷掉的船桿，伏在大木箱上漂流。你昏迷了，嚷嚷著我不下去，哪裡都不去。」

「我的船呢？」

「沒看見。」

「我的副手呢？」

「我們推測你們碰上了熱帶風暴。你可能被助手逼下船，但之後船還是沉了，你很幸運，是唯一的生還者。」院長搖頭：「空海盡頭就是風信灘。雖然有不少無名島，但都沒什麼資源，不足以建設。像你所說這樣繁盛的島國……無法理解。你怎麼解釋？」

「我不知道。」很不理想，但我只能這樣回答：「但我知道，那座石堡建在一塊大砂岩上，有著鳥羽簷柱，鬱金香般的淺藍圓頂，是藏圖室，也是全島的標誌。這也是典型的諸嶼城邦建築：將整棟石屋打通，拆掉樓板只隔出一樓、閣樓與陽台。人們住在高高的頂閣，一樓全是商鋪或花園。拱廊大堂五十根大理石柱，每根柱子都描繪一種鳥的姿態。大堂中央有座鏤空象牙圓籠，最底層排列隕石，第二層則盛放海龜甲與海鳥乾屍，最上層則是一尊抱膝蹲坐的小羽人化石，翅膀如針葉林戳破了天空。」

拱廊的盡頭是描圖室：三排寬木桌，兩側全是連地拔高的書櫃，沒有樓梯。房裡飄散木屑、油墨、紙卷的粉塵氣，一群地圖師正埋首紙堆勤奮地幹活——我可以逐一辨認他們背上的鳥羽：夜鷺、喜鵲、金絲雀、甚至天堂鳥。有位跨坐二樓木欄翻書的地圖師翅膀特別豐白，他歪頭瞟我一眼，旋即推推眼鏡笑起來——我的朋友變得好老又好輕，但那雙鳳眼還是炯炯可辨。當年的羽人從二樓輕快地滑下來，將我拉上最深處的穹頂地圖室。當他的手掠過我的背，我的肩胛骨便輕輕灼熱起來。有那麼一瞬，我感覺自己也飄飄如飛。

在穹頂下，我看見一張大地圖，從屋樑瀑布般垂落地板。幾個地圖師拎著顏料桶，朝地圖潑灑彩墨。他們飛浮旋轉，像以身為軸的舞者。那是張雙人共舞的大地圖：腳抵著腳，手攬著腰，姿勢恰如長街上兩兩成對的女郎，頭頂與足下還標註著天上地圖，與水下地圖。我們熟知的人臉大陸，只是其中雌雄莫辨的一部分。我們以為橫渡空海就能環行世界一周，但光是諸嶼通往這座城邦的洋面，就有一系列只在固定季節出現的浮礁與火山噴發的新生島。在這張掛圖裡，人臉大陸是古老幽暗的邊陲，諸嶼城邦才是雙人共守的核心世界。

「你們孜孜矻矻解讀人臉的訊息，」他溫和展示一切：「我們希望詮釋世界的舞步。」

我就這樣久久注視那張地圖，直到蘇菲走來輕聲喚我，說今天打算帶我搭船。羽人一聽，就微笑拍拍我，說去吧，我們會在有趣的地方再碰頭。他的翅膀拂過我的臉，感覺像兒時迷迷糊糊睡了場長長的午覺。我們出了石堡，往港口去。大港停泊著許多鐵鳥，我在茶館等蘇菲買完票，還在那認識了一位獨行的襲國女孩。那女孩戴眼鏡，束馬尾，全身黑，乍看蒼白木訥。她問我能不能陪她等一會船，我便坐下來，與她一同喝了一種焙炒丁香，再徐徐沖入黑咖啡的濃郁熱飲。女孩叨念著她再也不願回去。什麼七重神廟，紅鴿籠，全是欺世盜名的玩意。她想盡辦法橫渡空海來這裡，就是為了永遠擺脫那不可理喻的世界。我看她嘴上說要遠走高飛，手邊卻完全沒有行李，忍不住偷笑。八成又是個喜歡說大話的年輕人。但既然同在旅途，她說什麼，就是什麼吧。

蘇菲來了。她對女孩點頭致意，見我愣愣陪等，又抿嘴笑起來：單程票，你也要上船。她領我們爬上港口最高處的燈塔。四壁鏤空，懸掛月白大燈與覆滿銅綠的大擺鐘，和石堡同樣沒有樓梯。

「沒有樓梯，那你怎麼上去？」院長冷笑打斷：「飛上去？浮上去。」

「我不知道。但我說過，他們有鐵翅，掃帚，還有翅膀。」

所有人面面相覷。院長擺擺手，示意我繼續說下去。

從燈塔頂推門而出，就是面海的懸崖。沒有草木，沒有護欄，只有洶洶的潮聲。空泡與灰燕齊飛，在琥珀色的夕陽底顯得十分平靜。旅人在懸崖上等待，如同在街口等車。我在後頭引頸觀望，想知道大家究竟在等什麼。但除了穿綠衣的細腰查票員，什麼也沒看見。蘇菲替我出示一副刻有羽人紋樣的石牌，那人就點頭放行了。查票完畢，那人振臂吹哨，脅下衣袖嘩一聲豎展，羽尖閃閃，如孔雀開屏。不少旅人和我同樣駐足，不知綠袖原來如此華麗。前頭的人一個個下去了，同時，天空浮現更多更大的空泡，傍晚公園孩子鼓起臉吹的那種泡泡。順著隊伍推進我瞇眼眺望，發現燕子原來是揹鐵鳥滑翔的人，空泡裡也影影綽綽坐著人。天光下轟然作響的海，有無止盡的空寂。輪到那女孩，她的背挺得筆直，二話不說就跳下去。我驚叫，望著眼前熙來攘往的空泡與旅人，忽然曉得——這是垂死已死之人流連的所在，他們就是白城漁人所說的憂傷的靈。

襲國的石鼓古歌曾紀載：死津渡口有奇裝異服的領路人，有古怪的畜獸鎮守，有灰白巍峨的泡影。當蘇菲再次拍肩，我忍不住渾身冷顫。

「不下去嗎？」她柔聲問。

「不，我不能就這樣離開。」我說：「讓我回家吧。」

她縮手，有些惋惜地瞪我。她的貓狗不約而同細細喟嘆起來。

那晚他們盛情地招待我，除了魚膾，蒸龍蝦與烤豬等大菜，還有燒酒螺，七彩鏡面甜糕，一種仙人掌與蘆薈釀的甜酒。氣味鮮美，我卻不願多吃了。蘇菲說吃吧，不吃以後會難過。她的貓咪兩聲，她便將酒杯放在地上讓牠舔酒。當她想喝另一杯，狗便伸出前肢輕輕按下主人的手。後來貓酩酊大醉，她卻一口也沒喝到。我餓著肚子，很害怕一覺醒來，蘇菲與談笑晏晏的賓客全是大浪中的水鳥。再醒來，人已經回到白城了。正如當初不知如何來到那座多風多煙的海港，我也不知如何離開。

「既然你口口聲聲說空海有城邦，甚至另一個世界，那就得提出證據。比如地圖——但我們檢查木箱，只有諸嶼海圖，沒你說的地方。」

「那是因為我來不及……。」我想辯解，卻找不出合適的說法。

「是嘛，其實，你說的那些人聽來都挺奇怪的。那麼數據？磚瓦？紀錄？就算是一粒米，請你以實物說明。」

「醒來什麼也沒有了。」我軟下聲：「等我康復，我再試一次……。」

「不必。」院長抿抿嘴：「你提不出證據，是因為根本沒去過。這一切都是幻想，情有可原的幻想。」

「我為什麼要幻想？」

「意猶未盡。」他柔聲分析：「你努力想尋找人臉以外的世界，不願承認世界盡頭不是碎島就是汪洋，不願承認大費周章，世界盡頭還是前人所說的那樣。你無法忍受眼前的重複、空虛、無聊就是終點。」

身邊的人竊笑起來。中邪？發癲？他把自己嚇傻啦？我忍不住吼出聲。他們不笑了，轉過臉來，一雙雙眼睛盡是憐憫。

「這是多好的壯舉。我不懂你為什麼堅持這麼說。」院長一錘定音：「好吧，就算碰上船難，不能清醒環繞世界一周，我們還是可以說你僥倖成功了。你向東出發，在西邊被發現。空海不吹東北風。你一定漂了很遠。」

「不，我連最後自己在哪都不清楚。」某種慌亂梗住喉頭：「我的經歷不需潤色，也不需折衷。」

「好，好，我知道。」院長輕輕鼓掌。一下，兩下，三下。

他們難道沒發現我不是脫水，不是曬傷與營養失調，而是挫傷與骨折嗎？沒有就是沒有。為什麼非要我承認？我還想憤怒地說點什麼。看護便滿臉堆笑，快手快腳將我推回房。還是初出茅廬的見習生，袍色是淺淺的蜜瓜綠，很能映襯那如翡翠清透的長眼睛。

「我們之前見過嗎？」

「啊？」他為我泡了茶，看我將紅棗連皮帶肉慢慢嚼了：「不，先生，沒有。」

「我們一起出海，你就是漁人介紹給我的助手。」我急急說：「你隨身戴著彩陶項鍊。」

「不，先生，真的沒有。」他敞開幾顆鈕扣，搖頭：「您搞錯了。」

他背過身，我也不知該如何說下去，只默默低下頭，發現床腳掉了兩根羽毛。一根又長又白，另一根則偏橢圓，粉紅色。

看護柔聲安撫幾句便離開了。我獨自撿起羽毛，拈在手裡翻看了一遍又一遍。羽毛閃耀著緻密珠光。很輕，可是存在。

隔天下午，我敲響院長的房門。院長正埋頭批閱文件，身後懸掛偌大的舊版世界地圖。人臉大陸清晰可辨，但額頭特別肥大，脖子極短，空海除了幾個凌亂的漩渦，一片虛無。

「昨天的事，很抱歉。」我鞠躬。

「看吧，我就說，想通了吧！」他擱下毛筆與朱印，滿意地點頭。

我尚未意會，他便寬大地兩手一攤：「譁眾取寵。想逞強，藉由見識奇觀證明自己的不凡。你們這種人我看多了。但我還是願意給你機會。」他扭轉搖椅，欣賞牆上失真的世界地圖：「什麼紅鶴般的女人？你該去找個伴。」

「或者你確實沒說謊。你說的是瀕死幻覺，自己也分不清。不要緊，那都是狂放的幻想。」他笑笑：「是吧。那麼，昨天所說的，你怎麼解釋？」

「全都沒這回事。因為船難，我沒走完全程。但既然我能順利無阻從東漂流到西，就證明沒有其他顯著的陸地。光是空海如此危險，也就間接表示人臉大陸以外的地帶十分險惡，簡直難以生存吧。」我隨口胡謅，將旅程硬是拿掉了一大段。

「很好。」院長舒口氣，指指身後的地圖：「我不僅不追究，還會幫你。這張地圖很快就會換成你的版本。你將負責重新繪製新地圖，向所有人報告環行世界一周的見聞。」

「我說了。航行失敗了，後來發生什麼我也不清楚。」

「事實是什麼不重要，重要的是如何呈現。我們必須說一個漂亮又感人的故事。」

「你一直笑我胡說，現在又要我撒謊嗎？」我突然有點困惑了。

「我再說一次，事實不重要。」他煩躁打量：「對我而言，重要的是有好事發生，有好話可說。」

「讓我走吧。」我忍不住搖頭：「反正，本來就是我一個人胡鬧。」

「怎麼會？大家都在協助你。這種旅行不可能獨力完成。」他提高音量：「你不能老是只想到你自己。你好好想想如何才對大家有益，就明白我這樣安排是雙贏。你拒絕，我就從看護開始一個個作證，說你有病。這樣吧，乾脆說你是還沒確認的異族，到時別說出海，你連房門都出不去。」他微笑，白膩的雙手揮舞著，如大禮帽兜頭遮住我全身。

之後半年，院長帶我四處講述了許多閱歷。大都是胡說的。我寫了一些據稱娛樂性很高的故事，但那些娛樂也未必不真實。人們津津樂道我如何與看守海上古墓的巨鱷搏鬥，如何被外籍水手推下船，還高舉院長贈與的黃銅手杖向暴風雨宣戰。每個故事都很激勵人心。我監製的世界地圖還是套彩燙金高掛院長辦公室，每個孩子都得捧著地圖儀，記誦它劃時代的偉大：是的，不是知識，也不是夢想，也沒有邊界與渴望，只是粉飾、澄藍、虛胖的偉大。

有時人們問我：花了這麼多時間，差點沒命，結果除了碎嶼什麼也沒有，會覺得白費力氣嗎？我當然也想說：不不不，才不是你們想的那樣。世界不只是這張被拉歪了的醜臉而已。我原本不願別人曲解這次航行。但當我發現床腳的羽毛，反而有種強烈的氣餒與猶豫——手上的東西這麼少，連自己也不敢肯定。還不如各退一步。我保有自由，記憶，和羽毛。世界繼續正確、唯

一、勤奮的運作。最大的收穫不被發現也沒什麼不好。

許多日子過去了。我留在地圖師的小房間，打算重製一份地圖集。我失去大部分的數據，卻還記著見聞與比例。這牛步的焦灼使我確信自己正一步步逼近力所能及的理型。記得有次露宿國境峽谷，夜空中幾抹閃亮竄流。說是星星，漂移太快；說流星，又不壯烈。同伴們為了那是星星、流星還是煙火爭執不休，只有我知道它們非星非火，而是羽人再次凌越人臉大陸的上空。不過幾十年，已經沒人知道那段往事了。在習以為常的世界，那群陌客甚至不如一球風起的蒲公英。我將新地圖集包上刻有「黑貓，黃鳥，燒酒螺」字樣的書衣，或許人們會以為這是食譜或兒童百科吧。只有心懷趣味的人，才會出其不意與世界的另一種面目相遇。

當你翻開這本地圖集，我希望自己已經前往人臉之外的他方。這是地理大發現，水手的隨口野談，抑或傻子的天方夜譚？也許三者皆是，也許三者皆非，但信不信隨你吧。

紅鴿籠

認識蘇之前，槿以為自己是窮極一生都無法認識愛的女人。這話或許把對方捧得太高，但她從不避諱。她的生活原於翻開第一卷草紙便大致沉定：在黑瓦白牆的經院皓首窮書，所謂理想生活就是原生家庭的延伸。老實而冷漠，認識人與認識愛，是充分但非必要條件。

正因為不了解人，所以槿立志研究人。她出城、訪鄉、入山；到多雨的秋夜山與獵人蹲在筆筒樹下撕咬野味，走遍市集研究招牌與商人話術。獵人與商人常譏笑槿筋骨生鏽，不生嘴花，但她從不引以為忤。她知道自己不屬任何一方，不需為此爭競。這種疏離的融入她樂此不疲。她是知識迷宮堅定的旅人。

每逢春季，經師們會走出以柏樹分界的深院，在圖書館前的草地歡宴。屆時諸家經師齊聚：心象、天象、草藥、器械、未來、冶金，行禮如儀高談闊論。槿記得第一次看見蘇，他遠離人群，蹲在樹下，用懷裡幾十塊糕餅疊出西院，十步之內重組門廊，不時抽出幾塊小心維持結構。他非常瘦，亂髮微捲，笑出兩顆虎牙，有孩子做錯事頑皮的歉意。在春暖花開的下午他們四目相對，更確切地說，在春暖花開的下午她發現他。

蘇專研天象，住在西院，比槿大兩歲。下次見面，蘇說起光既是波也是粒，星洞如蛛網如空泡蔓生；原本世界只是又小又濃的一點，某次爆炸後才形成如今的規模。他比手畫腳說起假死欺敵的蟻，以舌釣魚的龜。旁人聽來無聊她卻覺得有趣——如果常人之愛是繁衍是估算是穩定，她更趨近是興趣是挑戰是經驗。即使如此，她仍分不太清這是相契還是無聊，有魅力的是男孩還是男孩代表的陌生知識。

大半年後的秋高節，他們出城踏青。蘇沒入草叢東翻西揀，像一條游入綠色大海的金魚。也許像母親望著孩子，像男孩望著黃狗，槿很期盼蘇能對她笑一笑。蘇回頭遞來一束野花，蕊心細絨輻散。秋日原野燦燦而空曠，一時這世界彷彿只剩他們倆。沒有太多試探、鋪敘、詰辯，他們相擁。槿感覺很幸福。

他們所學南轅北轍，但都是以符號描述世界的學問。蘇用數式，槿用語言，路走到最後都是小小的針尖。讀慣了狡猾的戰爭與苛刻的哲學，槿像世故的糟老頭從不輕易感動；蘇恰恰相反，對於一切好東西從不吝惜讚美甚至流淚。上古海圖，人身宇宙羊皮卷，琥珀蟲屍與鐘乳石層——他們對不切實際的事理都感興趣。只是蘇對於共同起源的執迷更勝於她。神，可以這麼概括吧。這簡潔而奧妙的存在改寫了整個世界，特別是襄國七重城的歷史。我們的城不正是千年前為了會融世上最強勢而分歧的七大宗教而建嗎？七色花磚，錯落於七環城牆的金漆角門，以香花寶馬廣迎名士，說經辯論七百日夜。古城落成之日，人臉大陸這張憂傷鬼祟的臉也從此開了光。

蘇喜歡問問題，一些玄遠巨大的問題。

關於起源與共相，關於我如何誕生與活著？

人如何解釋閃過腦海的奇想？那瞬時之火幾乎不屬於自己。

未來可以如何？時間是否有涯？

他最常問的，就是最好的世界該是什麼模樣？槿不特別關心，但也試著習慣這種異想天開。在東院，沒有絕對，只有相對。但西院不同，萬事萬物都有清楚的規則。蘇說，本質比發展更重要，許多事物形成之初就被早早規限一生的情狀。這就是為什麼母螳螂會吃掉伴侶，貓嬌生慣養卻仍嚮往狩獵，蟬只能趁著侷促的成年期大肆鳴唱。越是鑽研天象與理則，越覺得所謂智慧與哲思實則莽莽可疑。人能夠發現萬物運作的原理並不是因為聰明，而更像冥冥而精巧的建構，人只是被引導，以發現這些通則。那運轉的成果多麼永恆，流暢，完美。恰恰必須如此。多一分不行，少一分也不行。他不能排除這世界有一個終極的創造者，她則認為這是人們自己做球，丟上天，球從此成了太陽，眾人仰望。他倒是誠懇地說如果有這樣的地方，如果有接近那裡的可能，我想去看看。不如，一起去吧？她沒理他，把麥芽糖罐揣在懷裡。蘇笑笑，撲身搶糖，兩人像孩子一路打鬧。

他在她手指上畫滿戒指，一同去城郊草原散步；高興就唱歌，累了就互相依偎。一起到小店尋覓新零食，在寵物舖櫥窗邊欣賞永遠養不起的狗。當牽手走過經院迴廊，槿喜歡聽那一致的腳步聲，呼吸聲，心跳聲。怎麼會有這麼可愛的人？怎麼會有這麼有趣的人？也許該反問：人怎麼可以這麼可愛？人怎麼可以這麼有趣，連帶自己也光彩起來？她是這樣矮小蒼白的人，一身黑木眼睛，紮緊的馬尾和個性一樣素直沉悶。

蘇不一樣。他是說愛就愛說走就走的人。她總有分別的預感。但無論如何，現下彼此喜歡，她也就非常歡喜。

❖ ❖ ❖

春深的某日，蘇沒有發現天堂，但邀了槿去一個有趣的地方。

黃昏街市嫣紅錦簇，兩人走馬看花，轉了幾拐，在窄巷深處停下來。幾個披紅斗篷的女人推門而出，與他倆對了眼。水汪汪地笑了笑。

這是一幢又老又堆砌的房子，以參差的鐵皮與木板加蓋好幾層樓，石縫生苔，窗沿也落了漆，但原本精細的十字磚花仍依稀可辨。木門兩側掛著圓燈籠，紅紗罩一蕊黃火，如隔一膜羊水窺看人間的嬰靈。

「紅鴿籠。」蘇低聲推開木門。

一進門，槿便訝於那與外牆毫不搭調的華美。酒紅帷幕在七杈燭光下連柱接廊，如新娘裙襬，澎湃奔湧至最深處的木壇。蘇熱切拉她穿簾過門，壇前有座半圓形空地，左右各擺七列長靠背椅，稀稀落落坐了幾人。青年紅衣男女或坐或站，逕自撥弄弦樂，木壇有座足足兩人高的銀鳥籠，鎖著許多撲撲鼓翅的紅鴿。一位滿臉紅斑的少年笑盈盈領他們入座。蘇與槿挨肩而坐，抬眼望見穹頂有扇封死的圓窗，似口似眼，被塑模的天光自此傾視。

沒多久，那群青年男女紛紛起身，朝群眾笑喊：「晚安，各位，讓我們高歌歡迎白女士。狂歡！狂歡！一起讚美吧！」頓時絲鼓激鳴，眾人隨樂款擺。槿聽不懂也跟不上，只側耳聽見蘇有一搭沒一搭低哼，似乎也不熟練。男男女女又唱又跳，甚至又哭又笑，震得地板嘎嘎作響，也將兩人的聲音吞沒。歌舞將息，一位穿紅袍、胸前掛一長串銅鑰匙的中年紳士緩緩步上木壇。

「親愛的各位，晚安，願你們幸福。」紳士話聲方落，會眾此起彼落互道晚安。槿身旁的胖婦人鄭重轉身，手汗浸濕了彼此的手。

「今天我的主題是：如何打擊魔鬼。」紳士的語調霎時火熱起來：「各位都知道，我們現在身處無比險惡的時代，不靠白女士，我們，人，這樣骯髒自利的生物，無法得救。大家都熟知襄國之夏，最黑暗的慶典。每逢襄國之夏，在我們這間聖所外，一推門便是滿街不潔的祭物。你們也知道，襄國人什麼都崇拜！神、鬼、錢、人，哈，還有蒼蠅與蜘蛛！他們根本不懂自己供奉什麼。他們能像我們這樣隨時隨地親近白女士嗎？能像我們察覺靈魂的需要進而昇華嗎？錯！他們崇拜，只因為害怕與貪心。他們想錢，想孩子，想成功又怕失去。他們灑錢，焚香，以為進神廟走一輪，那些假神就能滿足他們平凡的小願望。他們拜一輩子，只是拜一個說不清楚的良心。」

台下冷哼。紳士瞪眼，揚手，在壇上來回踱步：「你們知道嗎？襄國人其實早就領受過白女士的恩啟，我們的上古符文充滿白女士的訊息。字裡有蛇，有鴿，也有雷電與漩渦的神諭——只是我們的祖先被鬼遮眼。」他從懷中掏出一小本黑書，奮力揮揚：「這個國家雖然古老，但都是只說不做的偽善哲學。我最近讀了一本經師的大作，他說襄國人只想著洞房花燭夜，金榜提名時。想女人，想錢，想名利。襄國的大聖人也曾說人與禽獸沒什麼差別。你看，人，與禽獸沒什麼差別！怎麼可以這樣說？這人多可惡，古老有什麼了不起？我們就活在這樣庸俗的淺薄裡。」

會眾咬牙切齒，如小蛇嗤響。槿也冷哼。出了這道門，誰相信這種謬論？但在這裡，這個男人卻享有群眾，彷彿擊節叫好才是正義之師。難道沒人感覺不對勁？為什麼沒人指正？槿偷看蘇一眼，他只垂頭不語。她忽然微微恐懼起來，同其他人一樣挺直背脊，雙手握拳，不知不覺備戰。

「我們要勝過這世上所有的鬼，紅鴿籠之外的鬼，無奇不有無所不在的鬼！所幸我們有白女士，白女士的乳血白白，白白地賜給我們——只要我們懺悔，只要我們願意為白女士改變汙穢的世界！征戰，征戰，征戰。你們願意嗎？」

「願意！願意！願意！」會眾把地板跳成甲板，眾人在怒海上，同舟共濟直墜世界邊緣。紅衣紳士環視台下，高舉右臂。群眾瞬時安靜。

「來——」他瞇起細眼，聲調忽忽十分溫柔：「我們必須嚴肅看待自身的缺陷，追求內外絕對的潔淨，創世與降生原初那萬物一體的潔淨。惟有先知曉自己骯髒，哪裡髒，才能把自己真正洗乾淨。為白女士，也為代表白女士乳血的紅鴿籠，我們務必彼此意愛。來，我們一起唱。」

一串串窸窣的呢喃滾響了。前後左右的人們奮力活動口腔，發出像吞嚥、又像嘔吐的咕嚕聲。沒有言語。沒有文字。槿驚覺自己不能、不該也不需聽懂——她完全進不去他們的世界，只好疲軟地仰望天窗，雨夜微光似乎宣訴著遼遠的祕密。

呼唱後，紅袍男女捧出紅絨小箱繞行會場，眾人紛紛將錢、項鍊、甚至貝殼投入箱裡。那些把財物放入箱裡的人依序起身吟舞。紅袍男女散成三束紅流：中間那群上前打開鴿籠。一開籠，紅鴿呼喇喇飛出來。另一頭有人推開天窗，雨便嘩啦啦落下來。幾位太亢奮的會眾甚至跳上木壇，大展雙臂仰頭喝著雨水。最右邊，有人慎重拔去另一批鴿子的羽翮，捏著頭將整隻鴿子浸紅水。浸水的鴿受了驚，撞著銀欄亂飛。飛出籠的紅鴿大多飛得不高，在會堂歪斜盤旋幾圈才飛出天窗。若有鴿子遲遲不動，人們便且歌且舞，持杖揮趕。那群顫顫飛入黑夜的紅鴿，有說不出的神祕。彷彿牠們不是鳥，而是被某種精靈寄棲。

集會一完，槿扭頭便走。街市早已收了，在暴躁的夜雨底，小屋裡的喧囂恍如一夢。蘇快步跟上，被雨淋得一頭一臉。槿連忙回頭把傘湊過去，兩人挨肩走在大雨滂沱的街上，各濕了一半。

「我知道妳不習慣，也知道有些話很怪異。」良久，蘇淡淡說：「但也有些問題很好。比方良心，探究靈魂，一切的源頭，無條件的愛。」

「我怎麼沒聽見？」槿走得更急：「你只是剛好聽見你喜歡、或缺乏的東西而已。」

「或許吧。」蘇低聲說：「那些吼叫乍聽之下很怪吧，我卻以為這正好將人從綁手綁腳的語言中解放出來。這和經院不一樣，我們瞧不起話說得不漂亮的人。那位紳士的確犯錯了。他專斷、無知、傲慢，還很好鬥，但他探求極限的熱誠不可思議。這讓我嚮往。當我拋棄那些經院養出的成見——開始欣賞每一種追求特殊意義的存在，我就長出了他們的眼睛。我不是要煉金，而是尋求一種超越的色澤。」

說得如此清晰溫和，一時槿反而無言以對。雨和著屋瓦塵灰一潦潦流著。鞋溼透，在微斜坑疤的路上踩出嘔吐般的啪嘰聲。她煩躁又困惑。如果沒遇見這群人，沒有這些混亂不知所云，世界多麼晦暗又平靜。

他們跨過水窪，跳過污水，不知不覺走過好幾條街。就先忘了，單純做個跳房子的孩子吧——她可以原諒蘇，連帶也可以容忍那些怪異。不對，她不是最喜歡研究人，喜歡瀏覽各種價值與是非嗎？她不是想與蘇共同見識另一個世界嗎？他們就這樣重修舊好回家了。

❖ ❖ ❖

七重城，性靈之城，天使古都，襄國文明的驕傲。千年前，世人為了各自的神祇爭戰不休，當時襄國的祭司群約集世上七大宗教，求同存異，簽立平約，在大陸北方的峽谷邊興建了這座同心圓巨城。一環城牆分屬一種宗教，各有經典，僧侶與信眾。最初位於圓心的經院便是為了公正研析各教經典與技藝而創設。千年相安無事多麼難——所以七重城偉大。只有在這裡，人們會認真探論與想像性靈與世界的樣貌；只有在這裡，信念南轅北轍的人可以百無禁忌地談辯。鴿籠是七重城其中一環。除了紅鴿籠，還有珠頸、向日、仙客等十七個支派。如白鴿籠取其寬容純淨，紅鴿籠取其奉獻熱情。兩百年前，紅鴿籠被判為異端，逐出城外，但現在已經沒什麼人記得這段舊事了。

「這世界骯髒不堪，只有紅鴿籠才是純淨的聖所。鬼就躲在鴿籠外的每一步腳下，活生生的。鬼在地底張開噴火的巨口，布下邪惡的網羅，所以我們跌倒、流血！」紳士總是這樣激昂：「我們被壓迫又犯錯，但我們可以改，真的可以改。紅鴿籠的朋友啊！出去！出去！向世人宣揚你們的愛。每個人都帶五個人來！挨家挨戶拜訪搶救世界！在大火焚城前為末日及早做準備。一個人可能被孤獨地詛咒，卻只能與別人一起得救。」

她沒有一次聽懂紳士的演講，卻能直接抓住他想說什麼：要來。要救。要宣揚。因為來不及。

他們又陸續去了幾次。不知為何，槿時常感到迷惑甚至憤怒。有時紳士會挑出幾個會眾念誦古怪的語言驅邪。他一面低喃一面拍擊會眾胸口，那些男女骨牌般應聲而倒。有時，他們也為誤食外教甜糕的少女祝禱，為了她的無助乾嘔歌吟。有人怯怯上前，說發燒流涕，說無法通過重要考試，說無法獲得家人諒解，祈求盡速趕去邪靈。紳士應允，再次拍胸怒吼。被拍倒的人先是嗚嗚哀嗚，接著向後仰倒，倒在其他人溫柔的紅袍裡嚶嚶啜泣。彷彿人人體內都躲一隻壓抑又扭獰的鬼。紳士高叫看見了，看見了，白女士降臨！她必拯救！她必清洗！當紳士流淚下跪，眾人也下跪祝頌不絕。一對對男女頭靠頭，彎曲的身體像紅海升起一串串交頸的問號。推門離去時，哭者笑，怒者和。渾若無事，這是奇蹟。

有時人們也上壇說見證。虛虛實實，但都非常真摯。比如一對富商夫婦變賣家財，到蠻荒的狐亂國吃樹皮，喝苦水，只為興建鴿籠。信徒年少時隻身來到異國，無怨無悔照護病弱數十年。目不識丁的男童向白女士許願後大筆一揮，就能寫出漂亮的古文；不懂外語的老太太祝禱後，同樣能嘰哩呱拉說出道地的外國語。鼓起勇氣捐獻工錢，隔天就收到前所未有豐厚的獎金；若連續一周於午夜熱切祝禱，更可在澡間撿到碎金碎鑽。久病的妹妹不小心被庸醫戳瞎眼球，求償無門。但連續祝禱半年，感謝白女士，她眼睛好了，腫瘤消失，背也不痛了。各位，誰能完全治好長瘤的瞎子呢？連醫生都說不可思議！只要堅誠，收穫必定超乎想像——你們都是被選中的！掌聲如雷，載歌載舞，直至夜深。

「為什麼覺得這是真的？」

「如果這是真的呢？怎麼知道這是真的？」

槿愣住了。她深呼吸，任迴環的音節幻象連綿：她看見聖女白裙從沙漠深淵旋舞。舞過帳篷，舞過荒漠，步步湧生甘泉，照亮了黑藍的曠野，一切都如經如歌所記。腦嗡嗡低鳴著，彷彿聖女正獨獨向槿灌訴，關於太古與未來，關於各種人與非人的命運。她突然感動起來。

她微微睜眼，只見狂歌激情，人群左搖右擺，才驚覺自己又脫離樂舞，跑野馬般思慮。這感動是外在的催化還是內在的觸動，抑或兩者皆有，又哪一方更多？歌歇舞罷，眾人滿足合眼，她也假裝呢喃。

為什麼無法同理？

為什麼就是進不去？

她心底響起隆隆的疑問與自責，不懂喉頭滾著怎樣渾惑的聲音。

蘇越來越少留在經院，就算來，話題也不同了。他越來越熱衷談論如何尋找與定義白女士。槿雖不感興趣，但也從不拒絕。她感覺蘇正藉著紅鴿籠發展他專注探索的天賦。這沒什麼好阻止。他聰明。他用一身才智衍生自成一格的複雜，把紅鴿籠各種荒謬披沙揀金包孕其中。而她是那個理解他的人。他在她的膝上說鴿籠像一道簡潔卻能將世界描述殆盡的算式。人必須承認自己的渺小才能傾聽宇宙的真音。他想成為一張白紙重新開始。

槿並不排斥尋找白女士，因為她感覺喜歡的人離自己越來越遠：蘇未知的一面越見深邃，她想把那陌生的一面挖出來。其實，當她不講究眼見為憑，不執意組織與懷疑，而像夜晚的叢林小獸全心感受時，她想看見的白女士，或想讓她看見的白女士確實無所不在。現於雲天，沉於水澤；在微光照拂的木紋與澡間浮升的水氣中，在每張閃動的臉孔與言語中，在玻璃罐的反光與風起的花葉裡。只要願意，無所不得。當持續凝視、思想的事物從心底深淵浮現，它便瞬間與人締結永不磨滅的關係。這是亂石堆裡放光的精靈鞋印，只留予有緣人。

只是，當天光晴朗，看見樹下奉茶，街上輕快的揀價與交談，她還是不認為這世界如紳士所言那麼危疑。會堂如此破舊，紅幕下卻總有用不完的錢財。他們每月在城郊辦一次小流水席，不時包下最好的飯館布施，還建學堂。人們看似不事生產，卻主持城郊數一數二的醫院與礦場。兩百年前被驅逐的他們一無所有，不知何時，卻悄無聲息開始茁壯。

他們接續去了不知幾次。槿一點長進也無，蘇常苦口婆心質問槿，兩人漸漸淡了。冷淡的和諧是情人的底限。她默默希望紅鴿籠只是蘇的片刻激情，屆時他們又能無礙無傷生活下去。直到這晚蘇問槿，為了更全心求道，想不想一起住進去。

「我不要。那裡太詭異了。」槿連聲拒絕。

「哪裡詭異，妳怎麼這麼說？」蘇推門走進，語調又尖又急。

「太偏激，太古怪。我不喜歡那裡。」槿下意識後退兩步。

「別擔心，對不認識白女士的人而言，這很平常。只要是真理，某種程度一定會冒犯人的。」蘇柔聲說。

「哪種程度？」槿皺眉反詰：「你怎麼知道？」

「妳不是說，那裡的人看起來都是好人嗎？難道妳不喜歡跟他們相處？」蘇話鋒一轉，同樣皺眉盯問。

「他們是否和善，跟我想不想去沒有關係。」她從蘇扭曲的瞳孔窺見自己。醜陋的戀人令人失望。

「那到底是什麼問題？妳為什麼老是這麼憤怒呢？喔，槿，要是妳相信就好了。一定是妳太剛硬、太依自己的偏見行事了。願白女士柔軟妳的心，願妳早日看見真理。」

「你什麼時候開口閉口都是紅鴿籠？」槿怪笑：「我們的生活為什麼非得被鴿籠控制住，由一群根本不了解我們的陌生人指導？為什麼非得我來配合你？因為宣稱白女士太好，連帶以為自己有資格教訓人。我覺得這理盲又濫情。」

「這不濫情，是真理。」蘇瞪大眼，表情肖似講台上的紳士：「他們努力宣揚寶貴的信念，只是手段與目的一般人不懂，也欠缺他們的靈性。我以前讀過一段話：在資訊中失去的知識去哪兒了？在知識中失去的智慧去哪兒了？過去經院給我的就是這種冷淡與狹隘。如果不勉強自己，我不可能愛人。人與人難道不該相親相愛嗎？我知道鴿籠很多事不那麼合我的理，但既然我們不了解，怎麼可以說喜歡，又怎麼可以說討厭？」

「很雄辯。」槿說得又冷又慢：「這個『我們』是誰？你跟紅鴿籠所說的話全都自相矛盾。難道你以為選其中一邊就夠了？集體從不足以代表你自己。」

「更多時候，集體遠遠超過自己。」蘇沙啞地說：「妳老是否定，只是還沒體驗這種超越個人的愛有多奧妙而已。」

槿被徹底激怒了。她張嘴，一個字也吐不出。蘇沉思片刻，又抬頭苦笑：「我不懂，既然妳覺得勉強，何必一直跟我走到這步？妳說祝福是多偽善的一句話。敷衍，多餘，為什麼不直接說妳不想？其實妳心裡也有點好奇、認同甚至渴望不是嗎？果然，只有對純粹第一因的愛才不會受傷，屆時它也能從抽象進入具象——我擁有它，它也擁有我，它透過我活著，我透過它立足。我愛妳。我重視妳。我以為妳可以。這是賭注也是實驗。可是我等妳，我一直都熱切等待更好的妳——我的虔誠混融著承認未知的知識、我所能理解最深邃的原理與最美麗的感動。那裡頭有妳。」

「妳還不信，是因為妳還不夠愛。」

槿別過頭。醜陋的戀人，令人失望。

蘇搖搖頭離開了。槿竟不爭氣開始流淚。窗外天空像海，人像海底兜兜轉轉的小魚，求偶欺敵，進退失據。她起身關窗，用力坐在桌前。那天，她一個字也讀不下去。

蘇一走就是十多天。這段時間槿足不出戶，隻字不言，但騷動著。偶爾開窗，天色水灰，連樹色也慘淡下來。世界也騷動著。

❖ ❖ ❖

她可以忍受爭吵，卻受不了被拋棄。什麼實驗？賭注？虔誠中有自己？每個所指都不明，但她相信，他始終熱切等待。她不知道自己怎麼會有這種自信。這種理性上明白卻無法克制的趨想是一種不明朗的、食物鏈的愛。一種不可知的向光性。

第十七個白天，槿再也忍不住了。她倉皇跑出經院，跑過市集，推開木門，穿越人群氣喘吁吁義無反顧地——站在蘇的面前。

披著紅袍的蘇正跪地冥想，恍惚睜眼，旋即開懷了。

「怎麼來了？」他幾乎手舞足蹈。

「這是個召喚。」一心鼓動鼓動，她趁著衝動開始撒謊。

當晚她便住進院裡，還被要求當眾說了個見證。起初槿一度拒絕，但一群微笑的男女將她包圍長禱。漸漸她被說服了，一鼓作氣從今早所見的慘澹天光說起，昏黃的燈將她的鼻影映得格外修潔。站在講台被人群專注友善地傾聽，槿不禁忘了自己是誰：她坦承過往的人生狹窄片面，無知的她不曾真正領受白女士的愛，甚至因血氣遠離白女士。但白女士並沒離棄，始終長伴左右。這是多大的恩惠。起初槿只是小心操作在紅鴿籠聽得熟極而流的語言，但越說越慢，終至無語。她忽然發覺這種私密的奧妙是很難以言語描述與證明的，因此，她反而在說謊時稍稍明白為什麼人們會倚賴嘯聲來表達神啟。下台時，掌聲如雷，男男女女歌舞長禱。槿第一次如此投入地唱跳，沙啞的嗓音，與其他吟哦狂亂牽纏在一起。

他們住進會堂後方的小房舍。房間只有床桌各一，小書兩本。東牆有扇大圓窗，但開窗只見一堵斑駁沾苔的牆。門邊懸垂厚厚的酒紅軟簾，室內室外，密不透風。坐在床邊，蘇欣喜握著槿的手，說多日來他不停祝禱，希望她能悔改、柔軟、迴轉。他下定決心禱告個十年八年，想不到這麼快應驗。白女士果然垂聽，所給豐盛超乎預想。

他們落土重生。

紅鴿籠的生活型態與經院大不相同。在經院人人各自為政，若非必要鮮少叨擾彼此。但在鴿籠，人與人的關係異常緊密。他們主張致力貫徹白女士的旨意。人類因罪性深重，時常無法參透白女士的意願，必須與同伴刻苦鍛鍊才能壓制本性的汙濁。紳士旁徵博引，指導眾人起居坐臥，生死婚嫁。所有人都說：紳士全然美善，無可懷疑。若有懷疑，就是人覺醒得不夠。除了大型集會，紅鴿籠的男女必須分開行事。一早醒來，男人女人披上罩袍，晨禱，飯前、飯後都須唱歌祝頌；飯後分隊工作，有的照顧孩子，有的煮食、洗滌、抄經，資深的老鴿才能擔負外出傳揚的重責。午後則由紳士教導，市集鐘響時集體洗澡，第二輪學習結束後集體回房，每七日公奉與私奉一次。生活範圍很小卻非常忙碌。

槿不知道為什麼總有這麼多事得做。身邊總是有人，總是微笑著，不知不覺飛快地過了一天又一天。這種生活她說不上討厭，但也絕對說不上喜歡。起初她最難以忍受的是集體洗澡。一群赤裸的女人在澡堂白霧中排排站接水，漠不關心的視線如彈珠骨碌碌轉，一下彈向這女人，一下彈向那女人。在觀看中肉體存在益發清晰。從粉粉的線條，粉粉的色塊，到形形色色的疤痣與體毛。一朵朵爬著蟲的肉玫瑰。女人們潑水，嘰嘰喳喳閒話家常。槿縮在角落滿頭大汗，她們似笑非笑瞟著她。她受不了那種笑，於是努力與她們和好。她唱歌，簡單的靈歌，一唱就有人跟著和。漸漸她拋忘羞怯，在浴室與女人打成一片。沒那麼難，沒那麼簡單。

紅鴿籠的組織有領頭紳士，有二男二女四個執事，執事手下按年齡分七組。只為方便行動，並無嚴格階級之分。歌舞前少男少女總盡心妝扮，站在長鏡前反覆排演。這些少年少女總隨身攜帶小書，但比起讀書他們更常挨餓與嚎叫。他們常在忘情長嘯後宣稱看見水邊的白女士，看見她裙擺湧流的清泉，及秀髮上盤旋的紅鴿。每一瞬異象都擊破他們原本堵塞的心。他們不許吃血，每頓飯都至少花一小時刷洗生肉；他們要求會眾刻苦清修，不許沾染任何白女士不喜悅的邪物；他們每晚咿呀呼告，求白女士挽救世界的敗壞，管教襲國那位坐鎮青石神廟的墮落祭司。她是妓女，變態，邪鬼。他們微笑卻也神經兮兮。

槿被指派和一個枯黃的中年婦人共事。由她拔去鴿子長羽，再交給婦人浸紅水。起初槿有些不忍：好好的，何必拔去重要的長羽鎖在籠裡。鴿不像鴿，肉不像肉。有什麼意思？但槿心一横，拔了第一根，之後數百次倒也習慣了，甚至隱隱以嫻熟此道為傲。

婦人在紅鴿籠十五年了。她常說槿是白女士賜給她的聰明女兒。只可惜聰明往往伴隨天真與傲慢。她和蘇的問題很像。驕傲與知識都使他們跌倒，所以教誨扎根往往要花上比常人更多的時間。但若教誨完畢，這樣的人就越有大用。她領著槿讀小書，不厭其煩講述所有鴿籠知識，甚至自己的陳年往事：當年生下傻孩子後人人都嫌棄，只有紳士無條件收容，教她讀書，讓她以浸紅水換取溫飽。她從此再也不回家。槿常向婦人說出疑惑，包括先前坐在台下的種種困惑與憤怒。

「天啊，那就是鬼。」婦人低呼：「妳必須保守自己的心，努力祈求，我會幫妳。」她輕揉脖頸，忽忽想起什麼微笑了：「妳知道嗎，前幾天有個瘋子在外城捅死十七個人。紳士曉得那裡會出事，要我警告大家遠離。白女士果然守護了他們。這又是個例證，她的恩愛多麼真確。」

「可惜白女士沒有保護其他人。」槿毫不振奮，為自己的冷感深深苦惱。

「那是因為他們不信。如果他們信就沒事了。」

漸漸，槿看見蘇所看見，聽見蘇所聽見的了。

一切都有脈絡可循，紳士也變得正直溫煦。他不只提醒會眾彼此扶持，還總使眾人常保希望。她覺得紅鴿籠和經院確實沒那麼不同，都是晴耕雨讀，自我完足。有些言論她仍舊不喜但不再反對了，甚至暗覺箇中必有真理，只是她還不懂而已。

就這樣，每逢眾女洗浴，槿總帶頭領唱。越來越融入，越來越懂得怎麼研究紅鴿籠。儘管光怪陸離，依舊各有各的理性。但正如每次離開經院都是為了回去，她認為這不過是生活中某個臨時居所。她無法全心接受紅鴿籠就是唯一。

「想成為聖潔的人，就得這樣過下去。」蘇堅定開導。

「你喜歡這種生活？」槿翻身看蘇。

「當然。」他的臉很蒼白，仰臉躺得筆直：「我喜歡這裡溫暖友愛，受白女士眷顧的氣氛。」

「如果一個人認真生活，盡心盡力，但不進鴿籠。這樣有問題？」槿故意說。

「當然有問題。好不好不是我們判定。」蘇回答：「根源不同，即使有相似的過程與感受仍然不一樣。妳也被教導過不是嗎？他們沒有白女士，不信白女士，所以再怎麼努力也只是憑自己的意氣瞎努力。這不合白女士心意。」

「只是不合你們心意吧。」槿反唇相譏：「真有那麼好的白女士，她應是因時制宜，毫不偏私保護每時每地的人。你們說要救世界上的人，怎麼不出去幫助人，反而把人一個個悄悄拉進來？你說白女士無所不在，又為什麼只能在紅鴿籠找她？紅鴿籠教的，和其他鴿籠可是有不小的差別。」

「真理有時就是這麼狹隘、嚴厲，所以純粹。」蘇轉頭看她，淡淡說：「我不和妳辯論，知識的詭辯只會讓人迷路。我只說，要信，鴿籠的核心不就是這樣簡單又活潑的真理嗎？妳的認知這樣不純正，會打擾我的修習。」

「是啊。」槿聳聳肩，蘇以往可是最喜歡辯論的呢：「您實在正直、純潔得扭曲。」

兩人翻然睡去，一夜無眠。

適應的成就感消失後，槿厭倦了。她因自己喜好批判與懷疑深感罪惡，同時也深怕一不小心便被人認作邪鬼。這群人的腳底個個是深淵，槿完全抓不準是什麼打動了他們。每當回到陰暗無風的房舍，從長廊望見一張張紋絲不動的深紅帷幕，她總沒來由感到一陣鬱悶。一晚晚呼告，一餐餐飢餓，一次次公奉私奉——什麼都可以，但必須是對自己有價值的東西。那瘦母親告訴她：

每七天到房裡收的私奉才重要。獨自克服慾望的考驗，供奉才有意義。世俗美好都是可口的毒藥，你敢給多少，就代表決心與虔誠有多少。槿先是交衣物，交書，交食物，交項鍊交錢，到最後，滿室空盪，幾乎沒東西可給了。

蘇常批評槿敷衍，槿也不甘示弱。他不也沒交什麼重要的東西？在她看來，紅鴿籠的制度與其說源於白女士的真理，而更像沿續襲國部落的互助舊俗，再片片段段移植鴿籠教義而已——她可從沒聽過其他鴿籠有這種儀式。爭執越演越烈，漸漸，一宿無話已是常態。她難以想像他們會走到這步田地。

第二十三個禮拜，槿再沒東西可交了。她想起離家時家人給她的木箱。父親選的木頭，兄長打磨修飾，只捨得裝珍愛的小東西。少女時她裝的是小珠子與印章，現在多了蘇送給她的一包罌粟種子。貧窮且幼稚，但交出它確實是可怕的考驗。

槿忖度良久，咬牙把箱子奉上。她眼睜睜看著紅衣男女將盒子扔進麻袋走了，坐在床邊，兩手交握不語。

「妳該改變自己。」蘇坐在桌前瞧著，柔聲說：「不要執著於身外之物。」

「對，我的確該改變。你呢？」槿坐直身子厲聲質問。

他低頭讀經，眉頭微皺：「我已經在改變了。」

她望著他。既不俊俏也不乾淨。一股荒謬的恐怖，猛然鉛墜至她餓到發痛的肚腹。

她忽然哇啦哇啦長聲尖嘯起來。

「妳幹什麼？」蘇警戒地抬起頭。

「呆子，我可是深受白女士感動，說出這世界不懂的語言啊。你們平常不就是這樣嗎？難道要數到三大家一起對著鴿籠狂叫，才是真正與白女士說話嗎？」話一脫口，槿馬上後悔了。體內的惡意竟然種得又扭又深。再這樣下去，自己就真的生病了。

「妳怎麼變成這樣？」蘇的眼圈瞬時紅了。她顫抖，跑出一扇又一扇的小門。滿目深紅煩冗至極。她恨不得放火燒光這一切。

一回到大街，槿便大口大口呼吸空氣。那間猩紅小室距離大街不過數步之遙，她卻困了這麼久出不去。她吞吐得如此貪婪，人人側目。這也是人生！這才是人生！槿大踏步走在街上。今天她活像酒醉的瘋女人，醺然，狂喜。魚肉、鮮果、青綠的瓷，靛藍的杯，一處處火紅油爆的喧囂——她從未有如此高昂、生活的興趣。

槿胡亂走著，在擺滿鍋碗瓢盆的小攤隨意翻揀。攤上擺滿大小不一，附庸哲人名言的陶壺。

當你因錯過太陽而流淚，你也將錯過群星——認識你自己——做快樂的豬還是痛苦的人？她再拾起一只水紅小壺，「愛你的命運」。每句話她都知道，但一句也做不到，所以她邊看邊笑，惹得叨麥芽糖的小販驚異瞪她一眼。涼廊下，腆著肚子的麵攤老闆捧一隻鳳頭鸚鵡。囁嚅，一遍一遍，教她說我愛你。

她止住笑。這幾乎又可以再說一個例證了。

晚鐘噹噹響起。該洗澡了。她往回走。

她決定先回房拿點東西。跟蘇說說市集所見，他一定會高興。在房門她聽見一串沉痛的咕噥。她躡手躡腳上前，隔門聽見一對男女低低慰語：「你又再次挑戰了自己，做的很好，白女士會喜悅的。我們也會按你的話去做，願你繼續修剪你的心。」他們抱著紅絨小箱與麻袋推門離去，正巧與槿四目相對。蘇一見槿掀簾進門，別過臉，翻開小書痛哭。

八成也是奉獻了，真是，道貌岸然，還不是哭得稀哩嘩啦。她頓時又心生嘲弄：「還哭，有什麼好哭？一切不都如你所說，合白女士心意嗎？」她抄起毛巾與水盆往澡堂走去，清楚感受蘇的視線從背後燒穿了她。

今天一如往常，槿脫光衣服拿熱水澆身。不知是否看見蘇的挫敗，槿份外愉快。唱歌前，一個女人捧出毛巾想幫槿擦臉，她溫柔微笑，槿也笑了。毛巾輕輕抹臉，拂撩，然後按住她的口鼻，久久不放。一股劇烈的鬆弛感由口鼻直溢胸腦。漆黑中，悶熱中，槿暈了過去。

❖ ❖ ❖

在顛簸中槿倉皇醒轉，被凌亂的車輪聲輾得渾身顫痛。光從車篷破洞落下來，她看見周身橫七豎八躺著幾個同樣赤裸的男女，或醒或睡，朝油膩的車篷蓋露出迷離安詳的微笑。

「妳醒啦？」教她讀書的婦人也在車上，淡淡瞥她一眼。

「我為什麼在這裡？」

「我不知道。」

「那您又為什麼在這裡？」

「我兒子最愛我，所以奉獻了我。」

「那麼，是……」

「我怎麼知道？」婦人歪嘴笑了：「妳不是自願的嗎？」

槿蜷縮，不只是震驚，不只是傷心，不只是甜蜜。

不知過了多久，馬車停了下來。穿紅袍的男女們打開車廂，解開裸人腳上的繩索。槿打著哆嗦下車，被滿眼竹霧淹沒。方才落過雨，地面滿是泥濘與水窪。一切深邃安靜得可怕。

紅袍男女開始砍竹子，將裸人雙臂反綁於竹竿，喝令前行。男女老少就這樣披頭散髮，光裸地在崎嶇的竹林漫散成恍惚的行伍。每踩一步，潮濕的土地便一級一級嘔吐起來。槿的雙臂與腳掌都磨痛了，想起很久以前與蘇在大雨市街踩水，試著哼唱彼此都喜歡的一首歌，希望歌聲越來越大，充斥她又小又緊的心胸。

她邊走邊哭了。人隊裡的微笑，使她的哭泣看上去不知是喜極而泣，抑或悲從中來。那哭並非因羞恥而絕望，只是單純的不了解。不知這是犧牲還是出賣，不知對方是麻木還是愛極。她赫然明白自己不僅一無所知，更一無所有了。

不知走了多久，他們走出那片濃綠奶白，豁然撞見一大片的藍。海，懸崖邊的海，橘紫天光下轟然作響的海。槿前所未有小動物般打起冷顫。裸人們被喝令排排站好，看紅衣人合力抬出一只只紅木箱，劈開大鎖，將過往會眾奉獻的東西框啷框啷全倒進海裡。那些滿是手澤的寶物全淹然墜落了。一位紅衣人大張雙臂厲聲高喊：「這世界不過是我們暫時的居所。你們已通過試煉，親身證明自己能放下多少。世間的寶物我們是不屑的，寧可餵養深淵，天上的寶物才是我們該拼命追尋的。你們這群幸運兒已經獲准先到理想的世界去了。從現在起，你們必須一直唱歌，等待月出。時間到了，你們就虔心祝禱，排隊跳下去。好嗎？」

裸人們大聲叫好，甚至喜極而泣。

「太荒唐了。」槿悄聲咕噥。赤裸歌唱的男女像蠕蟲。她強忍噁心擠出人群，才走到邊上，便忍不住哇一聲吐出來。

裸人們嫌惡退開。槿負手跪地，無法自行清理口鼻。一位紅袍女人扶住她，撩起衣袖擦拭她的嘴角：「不要緊，就快解脫了。」女人肌膚雪白，深眼窩微微泛青，看上去沉鬱而慈愛。

「為什麼要死？」槿抬頭問那青年女人。

「為什麼要活？」女人轉頭望海，嫣然一笑。

「好吧，為什麼要活？」

「到另一個新世界去活。」女人淡然道：「這世界太髒，活著只是備受拘束，循規蹈矩，生命也不會因此有價值。但被選中的人若自願超脫一切，乾乾淨淨航向彼岸，他將有源源不絕的使命與力量。痛快決斷，會使我們向死而生。」

「另一個世界有什麼？」

「說不盡，但早已預備好了。只需靜候時辰。」

「但生命很寶貴。」

「是啊，所以當用則用。有智慧的人決定如何妥善運用。不猶豫也不憂傷。」

槿咯咯笑：「那妳決定什麼時候要死？」

女人搖搖頭：「我現在不能死。」

槿笑得更大聲：「我現在也不能死。」

女人再次微笑，秋波流轉。

「我得到了啟示。」槿孤注一擲，一字一句胡謅曾聽過的教導：「方才，祂，尊貴的白女士對我說話。她說我的罪很重，要到很遠的地方重新奉獻我的全部。那聲音澆灌我，醫治我，更新我，在這之前我完全不會這麼想。祂告訴我妳現在就可以得到另一個世界的財富了。早就預備好了。我有使命，妳有祝福。妳看，我原本這裡磨出水泡，現在卻一點也看不出來了。」起初，槿緊張得有些結巴，漸漸這些話語汩汩流出，失控卻自成邏輯。她一點也來不及愧疚。

女人只爽朗點點頭：「是嗎？好啊，沒問題。那，我們換一下吧。」

槿一時不知如何反應。女人卻不由分說將她拉入竹林，豪快解開她的繩索，又脫下斗篷為她穿上。槿戰戰兢兢看女人坦露微微下垂的碩大乳房，乳尖像小動物天真的圓眼睛。她低眉微笑，請槿快快綑起她，讓她去交換，去交差。槿別過臉，慌亂綑起女人。

「謝謝妳給我這個機會。」女人笑瞇了眼：「祝妳幸福。」

「哪裡，這是我該做的。」槿勉強笑笑：「記得虔心頌恩，不可忘記白女士的教誨。」她拉低帽沿頭也不回走了。明明披著紅袍，卻像赤身露體。她先躡手躡腳，拉開腿，而後狂奔。

在逐漸失溫的灰林，槿像一隻受困的白蛾茫茫飛竄。她怕極了沒人，卻又怕極了見人。不知跑到何處，她碰一聲跌倒了。又痛，又髒。臭，而且賤。她抽搐，止不住流淚，止不住流失生命。微光涓滴淌落。現在，她只想合眼，永遠，永遠休息。

❖ ❖ ❖

槿全身燒燙，恍惚間一如往常坐在小窗下讀書。蘇推門走進，她就拉住他的手痛哭。蘇拍拍她的肩，像想逗她笑，從背後抽出一朵紅花。那花像隻天真而口渴的小鳥。她伸手，即使努力發笑，卻奇妙地發覺自己一點也不開心。霎時，紅花蛻出骷髏咬住手指，咋咋有聲開始吞吃她的血肉。蘇不住微笑的臉從嘴巴開始坍縮變形，逐漸滲出她自己的臉。凸目張嘴，複述竹林裡的謊言。她被自己吞吃下去，直直墜落海邊的竹林。還來不及喘氣，一團海上的黑渦便呼喇呼喇追趕過來。遠遠地，那名頂替她的女子正袒露上身，微笑著，任裸人吸吮乳汁。女人一邊乳房完好，另一邊則腐爛了。竹林裡好多裸人也被黑渦追纏，連跑帶爬，掙扎，呻吟。她下意識摸摸臉。一團虛空，什麼也沒有，她忍不住失聲大吼。

她大汗淋漓醒過來。

窗外有樹，樹上有天。方桌上書與紙滿是灰塵。

她閉眼，用力呼吸，直至胸腔微微發痛。

過了很久，槿才能下床，故作鎮定與人閒話。據說十多天前，她裹著一條髒紅袍倒在經院門邊，沒人知道她去了哪兒，又怎麼回來。比起槿這個人，院裡的人更在意她到底有什麼成果。沒人再見過蘇，他真的很久也不再回來了。西院很快就遞補另一位天象經師，笑容犀利更甚於蘇，好年輕就受邀在最高女祭司的青石神廟演講。黑瓦白牆並無新鮮事，黑瓦白牆也從不缺卓越勇銳的心靈。他們說總是有心猿意馬所以失常的人。他們早就察覺蘇與槿不對勁，卻從沒開口探問。只有蘇的兩個室友來過，片段說起蘇在西院的事。原來蘇這樣過活，原來他們是這樣理解他與她的關係。她再次覺得自己什麼也不明白。

她當然知道蘇在哪裡。沒什麼情緒，只覺得遙遠。她落後旁人太多。她必須努力爬回原本的生活。

這天，槿吃完早飯回房，見長廊下人們窸窸窣窣傳閱一張紅帖，見了她，便揣在懷裡背過身私語。那笨拙的矯飾令人生氣。她大步向前搶下帖子。人們作鳥獸散，她聽到訕笑聲。

她撕開紅帖。幾個歪斜飛揚的字一眼便看完了。新郎是蘇。新娘不認識。寄到東院，邀朋友到紅鴿籠見證人生大事。

她冷笑。除了我，你在這裡有朋友？這張帖子想給誰？

槿跑回房，蹲著，默然直至深夜。後來幾天，她窩在陰暗的小房間拼命咒罵自己。這才是真正的她——自私、頑固、如野獸凶狠。不，也許她比野獸更恐怖。至少野獸不說謊，也沒有被選中的幸福與失落。終於挨到這一天，她披上紅斗篷走出經院，穿過市集，再次駐足於那燈籠高掛的木門。她戰兢推門而入。天窗下，紅幕沖流，飛不高的紅鴿鼓翅撲搏。

槿擠過人群，遮頭遮臉努力張望。她遠遠看見那對新人一手挽花，一手鬆鬆扣著對方的手指，如一對燒融的紅燭。

「這是歷經無數試煉才換來的神聖婚姻。」木台上的紳士聲如沉鐘：「你們各自獻出自己最重要的東西，承受如分娩般的大痛，願白女士的明光，與煎熬得來的智慧領你們前行。」他對右邊的紅衣人微笑：「願意追隨白女士並愛對方嗎？無論生老病死，直到離開世界？」

右邊的紅衣人安靜垂下頭。紳士點頭，朝左再次複述：「願意追隨白女士並愛對方嗎？無論生老病死，直到離開世界？乾淨的新人，不可以回頭了！」

左邊的紅衣人顫聲說：「我願意。」

聽見那久違的聲音，槿又心熱。她完全懂得那聲音的表情。

「這是大家見證的，白女士默許的。現在，你們是永生的伴侶。」

頓時眾人長嘯吟賀，樂隊奏起時下婚樂。浮濫，卻也恬美。槿輕輕捂住耳朵，試哼他們都熱愛的另一首歌，恍惚以為不經意錯過了自己的婚禮。唱不出一個字，她索性跟著哇啦哇啦呼告起來。

紅衣人彼此親吻。

槿低頭穿過層層帷幕，這帷幕那麼多，那麼深，那麼紅，撩撥不開，牽挽不住。她深呼吸，使勁推開大門。

世界多麼晦暗又平靜。

她相信很久很久以後，依然會有個可愛的人，充滿好奇，永不滿足。他像隻身向海的金魚，沒人明白是什麼讓他執意離開安靜豐美的玻璃缸。她相信終有一天自己也會縱身躍入那無垠而洶湧的海，不計較過去，不計畫未來，單純地——癡狂地，一起游著。游之於魚，是永恆的進行式。

不明所以也一無所據，可是，她就想這樣相信。

魚巫遺事

這是一則流傳於南方海域，也就是諸嶼及大陸之頸間的故事。

每種版本的細節可能略有不同，但總之，說的都是風信灘雙魚巫的舊事，都提到令魚巫苦惱的夢境，與令魚巫永遠離去的大龍鳥。這種醜陋的龍鳥在南境古書《鐵林紀年》也曾簡單述及。牠們成群飛過開滿藍色野花的漁村，明明沒有舌頭，卻發出海谷，海谷的叫聲。

風信灘，至今沒人真正登島還能全身而退。人們至多只能從海上遠遠眺望。因為那裡多礁多霧，極易迷途，再遠就是無垠的，什麼也沒有的冥洋。老練的南方水手與諸嶼舊民都相信，風信灘周邊常縈繞膨大的海霧，那裡時間稠密而錯亂，如永劫回環。你可能垂垂老矣卻看見童年的自己駛船而來，可能經歷一再重演的人生，也可能看見其他默不作聲的人或獸。以為是他者，卻都是你自己。諸嶼舊民也說，駛過風信灘，就會抵達世界之心。那裡可以看見七重天空，與隨心飛翔的人類。而灘上的人魚古國遺跡，及魚巫看守的井，正保存了與未知祕境的聯繫。很久以前，海面不如現在高漲，諸嶼以細礁相連，如頸椎般。這就是為什麼舊民認為他們住在龍的脖子上，即使崎嶇，也能連摸帶爬走向水晶井許願。那些許願的人都徹底變了形，也因此這些觸摸願望的經驗全都無法傳承。海水大漲三次後，許多島礁沉沒不存，路就這樣斷了。

大探險家，異人貴族容克海鶇偶然聽聞這故事，說，他從沒想過諸嶼有這樣費解的傳說：看似有清淡的教訓，卻又洋溢許多斷裂與枝節；很古老，卻有貌似近代的人事物，還預表了大洋戰爭。感覺就像在古文明的墓室與廢園，看見未來的交通工具那樣怪異。此外，故事反覆提及的大水，其實人臉大陸東岸也有許多相似的記述。令人不禁懷疑，是否古早真有一場甚至不只一場的大水？這漫布大洋的故事當初究竟如何出現呢？總覺得不像一群拿貝殼與草葉裹身的人所想，而更像外人授予的。那麼，是誰早了我們千百年抵達諸嶼呢？又或者，最初統御諸嶼的，是什麼樣複雜又迷惑的人呢？在他原先的認知裡，諸嶼不過是人臉大陸的唾沫。但在諸嶼舊民看來，世界是由大水與龍構成，龍身在水下，龍頭在大霧之外，他們寄居龍的脖頸，而大陸只是龍的負擔，睡眠時不小心放的一聲屁。他雖是二分之一人魚血統，海之子，當他望著起霧的海，時常忍不住入水的衝動。但他對諸嶼舊民所言卻分毫未知。為此，他對這因為拖曳時間幻影，所以變得老態龍鍾的故事有著奇妙的鄉愁，也對風信灘有本能的畏懼。他寧可見識一百種地獄，也不願看見相同的樂園。海鶇從此決意南下，不再東行。

❖ ❖ ❖

風信灘的人都知道海洞住著大魚巫刺桐。因為把守寶物，所以善於預言。但他們不想去，沒必要去。

除了小魚巫青青。總在午後抱著滿懷的芭蕉或鮮魚，帶著她的小孩。即使今日如此晦氣也還是來。

青青很美麗，卻是模糊的美麗，說什麼就是什麼的美麗。唯一清楚的，是橘紅的鰭耳，與覆滿側頸、顴骨的綠鱗。像某種孤僻的魚或甲蟲，卻也像初夏象牙白的睡蓮。可能是胎記，也可能是一種病。這也是為什麼她名叫青青。她的小孩，瀏海一綹綹垂在眉上，小鼻子圓嘴唇，像奶白的金魚。青青從沒正面承認風信就是她的骨血，但從上岸那天，她倆總是同進同退。大多時候她溫良而恍惚，偶爾喜怒無常，懂得草藥與治病，甚至懂得野獸與雲朵的聲音。比起刺桐，灘上的人對青青更殷勤。

青青又來了，坐在刺桐對面。石桌上有一只又老又黑的銅水鐘，水鐘緊鄰一個深圓孔洞，鑿入桌體，直通潮濕的地底。石桌旁擺著刺桐日日打磨的矛。冷冽而銳利，從沒使用過。

刺桐長臉，長鼻樑，雀斑襯著灰濛的眼睛，兜帽攏住張牙舞爪的紅髮。青青平放膝上的雙手微微發抖。也許這一次，她將恢復真正的臉目。她總覺得自己不該長成現在這副模樣。

海洞瀰漫竹葉混合水煙的濕氣。她看見泊滿小舟的蘆葦叢，有著蛇尾的女子們拭去水珠，隨樂隊節拍一扭扭地跳舞——和從前看見的沒什麼不同。直至煙塵淡去，她摸臉，抓抓鬢角的紅耳綠鱗，雙手帶蹼，還是那樣冰冷。她還是那隻扭曲的人，扭曲的魚。

青青一如往常失望地哭了。刺桐翻看她的手掌，火痂糾結，日夜發痛。大魚巫被稱為巫，是因為她真的曉得一些祕法；小魚巫被稱為巫，則是承受過祕法。

她的小小孩風信，拿貝殼破片一次次割著石桌子的腳。當刺桐起身拍拍不想說話的青青時，孩子也雀躍起來。石桌邊角銳利，差點把她刮出一臉血。

波光迷閃，她們一同走向被太陽烘得暖暖的石灘，一顆顆卵石粉白灰藍，被海水磨洗如珠。海灘上橫七豎八插著許多風損破爛的國旗。東邊的斷橋下，海棗林立，奇形怪狀的礁石一路向北。十幾個島民圍著繫有石塊的竹筏，預備將上頭的小老人推向大海。那是無疾而終的海谷先生。枯，朽，滿頭白。蒼蠅在起皺的唇上跳舞。

送行者有男有女，有些甚至非常老了。缺手、失腳、斷鼻。一片片橫亙頭臉肩背的燒傷與縫線……那些傷口早已癒合卻永不消失。幾個圍觀的孩子有的眼珠長在手上，必須如發誓般撐開手掌走路；有的前胸後背都起高瘤，只能像翻倒的海龜滾動。他們一絲不掛地戲水。風信從前也是赤裸的，現在卻套著鬱金香般的蓬裙。她很羨慕地看那群孩子。

穿這麼多做什麼？灘上的人曾這樣說。可愛也用不著了啊。早在魚巫上岸之前，人們就發展出一套鬆散卻互助的生活。有手腳的幫助沒有的，有眼的指引看不見的。瞎子與跛子合力在背風的荒地種出小小的芒果林。

最熱鬧時，這裡曾經聚集了幾百人，在連續數月慘烈的呻吟後驟降至五十人。現在不到二十，卻像被老天選中一樣特別頑強。有人甚至生了孩子，只是那些小孩全養不大，皮膚片片剝落，荏弱得捱不過成年。相較之下，風信多麼健康，所以大多時候他們也憐愛她，不時多給她一片魚，一塊水果，拿骨螺梳理她細細的長髮。這群受苦的人大都來自西邊的大陸，他們的家鄉歌舞昇平，彷彿這群打仗拓墾的人從來不曾存在過。從前針鋒相對，現在只能相依為命。談起那幾年大洋上的戰爭，除了互相取笑，還有指責。是你？不，是你，還有你。自從多年前，一位周遊世界的地圖師發現了確切的諸嶼水路，大洋的命運也隨之改變了。無藥可救的水兵全送來這裡自生自滅，不知如何處理的雜物煙硝也棄置於此，受海風侵蝕，不時漏出絲絲的黃霉煙。幸好島上生滿蘆薈、野芋與酸果，還有一大片青翠的竹林。起初島上有羊，但很快被不知節制的人們吃光了。他們艱難地學習採果捕魚，偶爾也捕捉蜥蜴與水鳥。在習慣只有雨與不雨的永恆溽熱的同時，紛紛養出週期性的中暑。每當某個早晨頭痛欲裂地醒來，不約而同跪在海邊嘔吐整整一天後，他們就知道雨季就要來了。屆時嫩筍破土，野薑花開，可以開始儲存雨水。

海谷也是曉得大洋紛爭的其中一人。他老是戴一頂破舊的寬邊帽、穿深青色的雨衣。沒有一條冗贅的肉，也沒有一根突出的骨頭。他與刺桐是這裡唯二健康的人。他擅長捕魚與醃酸果，偶爾也加入竹林裡圍坐閒話的人們。他從前工作的地方日日忙著處理不純正的混種族裔。他們拿入監的犯人取樂，比如用刀劃開翼人後裔的脅下與肩胛，看皮肉底下是否長著羽毛；在乾地撒橡樹子，逼迫有樹人血統的疑犯徹夜跳舞，如果隔天種子沒有發芽，就把他們種到土裡去。當犯人苦苦哀求，大家都自覺參與了一樁偉大的歷史，貫徹了不蔓不枝的正義。他們也處理過人魚的子孫，不過那次碰上的，只是個清秀怯懦的小男孩。他的長官很好奇究竟有什麼不同，砍下男孩的腳掌，笑著要他快快變出魚尾學走路。變出魚尾？走路？當然沒人真的在意這些話。孩子乾嚎一夜，死了。他站在旁邊也看了整整一晚，小心不讓孩子的血弄髒自己的鞋。

每當海谷說起這事，青青總抬臉毒視，幾乎瞪酸了眼甚至痛哭。所有人都不解：小魚巫又不是人魚，關她什麼事，有什麼好哭？青青總說不出為什麼。每當青青瞪他，海谷就低下頭，細細的眼看來謙遜又害羞。太陽升起又落下無數次之後，他的眼睛被煮白了，就拿竹枝整日整夜喀喀，敲敲，也就心安理得對她視而不見了。他原來不是這樣的。這裡沒有人本來就是這樣的。他們都是被慎重抬上岸，留下飲食，說請你忍耐，過幾天會有別的船，到時有醫者也有同伴。所有人起初都認真等待，如果新船丟下與自己相似的人，就繼續更認真等待。很久以後某個平凡卻明亮至極的下午，人們才恍然發覺自己的時代早就沒有了。屬於他們的時刻自始至終都沒有來。

他們合力將竹筏推落水裡。青青不推，還朝屍體吐口水。

「他打我。」她像小孩告狀：「他把我推到水裡。」

「哪有這種事？」刺桐吃吃笑。

「他拉我的頭髮，把我丟到船上。他用腳踢我肚子，我跳下水，可是不會游泳。想抓住船，他就踩我的手，拿槳一次次打我。」她瞇眼，想起一條長滿蘆葦的小泥河。天灰青落雨，透過一扇紅木圓窗，她看見一個女人在泥河口游泳。

「來這裡前，妳根本就不認識他。」刺桐只淡淡回了這一句。

海谷晚年刻意避開人群，住在斷橋另一頭的海洞。瞎了以後他特別喜歡談母親。久而久之，人們便將他的故事與其他水兵混淆了。砍下男孩的腳？把人種到土裡？有嗎？他說過嗎？這麼和氣的老人家不像會袖手旁觀呀。人們記的更清楚的是：海谷有個船匠父親，女巫母親。他們認為家鄉總有一天會被蜘蛛般的大城完全征服，千方百計想逃離土生土長的小島。他的母親原本精熟謠諺與祈雨，最後成為數萬名蹲在大屋擦桌洗碗的清潔婦之一，只願兒子能在新世界體面立足。他從小極力掩藏自己的出身，最後還是老死在小島上。

潮水平平漫漲上來，像一面玫瑰金豔烈的鏡。海上有白鯨默默浮窺。只要人們上岸或上竹筏，牠就出現在海上。很遠，可是所有人都看見。他們說青青被沖到島上時，白鯨也這樣遠遠在膨脹的海上等待。那是奶光脂潤的白，額角與背脊圓弧濕潤反光的白。當陽光燦極以致諸事褪色時，那種白就轉生出鐵鏽的質感。至今人們還會嘀咕青青是不是孩子的母親。有人說是，她們很像不是嗎？也有人說不是，那孩子是人魚崽，太小，雙腳來不及長鱗。近來海象古怪，有時潮水急退，露出一塊塊啞白的礁石，人不必上橋就能踩著石頭走到島嶼另一端；有時又從遠方竄出長水牆，淹過灘頭的旗桿，沖上大批大批，死氣沉沉卻美味的鸚哥魚。

「海谷死了，龍鳥就會來，」刺桐想張口繼續說，青青就大聲打斷：「妳要避開那隻龍鳥，躲起來，牠會吃掉妳。好啦，好啦。我聽過好多次了。」她撩起裙子厭惡地盯自己的腳：腳趾被半透明的蹼撐開，蹼與趾的交界生著一粒粒的綠鱗。太陽順風隨水，照亮腳上每一道浮凸的醜水溝。

潮水一波波將海谷的竹筏往外帶。不久，海鳥會吃他，陽光會鞭打他，水族會分解他。

風信打了一個大哈欠，將臉貼上青青火傷的手掌。仍舊問：「我可以到海裡去嗎？」

青青一如往常把小孩拖回家了。在灘上，有人長居海洞，更多人住在竹子和草葉鋪設的小屋，甚至沒有牆。只有小魚巫住著刺桐幫她一塊一塊堆起來，海濱老古石搭建的房子。多孔，粗糙，滿布沖淡的蜂巢花紋。水底珊瑚死去後，骸骨沉積，隆出海面，在經年累月的烈日曝曬下褪盡鹹氣與水氣，就成了這樣鬆脆堅硬的灰白石。刺桐還圍起一道小小的牆，稍可擋風，她就在牆後種一些不好養大的蔬菜與藥草。

她們吃生魚，配上新剖的蘆薈與酸果。當青青以磨銳的石片切魚，風信就玩貝殼，拿木枝在沙地畫畫。畫得很好看，但從不保存。

飯後她輕喚孩子，孩子就靠過來，安安靜靜伏在膝上。

「又長出來了。」她拍背、撫摩，檢查皮膚與頭髮。拿起剪子對準孩子膝蓋內側新長的鱗片，熟練地掀翻皮肉轉兩轉，一塊一塊扯落。故意瞄一眼，孩子側頭趴伏，眼珠靈靈轉動。

「好了。」她敷上蘆薈。記得初見風信，她就尖叫：毛髮稀疏，臀部與四肢零星覆蓋著濕軟的鱗，兩眼如蟾蜍鼓大。一頭豬。她是她的小孩？如果是，自己不也是怪物？討厭的小孩，因為自己膽小才倖存的小孩。現在變得比較好看了，還是不折不扣的妖精。小孩沒有哭，沒有道謝，也沒有起身。她不耐地輕輕扳過她的臉，小孩便綻開一種遊戲的微笑。

青青其實從沒見過什麼龍鳥，但刺桐說有，灘上的人說有，那就是有了。他們將龍鳥說成一種恐怖的大野獸。她本來沒什麼實感，但因為刺桐老是提醒龍鳥危險，漸漸這相見不如不見的野獸就變得陌生卻也親切。刺桐說，那天大鳥齜牙咧嘴將青青拖上岸，青青死命尖叫才趕走牠；牠飛出海灘，躲在礁石陰影下偷看的人們才敢走出來，發現她昏死過去，受過傷，手掌有火印，是罪人。她身邊還躺了一隻殘破的人魚，一個魚相的嬰孩。青青嘴唇有血，嬰兒嘴唇也有血。過了好幾日青青才醒來，刺桐根據她臉上的鱗，喚她青青，將那魚相的嬰孩取名風信。青青確實知道許多事，比如植物的種植，蜥蜴的言語，傷病乃至分娩的處理，甚或遙遠國家的統治者世系與國土變遷。當大雨將至，她的鰭耳就會在不自覺顫動中變得鮮紅。可是當人們問青青：妳是誰？從哪裡來？為什麼來這裡？青青就張大嘴，眼睛眨巴眨巴閃，久久說不出話來。一個卡在深水底的空白人。浮不出來，踩不著地。沒有過去，也沒有未來。

她就這樣留在風信灘，還將人魚拖回自己的小屋。人魚屍身布滿小小口的咬傷，風乾的臉卻泛出一層滑潤珠光。像果核，也像紡錘。起初她把風信壓入水中想偷偷淹死她，小孩卻在她手上死命抓出了一道道傷痕。大概被那種蠻勁嚇住了，她從此笨手笨腳照料起來。孩子越長越大但就是不親。風信常繞著魚屍跳舞。風起時頭髮翻飛，像潑金沙。那時青青的腦海會莫名閃過幾則自覺很好的畫面：一樣白牙細碎的親族，有著華麗樓梯的老家。還有一起探險的大黃狗，和狗一塊爬，一切都高大起來，連蛛網也顯得恢弘盛大。

風平浪靜的日子，刺桐會從水下撈來一些好東西。珠子，油燈，瓷懷錶，玉色千手螺，甚至爬滿藤壺的鐵箱。她說水下的珊瑚與礁石，全是白白、纖纖的骸骨林。每回刺桐下水，風信都興奮地吵著想一起去。青青聽了很不是滋味：她搗蛋。唯恐天下不亂，還裝乖。

風信還是很小很小的嬰兒時，就能跌跌撞撞往水裡爬，一不注意便漂得非常遠。只是，長到五歲小孩的身量便再也不長了。日子流水般過去，還是只有丁點大。她老是想往海裡去。人們時常慌亂地跳進水裡撈起她。青青不會游泳，只要入水踩不到地，就緊張得全身又痛又麻。終於，在某個悶熱無風的午後，她索性順著盛怒拿起鎚子，趁風信熟睡時將她的腳狠狠釘在竹板上。縫、砍、甚至烤，她在替風信拔去鱗片時全都默想過，最後選了一個簡單粗暴卻留有餘地的方法。孩子的嚎啕撕裂空氣。越哭她就越發狂。有本事再跑啊再游啊。直到小孩哭昏過去，她才發覺自己的背也一片濕寒。

孩子頭幾日哭得非常悽慘，她試著拔去釘子，卻總因怕痛而縮回小手。過了幾週，風信便像認了命，不哭不鬧，拖著腿咬牙像蛇一樣爬——還是往海裡去。她給風信一對小拐杖，又給她套一件舊紗蓬裙。遮住腳，孩子看上去乾淨漂亮，沒人知道裙裡藏著什麼。這些東西全是在後灘的海神廟廢墟找到的。拐杖高度恰到好處，簡直像刻意留給風信似的。她還在擱淺的鯨魚大骨後頭，看見一幅粉藍斑剝的古壁畫：一群修長的魚撐起上身登岸，鰭化為肢，雙眼集中，化作一群人魚；一群抬竹筏的人，雙腳浸水，腿上生鱗，脅下裂出兩道長口子；身邊有小豬跟著下海，化作海豚。天上有大鳥籠罩他們，竹筏上躺一名頭髮比藤蔓還要捲的女人。髮垂地，胸口有深深的黑洞。那是太古曇花一現的變化時代，大洋諸島生命自由轉化，出水入水，相知無礙。

似乎完全沒學到教訓。風信再也走不遠，卻照舊煩人地問著可不可以去海裡，而後一次次被拒絕。她大可自己溜進水裡可是沒有。當她安靜仰視大人，才不是尋求關愛，而是等待妥協。青青開始考慮連她的舌頭也剪掉。對於孩子不可理喻的執拗她其實越來越驚佩，但想因此生出更多愧疚與憐愛，還是不可能的。風信是生命中那些瑣碎、晦暗與不解結晶出的怪物。她，青青，是被怪物拖傷的人。也是自從傷害了風信，她病得更厲害，有時四肢甚至像泡腫了發皺紫脹，走起路每一步都附骨鑽痛。對此刺桐從不理會。她知道，這種無視是大魚巫無聲的處罰，但她認為自己沒有錯，所以即使夜夜難眠也從不求助。

風信睡下了。她悄悄推門，走過白天的卵石灘，爬上東灘盡頭的斷橋，在大風中來到斷橋另一頭。炎熱無月的夜晚滿是星辰，最低的一顆幾乎垂落海底。她走上被刺桐遮蔽的岩道，手腳並用摸黑穿過幾個海洞，才來到風信灘盡頭的水晶井。那是一座與海相通的大壺穴。她蹲下身，俯視這座比張開雙臂還寬廣的藍洞。水很深，小魚隨渦流緩緩浮沉，底下伸出一扇扇死白的珊瑚。像人人都有過的一場夢。

刺桐說那壺穴蘊藏精靈的善意，是風信灘神祕之源，能將入水物事化為各種不思議，因而攪亂了時間。什麼人都可以來許願，但沒想清楚前，最好連一根手指都不碰。水晶井的水脈連通著海洞深孔，通往另一個世界。有人說是地獄，是新城，也有人說還是令人發狂的海。這樣的地底甬道世上共有三個，就在人臉大陸的耳輪，眼眶，與人臉之外的風信灘上。曾有人跳井嬉戲，化作一隻野狗。躲進荒礁趁夜半偷偷吃人，被發現時毫不抵抗地趴下，任人你一刀我一矛地捅死。有人取水洗臉，醒來變成一尾肥魚，被妻子喜孜孜烤來吃了。碰水那一瞬的意念是什麼，水底的精靈便助你變成什麼，你就是過去所有雜念相續的累積。可是人既無法精確控制意念，也失去了動物純粹的直覺，也就無法順遂地變與不變。是故諸嶼人，不輕易許願，但不代表沒有願望或信念。

她伸出一隻腳，懸在水上。水底紛紛長出明明滅滅的小眼睛。

腳尖幾乎點進水裡。她嘆口氣，又縮了回去。當島上的人們一個個老死，她與刺桐與風信始終在這裡。一點也沒有老去，一點也沒有長大，只是一肢、一節地退化。

海谷入海後，青青開始作夢。那夢總是以一張濕漉漉的臉開始的：

是一起沖上岸的死人魚。她們隔著玻璃四目相對。她張口她也張口，她轉頭她也轉頭；她張開雙手，她就扭腰，抓著鐵框，從水中昂起頭來。她的雙眼分得很開，如兩顆滿布纖維的紫玻璃珠，下腹滿是褐色血筋。像妊娠紋，也像乾涸的水網。那時青青還沒長出鱗與鰭，一張臉又白又滑。

她砸酒瓶。人魚尖叫一聲，竄入水裡，酒與血從籠中一絲絲漾開。

下一幕，那隻人魚游出去了。抱著一個人，從沙洲吃力地游向海口。從水草深處浮出一隻有翅膀的獸。奇醜無比，卻有著棄犬般濕潤的黃眼睛。獸翅底下還躲著一個紅髮女人，手臉沾泥，冷得牙齒打顫。人魚順著水流將懷裡的人推向野獸，牠則張開下顎，緩緩合攏，銜住。發出短促堅定的斷聲，似乎明白彼此每一道手勢與語言。原本藏在翅翼下的紅髮女子吃力翻上獸背，一手拉著野獸兩側的羽鬚，一手緊托人魚交來的人。那人披頭散髮，看不清臉目，可是從癱軟蜷曲的手掌她知道，是她自己。人魚細瘦的手指向日出的海面，野獸便跟著拍擊雙翼飛行了。骨節錚錚有聲。翼上有雨，翼下有風。飛行過處蒙上一層影，那人魚就在如積雲也如樹蔭的水面游行。

她總覺得這兩幅畫面應該有時間順序，畫面之間還發生了什麼事。是籠中人魚帶她游向海？還是人魚被她關進了籠裡？孰先孰後，事件的枝脈就截然不同了。但醒時再怎麼絞盡腦汁也想不起來。小屋裡人魚枯乾，幾乎不能和夢裡豐美的模樣相連繫。那是不知有多深的，片段片段的白。

由於這些海谷離開才有的夢。她更頻繁地去海洞找刺桐。而刺桐還是這麼說。

青青，妳是沙洲市集的蛇女，逃走時被人魚所救，卻在中途為了躲避龍鳥捕抓，一路漂流到這裡。龍鳥是沙洲船主豢養的猛獸。守衛，傷人，有時也會拎著主人，飛到船舶不到的地方。

刺桐一說，她的腦海就浮現了畫面。那是大陸南方河口經年累月沖堆而成的狹長沙洲，以黑市、蛇女、與捕鯨船隊聞名。因海波與大風，沙洲年年推移，水色也十分浮濁。人們想過建築燈塔，但沙土鬆軟，不出兩年就塌了；也想過種樹，但水鹹風大，只有蘆葦瘋長。雨季一到，沙洲就被海水淹沒。屆時人們就歇市休養，在內海養珠，或遠航獵鯨。漲潮時，沙洲也會淹掉一半，是故所有建築都在沙中央。街上彩魚飛簷林立，食鋪懸吊著風乾藥草，與浸泡獸角的酒，像一座憂鬱的植物園。人們喜歡拌攪梅汁，吃種籽搓出的凝凍。她們上身赤裸、下半身包裹墨綠蛇尾，坐在鋪有金布的鐵籠裡。看上去艷麗，邪奧，卻又童真。沿海走投無路的女孩常以此為生。船主有時會挑幾個女孩餵祕藥，讓她們再長出鱗片與青斑。最尊貴敬業的蛇女，甚至不惜截去雙手。街上有一群圓臉猴子，偎在藝人腳邊，手搆背，腳掌貼腹，如蜘蛛摺疊而蠢動。長街盡頭有座小小的海神廟，牆柱鑲滿貝殼，人與魚鳥俱栩栩如生。小廟隔壁，就是一座座幾乎泡在海裡的，水藻修潔的墳墓。

可是她不太肯定自己在這些地方的位置。唯一有印象的，只有海神廟後的一場宴席。在那裡蒙眼的樂師吹一種聲音憂傷的長木笛。笛子架在石地板上，吹響時，管底就飛出一隻隻單薄的黃蜻蜓。侍者從小門捧出一道道稀奇的菜餚：小孩身長的清蒸鯉魚，男人手臂大的螃蟹。一只只彩陶圓盤擺著甜蝦、生魚、活牡蠣。她和一群少年就坐在正中間大吃大喝。是客人。

「不對。」刺桐糾正：「妳在旁邊跳舞，和其他蛇女一起。」

「好吧，我在旁邊跳舞。對，我跳舞，換菜後，還一起喝酒。」青青複述一遍，越說就越清楚。她拉扯自己的鰭耳，非常羨慕刺桐有這樣正常而渾圓的耳朵。卻也默默困惑起來。如果她本就是沿海或諸嶼人，這些飲食，這場宴席，應該都不陌生。那麼，為什麼她會像戴了一副大眼鏡，打從心底覺得稀奇呢？

除了那片沙洲，青青還記得一座很小很熱的島。有羊，有聚落，滿是深藍野花，會飛的野獸在海洞裡沉睡。島民養羊種菜，由一位非常老的婆婆主持事務。明明靠海，卻才剛學著駕船與捕魚。他們與野獸相安無事，甚至十分親密。有一群孩子，沒有舌頭，背上有深深的火印，只靠自己發明的手勢交流。起初只是寥寥幾個詞，後來膨脹成非常複雜的一套。當所有島民在婆婆家裡聚成一小群說話，小孩寫不出也說不出，就飛快又無聲地比劃。

刺桐每次聽了都搖頭，說這不過又是夢。世上沒有這種地方。人與野獸也不可能親密生活。她又混淆了想像與記憶。

只是，青青始終有著身在其中的淡薄印象。那座島，西邊有村落，東岸有廢墟，以及一座沒有神像，屋簷樑柱都鑲滿貝殼的漂亮小廟。人們日日採石、造船、編貝，忙個不停但都不成功，久了就常聚在婆婆家爭吵。她還有許多女人指著她痛哭的印象。雖然什麼都沒做，她還是愧疚地低下頭。屆時，那群沒有舌頭的小孩就會悄悄走來安慰她。她習慣走進海洞對野獸說話。野獸不會洩密，聽完話，就此起彼落地低鳴。那些畫面不僅連續，她站在哪裡，說什麼話，也都很分明。好像自己確實在小島生活很久，俯拾即是的記憶土壤可以無止盡挖掘下去。這和刺桐描述沙洲上的日子時，她可以想見全景，卻找不到自己並不相同。特別是，每每想到那群小孩，她時常有種哭泣的衝動。正如即使海谷不說，她還是會不住想起那個人魚少年：那麼無辜，被砍下腳，至死也不知做錯什麼。她可以為他坐在卵石灘非常同理地痛哭，但當風信嚎哭著想拔去竹板，她卻一絲憐惜也沒有。灘上的人都說：小魚巫的心留在另一邊。哭故事比哭自己認真。對話語裡的小孩比活生生的女兒還溫柔。

她說得這麼具體。刺桐忖度一陣，而後悠悠離了題，說其實啊，遺忘是更高明的本領。人的過去與未來都是一張自己編起來的網，隨時可以重織。現在，此刻，才是最真實濃重的一點。人們會反覆說起改變不了的過去，久而久之，痛苦欲狂，就像好事從不曾發生。青青越是描述腦海所見，刺桐就越是微笑。她說那座島，那些生活，全是青青多餘的幻象。可能是妄想，可能是遺憾，可能是舒緩自己的不安。但當青青拿著小石，在沙上一筆筆畫出想像中的龍鳥，夢裡的野獸：蛇尾，魚鱗，眉頭深鎖，羽毛又粗又長。刺桐不說話了。只低頭反覆打磨那支矛，像生氣。

刺桐說，海神廟遍布諸嶼，青青會這樣想並不稀奇。廟裡紀念的，是一種遊走大洋，千變萬化的生物。在溫暖的水域，祂常化作白鯨探出水面；有人說祂是洶湧寒涼的煙，移動時伴隨數以千萬計的蝴蝶。她聽海谷說過，祂其實也是人。少年時，海谷曾在一位貴族的船隊幫工。船主是貴族任性的小兒子，博學海派，年老時變賣家產，組了船隊，想探索大洋並尋找海神。不知為何，船主不願向東，只命眾人向南航行。他們在噴發海底溫泉的小島邊第一次捕獲了海神。和沙洲市集的漁人說的一樣，海神確實是團混亂的煙氣。但叛亂的水手合力把船主推進煙裡時，船主就與煙氣混融，有了一具新實體。白頭髮，小男孩長相，還長出一條魚尾巴。

廢墟壁畫裡沒有半人半魚的海神，只描述了大洋祕法，與一小段古國的過去。太古，想知道海有多深的島民夫婦，駕小船到海中央，垂下綁有陶罐的繩索，收繩時卻發現罐底整整齊齊擺著珍珠與菊石。那群送禮物的魚族後來悄悄登上這座小島，離了水，以肚腹在滾燙的卵石灘爬行，躲在礁石與藤花後，眨巴眨巴注視人們的生活。最初建立這海上古國的，幾乎分不清是人是魚了。他們以風信灘為起點，往西延伸出細細的島礁水路，向東，則有座宜居的大島。後來，第一次大水淹沒了這裡，大部分國民一夕離開，下水往東，頭也不回。小部分則西行，進入西邊那張沉甸甸、住滿人的大臉世界。他們長年壓抑本能，幾乎忘記自己能形變游水。青青以為是預言，刺桐卻疾言厲色說這表示一切將重演，這不對。青青覺得那些魚向人、人向魚的變化是一瞬的，壁畫只是一步步放大了畫出來。刺桐則說，每個人物都暗示某個漫長的階段。人臉大陸上的人認為理想的時間應該像睫毛、像蛾的觸鬚那樣活動繁密。但諸嶼不是如此。他們的時間感像海一樣廣闊而緩慢，深淺不勻，有消長也有循環。她們也一直想知道竹筏上胸口有洞的女人是誰。是魚巫嗎？是王女嗎？還是平凡的民婦？海是粉藍，陶罐是柿子橘，死去的女人又該是什麼顏色？刺桐脫口而出，是紅色。血是紅色的。

從不記得過去的青青，竟隨手就畫出龍鳥的形象，這令大魚巫十分擔憂。

「海谷死了，龍鳥就來。妳要躲起來，牠會把妳吃掉。」她要青青暫時閉門不出：「只要我還在，我不會讓牠找到妳，但妳也必須遵守我們的約定。」

青青從未見過刺桐如此驚慌。這麼多日子，刺桐總安於勞作、潛水與生活。她可以知道形形色色的過去與未來，卻從無窺探的興致，只全心在意龍鳥的影蹤。這讓青青有一種生病小孩被愛的感覺，同時也有種淘氣慈母施予的感覺。刺桐知道的比她多的多，但知道越多越是恐懼。她沒有那種摩拳擦掌的恐懼，這就意味在重大決定上，她比刺桐堅強。因為刺桐看來這麼難過，她也就聽話的真的不出去了。

有時刺桐也會提起上岸的那天。人們說，魚巫來的日子和別人都不同。前夜起大水，山一樣的水牆淹沒全島。人們只能避走高地竹林，來不及的，只能被吞噬。次日，島與人都被清洗乾淨，魚巫也現了形。據說更早以前，前一任魚巫會以咆哮警示人們，但事過境遷，風信灘已經很久沒有魚巫了，人們說起來，還以為不過是蜥蜴下蛋的笑聲。那時她還是平凡的人類，上岸，吐乾淨滿肚子壞水，第一件事就是尋找海洞裡的水鐘。她聽說風信灘魚巫的水鐘能改變時間的形態，還能通往另一個世界，就滿心好奇想去看一眼。不過，找到海洞時她卻非常失望。這只是一座亂石滲風的大洞，除了一只破水鐘，什麼也沒有。她本來什麼也不懂。但當她將眼睛湊近深孔，從中看見了此刻以外的物事，看見古壁畫原本的顏色，她就成為了魚巫。她知道，當水鐘滴盡，竹林丘也將隨之滿開，伴隨圓月的豐潮迎來諸願成就之日。而後大潮過後，一夕消失於無形，如同上岸的那一天。沒什麼一定得消失，也沒什麼一定得存在。

好天氣不能出門當然很難受，但青青願意忍耐。刺桐和灘上的人們會帶來食物與飲水，但大多時候，她只能和風信待在一塊。風信是冷漠又自得其樂的小孩。以前她動不動就問可不可以去海裡，但這次竟連問都不問，只拄著拐杖在窗邊歡喜眺望，餓了就一拐一拐坐回桌邊，咧開大嘴等吃飯。似乎渾然不覺為什麼她們突然都不能出門？海水確實漲得很高，在洶湧的霧中，整座小島都蠢蠢欲動就要掀起來。有時待得煩了，青青會厭惡地拔自己的鱗片。顴骨上的，大腿外側的，甚至剪開腳趾的蹼。風信都看在眼裡，卻安安靜靜什麼也沒說，只盯著剪子怎麼用。青青看到風信這麼有耐心就更煩。她繼續剪，喀喀喀喀地剪，幾乎把二十隻蹼和那對鰭狀的橘耳朵剪成一條條觸鬚。很痛，卻也有異樣的活力。彷彿屬於魚的部分放盡了血氣，她就可以重新長回夢裡的女人臉。她揉揉耳朵，一面想著刺桐要求不許出門那天，她像想起什麼，問：「如果龍鳥真的走了，然後呢？」

「從此，我們可以繼續生活下去，就像現在。」刺桐給了一個令人失望的答案。

她就這樣躲著，不知過了幾天。直到某個清晨，海灘忽然掀起一陣陣大風，混著潮水與一種洶湧怪異的鳥叫，一瞬間刺痛了青青的耳朵。

她趕緊把風信綁在床邊。遲疑半晌，終究還是忍耐不住，赤腳跑出了家門。

遠遠地，她看見灘上有隻振翅嚎叫的大野獸，人們慌忙走避，只有刺桐怒吼向前，擎起削尖的石矛威嚇。她奮力嘶吼，在獸的影子下顯得又瘦又小。她刺野獸的眼珠，刺鱗甲的縫隙，撬起皮肉狠狠刺進去。像挖礦，又像青青狠狠地拔風信的鱗。

這是青青朝思暮想無數次後第一次見到龍鳥：青灰色，彷彿來自史前時代。魚鱗。蛇尾。一對大幅轉動、彈珠般的黃眼睛。渾身遍布棘刺與羽鬚。和她畫的一模一樣。龍鳥十分醜陋卻出奇溫順。毫不反抗，只伏在沙地發出狼狽的嘶嘶聲。牠很巨大卻也虛弱。當刺桐再次刺傷龍鳥，幾個躲在礁石後的人也鼓起勇氣，拿起棍棒，朝牠的眼睛丟石頭。

青青再也忍不住了。她跑向海灘，擋在野獸與眾人間胡亂揮趕。

「走。走。快走。」她大叫。「你們都給我走。」

刺桐停下手，瞪著青青，滿臉怨怒。

她有些羞愧，想避開刺桐憤憤的眼光，卻不得不迎視上去。她不確定為什麼自己這麼做，但自從親自聽見、看見龍鳥開始，她就有一種壓不住的、像發現什麼的欣喜與不安。欣喜自是因為龍鳥如她所想，不安則是刺桐所說的即將發生。她彷彿想見在微明的早晨，龍鳥從近海飛回小島。有一群少年將裝有生肉的大竹簍一個個放在海洞前，牠們就湊上去，親暱嗅咬他們的褲管。他們跺腳，發出啊、啊的笑喊，露出半截舌頭。他們的背與嘴有嚴重的火傷，終年紅腫甚至流出膿瘍，只能日復一日清瘡。雖然活潑，但日復一日衰弱下去。

良久，刺桐嘆口氣，把矛丟在沙灘上。

「妳會後悔的。」她只說了這一句。丟下青青，大聲呼喊其他人，要他們快快遷到高地上去。

龍鳥抬起眼皮，眼眶泛出血絲。牠的爪牙全磨圓了，翅膀羽毛也稀疏鬆垮。伏在卵石灘喘息，體腔深處就發出水流穿過海洞的渦渦聲。

牠根本飛不動了。青青走近龍鳥，赤手觸摸那粗礪的外皮，刮出了某種微妙而灼熱的疼痛。在她眼裡，這龍鳥並不恐怖，反而十分溫吞畏人：斂起指爪，筋肉緊繃地一跳一抖，眼皮也垂下來，鱗皮深處低鳴隆隆。從那半透明的黃眼睛榨出兩行又鹹又濃的海水，順鱗角而流，一滴滴沒入乾燥的卵石縫。似乎是隻後悔的野獸。她懂得許多生物的表情：捕獵的、驚慌的、慵懶的、歡好的、乃至遊戲的，卻從沒見過會後悔的動物。她伸手沾那臉上的海水，含進嘴，竟是熱燙的，有鐵鏽味。

她想起沙洲上的宴席。海谷，那討厭的小老頭，從大堂後頭走出來，為那群黝黑的少年斟酒。卻沒有倒給她。她坐在中間，和海谷四目相對時她別過臉，感到被排除的尷尬。海谷站得很遠，似乎也與他們生疏。他們端起酒杯，不知是否因為第一次喝酒，全苦著臉看她一眼。身旁矮小的少年遲疑片刻，要來酒瓶，還是給她一杯。有人輕輕拉住她的手臂，她搖頭，把對方勸阻的手挪開。他們一口氣喝下酒。她也一起。

忽然，少年們紛紛無聲尖叫起來。他們負痛蜷縮，齜牙咧嘴打了幾滾。須臾，就全變成龍鳥般的野獸了。她不是這樣。可是面頰沸騰起來，肚腸如滾水起泡，酸酸壓迫脊椎。

龍鳥呼呼喘息，像有話要說，卻只從口齒深處飄出一種清冽的塵土氣，與一段段難聽的嗚聲。腦海中的口型突然清晰起來。她也無聲張著口，舌頭彈壓上顎，默念野獸的名。

「不要緊。」從體內很深的地方，擠出了幾乎無意識的低音：「都過去了。」

頓時，龍鳥碩大的身體不再顫抖，也不鼓動，只是一團逐漸冷卻的土丘。幾陣大風吹來，土丘便一撮撮裂解，露出獸皮底藏得很深的人。嘴上背上滿是傷痕。少年的身高，頂著一張烤熟核桃般的臉。所有人本來都不是這樣的。就連龍鳥，最初也是人。

青青蹲下身，撬開那人沒有舌頭的嘴，裡頭兩排牙齒又細又尖，和家裡的人魚一模一樣。她拿樹枝，在地上一遍遍寫他的名字。驚訝地發現，原來自己能寫這麼流利的象形文字。還是非常古雅的寫法。沙沙的寫字聲，讓她想起島民穿起麻織寬褲，在礁岩上趕羊的聲音。龍鳥當頭打個響嗝，翻出肚腹。牠一翻腹，其他龍鳥也跟著翻肚。身旁傳來熟悉的，女人爽朗的笑聲。

她坐在灘上，任腦海的新景象一波一波沖上來，洗去刺桐說過的所有話。新成的龍鳥四散奔逃。牠們齜牙裂嘴，慌亂中有的彼此撕咬，有的撞裂樑柱。海谷身後的人群一擁而上，小心翼翼想阻止牠們。他們好不容易才圍住其中一隻，拿鎖鏈圈牠的腳。但那隻獸發狂大嚎，掃翻燈火，拖住人們撞牆。人群縮手跳開，眼睜睜看牠反覆撞壁，一次又一次，直至倒在牆邊一動也不動。

海谷走出來，大聲說著她不懂的語言。那群焦躁的新獸似乎明白什麼，逐漸聚攏、而後像累極了趴下來，默默碰觸彼此的羽鬚。她扶著桌子想努力站起來。身旁有人再次握住她的手。是刺桐。頭髮剪的很短，裸露的長臉粗糙又多角。她用力推開刺桐，跌跌撞撞逃出了海神廟。

沙洲上有人尖叫。她匆匆回頭，只見那群龍鳥全飛出來了。牠們呼呼拍著翅膀，成群飛遠了。只有一隻，轉過身，像找尋什麼。然後牠看見她，粗壯的前肢劃出小圈，搖頭晃腦朝她走來。體內像有什麼滾燙的小東西想丟下自己鑽出來。她摀著臉，一次次吼叫。

海谷和刺桐追了出來。張嘴，像正呼喊她的名。

這才是青青的故事。

她撿起刺桐扔在灘頭的矛，手足無措走向海洞。她不知道自己為什麼還是走回來，只把矛牢牢抓在手裡。四周安靜明亮起來，海跟風似乎都暫時消退了，她只聽見自己的呼吸聲。對於那數也數不清，被偷走或被扭曲的時間，青青感覺像做了一場很紮實的夢。即使醒來，也要赤腳踩地好一陣才會回來。她很生氣卻不敢相信。她們朝夕相處這麼久，刺桐明明知道她在想什麼，卻故意不讓她知道自己是誰。

刺桐坐在海洞裡。水鐘深孔透出了光，一點一點蝕穿她的臉。她很鎮定，也不辯解，只深深低下頭，像早早準備面對這一切。當青青用矛把她的下巴抬起來。她還是不願說明青青的過去，也不想說她到底是誰。只重述了很久以前，上岸的第一天。

風信，人魚，青青，幾乎是同一晚在龍鳥背上出現的。起初，他們只想找個可以安頓青青的地方，後來便被人魚一步步領到了灘上。一上岸，海谷就提醒她去找海洞，成為魚巫。就算海谷知道的遠比她多，他卻說：比起我，青青更相信妳。妳有機會讓一切不再發生。她進了海洞就曉得：在這片海上，看似前行的，最終都將在某一時刻重新循環。她與海谷都不想這樣。她一度想先下手殺死那隻護送他們渡海的龍鳥，但跑回灘上時，青青已經驚慌地趕走牠了。一覺醒來，抓著臉，對風信尖叫，什麼都忘了。海谷說，這是一種自我保護。因為難以接受，乾脆全數拋棄。像自己把自己切除了一樣。

看著青青這樣，她其實十分羨慕——這樣不是很好嗎？掙脫了時間的環，只有一個凝止的現在。初來島上，她總覺得自己陷入邪門的等待，只有頭髮如紅花越長越猖獗。起初還會數日子，不知不覺就忘記了年月，瞧著灘上的人一個個長起來，老下去。連海谷這麼老也還能再老下去。海谷拒絕成為魚巫也不想成為龍鳥。他希望做為一個人，老死在小島上。直到某個平常的下午，她一如往常潛水，卻在珊瑚林中突然明白，為什麼自己什麼都沒有，卻可以成為魚巫——那是因為，灘上所有人最初都不願來這裡。他們千方百計想離開，只有她巴不得留下來。她對青青說了一些真話，有些不說，有些輕輕巧巧換了位置。誤導並不是撒謊。但她還是壓不住青青本能的好奇心，連令她害怕龍鳥也無法，就像青青永遠不可能制止風信一樣。

「對不起。」刺桐最後輕聲問：「可是，妳後來記起的過去就是正確的嗎？妳想不回頭也不盼望，還是拼命尋找，最終還是無法承擔？」

沒有人知道，小魚巫在那個大風的上午做了什麼。有人說，小魚巫拿著大魚巫準備殺野獸的矛，把她捅死了。有人說她們搏鬥了一場。有人說她們相擁而泣，也有人說小魚巫最終還是不忍傷害大魚巫，只割掉她一截頭髮。正如關於青青怎麼認定她的故事，對於那座人們寧願當野獸的可憐小島，青青知道又原諒了什麼？也有各種不同序列的說法。比如她是海谷不聽話的養女，從小喜歡和罪犯與野獸玩在一起。海谷哄罪犯喝下形變的酒，等他們面目全非，就推上市集大賺一筆。他因感覺父女生疏而發怒，索性不阻止她喝酒，之後又不忍心女兒吃苦，選擇上了岸遠遠照顧。比如青青曾是小島的主人，幫助島民推翻了大陸上的暴政，卻無能解決小島的孤立無援。島民決定撇下她，直接向流落異鄉的族人海谷求助，卻沒想到有孩子真心希望她也變成龍鳥一同生活。或者一切就如刺桐所說，只不過青青不是蛇女，而是一個普通人。而刺桐，可以是各種版本的任一個角色。不過，這些過去的碎片在青青和刺桐肚裡埋得那麼深。她們像被熔岩擠壓、渾裹的小石，一次次結晶後，最初與最後的模樣連自己都認不出來。但總之，當人們最後一次看見小魚巫沿著海灘走回家，她又哭又笑，全身都乾乾淨淨的。

青青推門，帶進了風與光，驚醒了蜷在薦子邊午寐的孩子。孩子半瞇眼，像隻貪睡的、髮絲著火的貓。

她拔去風信腳上的釘子，左右搖卸沾血的竹板，為積年的血洞敷上草藥。孩子有些笨拙不安地挪動雙腿，想碰傷口，卻被啪一聲輕打手背。

「去吧。」她低聲說。

風信露出一排小小尖尖的牙齒，笑了。她一拐一拐走到門邊，沒有回頭，她也沒有扶她。奇怪的是，風信好像每走一步就長大一點。離家很遠時，已經和青青一般高了。

她一如往常剁洗蘆薈，吃掉一尾魚，直至午夜才出門。風信灘盡頭的大壺穴圈住幾顆小星，湛湛的暗藍漾出她鬼祟的臉皮。白鯨大半身體沒入水中，露出小小片灰脊，迷濛如水上月暈。

青青赤腳，背對壺穴。往後站一點，再站一點。就這樣掉進了世界。

身體下墜，微浮，再下墜，又上浮。水泡從雙耳汩汩進出，她的口鼻嗆滿了水卻漸漸開了眼。起初她本能地掙扎幾下，但很快就放棄了這念頭，只鬆垮下來任自己沉落。上身寒冷，雙腿刺熱。她看見群魚似一針針暴雨急行，白鯨咧嘴從水底游來，尾鰭如一座月光石城門緩緩展開。

風信灘從此沒有魚巫也沒有水鐘的寂涼夏夜，第一隻擱淺的人魚緩緩游行。水流深深，黑洋留不住一點星空的殘影。她也許回來，也許不再回來。

越人歌

那葫蘆腰的紅唇女子迎風抛出繩梯，俯見沉寂的火山與藍湖，與湖上的銀白殿堂。秋陽下，木石瑩潤，湖光粼粼而淆亂。她的飛船顫顫挺進，渦輪的風刮擦那憂鬱的藍眼睛。飛得太近的喜鵲被理直氣壯輾沒了。牠們尖叫哄散，玻璃窗沾黏幾莖羽毛，幾滴玲瓏的血漬。

女子微笑捻熄香菸，對艙裡排排端坐的孩子喊：「好了！解開帶子，排隊，一個個跳下去！」

聽見這話，駕駛不禁吹聲口哨，原本昏沉的孩子如瓷娃娃吹氣賦生，一個個魚貫靜默地排隊。他們約莫十一二歲，手腳細瘦，雙頰圓潤。都穿白袍，男孩的衣衫寬鬆，女孩繫一條流蘇腰帶，胸前繡小小藍字編號。

「對，就是這樣。排隊，爬梯子，跳下去。」女子瞟瞟他們。

繩梯騰空風晃，第一個孩子偎在門邊惕惕覷看。她嘆氣，以指節敲打孩子後腦；「快點！該怎麼跳，之前不都教過？不要影響別人。」

那孩子忍痛哆嗦著下去。才抓穩繩索，山風便來，尖叫也被吹沒了。

「下一個！」她大喊：「要是前面太慢，自己想辦法哦。總之，快點。」

「老師，推人也可以嗎？」有孩子輕輕舉起了手。

「可以喲。」

「那踩手呢？」

「也沒什麼不好喲。競爭早就開始了呀。」

孩子們一個個下去了。他們有的成功落地，拍淨衣裳不可置信地大笑；有的撞上石頭摔傷腳，甚至還在梯子上就被同伴一腳踢落。若孩子在門邊躊躇，女子照樣正氣凜然推一把。餘下的孩子不安扭動，被玻璃窗透映的暮色沁成一枝枝幼嫩無刺的玫瑰。

艙裡漸漸沒有孩子了，只剩一個男孩，一個女孩。那對孩子同樣身穿白袍，胸前卻沒有編號。男孩黑髮黑眼，女孩黑髮及肩卻泛出微微灰藍。破曉前的海，天生不及格不分明。

「下去吧，阿尼瑪，我還得回去吃飯呢！」女子對那女孩搔頭。阿尼瑪默默仰視，一雙圓眼如腳下的湖水，又亮又深。

「虧妳還是被選中的小孩。真不爭氣。再不下去，別怪我推妳囉！」

「妳不敢推。」阿尼瑪微笑，乳牙糯白：「妳自己也不敢跳。」

她果然生氣了。一手揪住阿尼瑪的耳朵，一手掐著她的肩往外推。但終究不像先前爽利，只是恨恨僵持。男孩見狀，連忙推開女子朝阿尼瑪低語。她竟二話不說下去了。女子悻悻瞪視，男孩吐吐舌，跟著女孩溜下去了。風裡暮裡，梯上的小孩，像攀附游絲的小蜘蛛。

「突然得從這麼高的地方跳下去，不簡單啊。」前頭的駕駛悠悠說。

「從小不面對挑戰，怎麼長成有用的人？」

「是是是。」駕駛點點頭：「水蜘蛛的名師紅吻女士。」

紅吻俯瞰草地，大約一半孩子平安無事。兩個孩子也成功著陸，阿尼瑪蹲在草叢撫摩膝蓋，與一個雙眼圓睜的死孩子四目相對。

「看，孩子果然有潛能。」她得意指指下方。

「那真是恭喜了。」

「可不是?直接把我載到蜘蛛頂上吧。他們還有得玩呢。」

孩子小心翼翼跨過其他孩子。或俯臥，或如水草漂游再也站不直的其他孩子。搓手呵氣，於彩雲微涼中放眼這方陌生而剔透的土地。

那是一座懸佇水上，宛如雪白蜘蛛的古怪大屋。主體是鑲嵌玻璃的大圓球，由八支纖細的長柱節肢支撐，湖與屋都被日光潑出金網般的漣漪。那玻璃圓眼捕食周身的天山雲影，將自己偽飾成一株無害的奇花。孩子們屏息，看水蜘蛛精光森然，看蜘蛛肚腹裂開一道發光的傷口，看一名男子撐船，哼小曲，危險而輕佻的調子令人暗暗發毛。小船很快靠了岸，男子將槳輕巧擲入軟泥，拾起小燈打亮彼此：紅面、長腿，眼神如鷹。

彩霞散盡，蜘蛛的臉就黑了。長腿男子斜倚木槳，在船頭似笑非笑注視孩子。他們不敢開口，也不想往前一步。突然，阿尼瑪像明白什麼，尖叫起來。

「跑！」

聽見尖叫，所有孩子如夢方醒，爭相朝小船狂奔。有人跌跤，有人彼此踐踏。船一坐滿，男人旋即搖起槳來——驚人的怪力、扎實與輕快。徐徐幾盪，船就遠遠離岸。反應不及的孩子在湖邊驚聲哭叫，月出，另一群喜鵲歡愉地飛出樹叢。

「來不及上船怎麼辦？」湖上的孩子悻悻眺望荒野。

「自生自滅。」船夫口氣意外溫和：「小朋友，進了水蜘蛛，就別再亂問問題了。」

他們駛進蜘蛛肚底的小露台碼頭。船夫將槳往甲板隨意一丟，領著孩子走向盡頭的旋轉長梯。長梯扶手以蛋白石鑲嵌山茶花紋，環繞一根瑩潔修長的大中柱而建，那柱子滿布骨螺狀纖脆的突刺，如托起一枝白玫瑰貫通整座殿宇。與磚石銅鐵都不同，這座建築洋溢某種生物的，閃爍而不規則的質感。孩子們不約而同摸著扶手仰望，甚至踮腳走路，深怕布鞋拖泥帶水。

「不要緊。」船夫笑咪咪瞧著這群小蘿蔔頭：「懶骨頭會來擦。」

水蜘蛛，過去只聞其名，奇異卻又不可謂不美麗。他們暈暈走完長梯，來到同樣環柱而建的寬廣圓廳。穿孔雀綠制服的大人早已好整以暇等在那了。大廳雪洞冰白，龍飛鳳舞貼滿了「訓蒙」、「滂喜」、「千聲愛」等手寫箴言。一張張無風卻飆拔的色紙花花綠綠壓倒所有人。

孩子列隊站定，長腿男子悄然退下。那排精神體面的大人身後站一群黃蘑菇，約有半人高，見他們入廳，就興奮地漂搖跳動。牆角伏一隻像青蛙也像蜥蜴的老獸，柔若無骨，帶蹼的四肢緩緩擦牆抹地。一蠕動，脅下與肚腹的沙皮狗褶便泛出雨後水窪的虹彩。這天很難熬。孩子又騷動起來。

「安靜！」中央的矮壯男子暴喝：「第七十六批孩子，歡迎來到水蜘蛛。」

「你們都是千挑萬選來到水蜘蛛，最好的孩子。能站在這裡，就代表你們已經打敗無數同伴了。可是競爭才要開始呢！將來你們之中只有一小撮人能繼續閃亮，去最優秀的地方——」男子朝某扇圓窗指去，太陽全然隱沒：「白蜘蛛塔！菁英之塔！一切物象與心象知識的核心，推動一切發展的母親燈塔。你們來這裡，為的就是去那裡！只有最優秀的人，才能匹配最優秀的路。」

「想要美好的未來嗎？好好學習。好好學習，你們就能從水蜘蛛進入白塔；進了白蜘蛛塔，人生便是康莊大道，不，一道筆直的天梯。想去哪就去哪，想做什麼就做什麼。錢、名聲、安穩的生活應有盡有，父母都以你們為榮。這就是學習的意義。」男子慷慨乾咳：「就這樣簡簡單單，順風順水，我們早就鋪好路了。跟上一代相比，你們多幸福？是不是？想不想？」

孩子們眨巴沉默。

「才剛來就這麼沒精神！你們死了嗎？我對空氣講話嗎？想不想！」

「想。」他們稀落應答。

「大聲點，沒吃飯嗎！」

「想！想！想！」

「現在，容我介紹自己。」男子再次乾咳：「我是顏先生，水蜘蛛的最高負責人。」他跨開一步，手指其他大人：「這位是管理生活的紅吻小姐，你們早就見過她了。這是負責符文的腹詠老師，那是教授數算與擊劍的肱老師。這位是牙車，傳授星象與器械學；那位是劓夫人，教導百物學……大家都是最頂尖的。你們都知道，諸多器官相輔相成才能撐起人體的運作，水蜘蛛每位師長甘願捨棄了真名以肢體代稱，就是為了彰顯這同體同心的傳統。喔，對了，帶你們來的是船夫長腿，蘑菇負責廚務雜役——這可是我們更新世傲人的發明。至於趴在那邊的老怪物，就是清潔工懶骨頭。不認真努力，就只能打雜。」

幾朵蘑菇跳向孩子，開始發送寫有大人代號與釋義的小紙條。那些選字精巧古意，說明也很晦澀：顏，面龐，眉目之間；吻是嘴唇，肱是上臂，牙車，就是牙床。這些代號似乎奉行同一套標準，意思倒也不全然一致。比如長腿與懶骨頭，就非常直白粗糙；至於「腹詠」與「劓」，指的也不是人體，而是內心歌詠，與上古割鼻子的酷刑。紙上說遠古王者遷都，碰上不恭敬的叛黨，割掉鼻子，全族殺光。受過刑的，就去守邊。為什麼不取更簡單的名字呢？這樣就不必發紙條了。阿尼瑪轉頭，想悄悄對阿尼姆斯說話，但想起船夫方才的提醒，便低頭不再開口了。她看見同伴們紛紛瞇眼默記那些詰屈聱牙的字，紅吻婀娜坐上高腳椅，脫下跟鞋揉腳。

「在座都是國家的幼苗，我們是孜孜不倦的保母，園丁，靈魂工程師。水蜘蛛，就是溫暖的大家庭：我們願意做各位稱職的父母，你們願意做稱職的孩子，做彼此親愛的手足嗎？合理的要求是訓練，不合理的要求是磨鍊。我們將灌注知識，薰陶品格，矯正各位青澀的思想——世上多少孩子渴望受教卻沒有機會。你們要感恩，努力，守規矩。有什麼問題都可以對我們說，懂嗎？」

「懂。」心虛的孩子如羊群低鳴。

「好，」顏先生滿意微笑：「現在，有沒有問題？」

一個瘦伶伶，衣襟繡著四號的綠眼男孩舉起手。

「我們現在最重要的就是努力達成三年後的考核，對嗎？」

「沒錯！還有呀，是您，不是你；記得說請，謝謝，對不起。」

「好的。請問，好好努力最後會去哪裡？謝謝。」他非常愉快問了第二個問題。

「白塔啊，那還用說。」

「去白塔可以成為對社會有用的人，那進不去的呢，最後去哪裡呢？」

「好問題。」顏先生輕撫手掌，一臉讚許：「每個人都有自己適合的角色。他們自然會有好的去處。但我得提醒你們啊，沒有所謂剩下的孩子，也千萬不要妄自菲薄。你們這麼聰明，難道一開始就想認輸？不要怕競爭，水蜘蛛的大家都願意幫助你們。」

像被一隻隱形的大手摸了頭，孩子們頓時放鬆不少。但四號點點頭，手還是沒放下。

「其實老師，我只是說過程中一定有人進不去，沒說他們是剩下的。」他歪頭嘟囔：「他們也有您說的筆直天梯可以爬嗎？」

「你這個為什麼小子，不要年紀輕輕就這麼功利，眼光要放長遠，看過程、看態度，這才是重點。」

「可是，不就是為了進白塔嗎？您不也按照成績篩選我們嗎？如果能直接通過考核，進不進水蜘蛛有什麼關係？這樣我能有好多時間去玩呢！」

所有孩子吃吃竊笑起來。

「這問題有點說遠了，但我還是回答你。沒錯，當然沒關係。」顏先生皺起了眉，但旋即恢復一貫的沉穩，宏亮地笑出聲：「但你以為單靠自己就能贏過全境所有孩子嗎——他們的聰明才智可都不輸你。優秀的人只跟優秀的人來往，強強聯手才能激盪最大火花。你不想來就走吧，沒人勉強你。水蜘蛛不只傳授知識，更重要的是做人與和世界相處的道理——道理，懂嗎？」

四號眨眨碧綠的眼睛，似懂非懂點了頭。顏先生拍手宣布散會：「現在跟蘑菇去領書本與生活用品。二十分鐘後到大廳集合吃晚飯！動作快喔，不要影響別人！」

話一說完，蘑菇便傾巢朝孩子蹦跳過來。所有人慌忙動作。懶骨頭一見人群散空，也踅進大堂中央擦抹，嘟嚕嘟嚕念誦小調。阿尼瑪彎下腰假裝繫鞋帶，將那呢噥聽得更清楚：龍骨。

紅玉髓，紫玉髓……蛋白石，青金石。

白山茶，黃山茶，紅山茶。

我的骨頭，我的原石，我的花……

哪裡去了？

阿尼瑪噗哧一笑。懶骨頭偏過耳，爬到她的腳邊呀呀低鳴。現在她將牠的臉看得更清楚了：那是張八字眉、眼眶深陷的衰苦老臉，葡萄紫的薄嘴唇幾乎吻上石板。她輕觸懶骨頭的前肢，如小狗跟小主人初次見面。當指尖染上那晶瑩微涼，她感覺，這失去脊骨的小東西是這裡最清潔的生命。

❖ ❖ ❖

來到水蜘蛛前，這群孩子已經打敗無數同伴了。這是所有適齡孩子都必須參加的遊戲，若不進入所屬城區參加考核，孩子未來無法應徵任何工作，連帶婚姻與名譽也受影響。各大城區以符文、心象、數算、藥理、基礎潛能等測試進行第一輪海選，平均百人只篩選五人；之後將入選者送至東北第一大城參加第二輪海選，又再淘汰一半。甄選範圍從可準備的到不可預測的，從身體潛能、精神素質、人生哲理乃至人生規劃，皆在考核之列。有時考官疲倦得問無可問，也會溫言詢問孩子是否懂得琴棋書畫，異國見聞。早在母腹，富裕人家的親子就被迫聆聽毫無火花的雅樂與朗誦，恨不得生而知之更甚於學而知之。沒人明白為何非得這麼考，但既然這是基礎，是傳統，就沒理由不學好。光是進第二輪海選，就足以令親族鄉里掛起姓名斗大的紅布條狂賀，狂賀，更遑論進入水蜘蛛了。所有自願進水蜘蛛的孩子，將被視為提早獨立。簽下誓約，人生從此由水蜘蛛悉心引導，很少再回家團聚了。雖然難受，但為了孩子與社會的未來，幾乎沒人放棄過。

海選如此繁瑣，可人們心知肚明，再嚴謹的程序也不免出現難以估量的變因：長相討人喜歡，多三分；懂得鞠躬稱謝乃至奉送時珍，多五分；能說一國外語，多七分；有推薦信或捐款證明，可能再多十分。但人們同時也堅信一旦獲選，好前程便指日可待：孩子將接受最豐沛的菁英教育，在名師指引與同儕砥礪下早早茁壯。傾國的資源都優先餵給蜘蛛，數算蜘蛛璀璨的校友名單，是全國大人津津樂道的信條。照料阿尼姆斯的孤兒院長也常如此絮叨。她是個說話細聲細氣的老太太，養一群貓狗小兔，以及棄嬰。那時他還不是阿尼姆斯，有個襁褓時篆刻於手環的單名：望。追溯古意，是站上草丘眺月亮的人。院長說獲選多好，若碰上一樣好的阿尼瑪，人生從此沒有遺憾了！阿尼瑪啊阿尼姆斯，所謂男人心中的女人，女人心中的男人。最理想的孩子，針尖上的天使。快感謝你無名的父母吧。我還沒聽說哪個孤兒能成為阿尼姆斯。看那翠玉手環漂亮的古字，就知道他們曾是有錢有教養的聰明人。

好心院長的老生常談，阿尼姆斯並不怎麼相信。他喜歡看大人講話，越看越止不住笑，有人便誤以為他生性開朗。阿尼瑪恰恰相反，她是一眼就知道不好養的陰沉小孩。初見阿尼瑪時，她正被紅吻責打，說她染髮，又偷養毛毛蟲。所有孩子聚在長廊，雙手抱膝不吭氣。紅吻發作完便走了，阿尼瑪揉著紅腫的手歸隊，又從衣袍掏出毛毛蟲，發覺阿尼姆斯看她，就笑咪咪抬起臉，像蓬蓬的短毛貓。一個月後，新長出來的頭髮照樣是破曉前的海，不及格不分明的顏色。別人還是取笑她染髮。

他們都來了。八十位孩子沒一個棄權，在正式入門前快篩兩次，最後只剩二十四位重新編碼淘選。孩子們記不住編號，便在數字前偷偷安上綽號，比如小豬九號，公主十五號，王子十一號，小猴四號與小虎牙六號。阿尼瑪與阿尼姆斯自然不必再取了，但他們心不在焉的模樣實在太平凡。不像公主十五號，烏金髮辮薔薇嘴唇，端坐時明豔奪人，一看就知道是最頂級的學生。長他們一屆的阿尼瑪與阿尼姆斯也很好，不約而同生著惹人憐愛的臥蠶。年齡最長的阿尼瑪與阿尼姆斯，更是無可挑剔的傳說。三屆阿尼瑪與阿尼姆斯排排站，像一套精工、精工中、未精工的娃娃。也不怎麼樣嘛，憑什麼是這兩人？盯視孩子中的孩子，他們發現彼此相去不遠，大廳標榜的至文正是亦敵亦友的警報：

生存競爭，適者生存，贏在起跑點。

非禮勿視，非禮勿言，非禮勿聽，非禮勿行。

第二天清晨聽完顏先生演講，他們便由蘑菇領著上第一堂課——腹詠女士的符文課。他們魚貫入座，接過沉重燙金的課本。還有十分鐘。有些孩子翻書，有的忍不住閒聊。阿尼瑪坐在最後，看幾個孩子歪歪扭扭在紙上畫小人，畫飛船，也湊過去，在蜘蛛腳下填滿一粒一粒嬰兒般的蒼蠅。

孩子們吃吃笑了，但幾個孩子斜睨撮唇，蘑菇便聞聲蹦跳而來，颯一聲抖動蕈褶，沒收所有紙條。

「吵什麼吵？老師昨天就說要守規矩，這是做人的道理。」公主一本正經朗聲說，坐在最前頭，後腦勺紮緊的髮辮閃閃發亮。

鐘叮叮響，腹詠女士準時走進課室。她嬌小渾圓、黑髮齊耳。臉上的梨渦使她乍看不僅可親、還很乖巧。她環視一張張花苞般的小臉，深呼吸，微笑早安。所有人都羞澀地笑了，蘑菇跳上講台抖弄蕈褶，吐出了一張張紙條。

「以後別畫了。這對你們沒幫助，音樂，舞蹈，下棋也是。你們以後會很忙，分心就跟不上，其他人不像我這麼好說話。」她瞄瞄紙條扔回去，蘑菇斜身捲了紙，安靜退下。

腹詠老師娃娃臉，看不出真實年紀。聽說她是水蜘蛛最年輕的新老師，從小都是第一名，在白塔受完訓旋即回到水蜘蛛，最喜歡草莓蛋糕和圓點圍巾。這是顏先生演講完，幾個特別熱心的小孩早早跑去走廊等待，見老師來，端茶的端茶，捧書的捧書，聊天得來的小祕密。老師，妳幾歲？老師，妳本名是什麼？老師需不需要幫忙？喜歡什麼顏色？老師一樣住水蜘蛛，會不會想家？我真的好擔心跟不上其他同學。才進教室，那些小孩就一本正經說給別人聽。

腹詠女士沒有說錯。畫畫確實沒用，還不如背至文背課表，或好好了解水蜘蛛的規則。符符物百外外擊，物數符擊生百星：這是孩子的第一份課表。他們一小時換一堂課，一天學習十小時，三個月換一輪課表。日復一日都是一樣的：六點半起床，摺被盥洗，七點到飯廳集合聽講；每餐固定是溫牛奶、長棍麵包與一小缽燉肉、彩椒花菜拌馬鈴薯泥，再佐一顆蘋果或桃子。十二點午飯後在課室趴睡半小時，最好不要抬頭；六點半晚餐，飯前得先到運動小間跑跳半小時，最好流很多汗。過了七點半，才是寫功課的自由時間。蘑菇在門前敲一聲鈴表示該你洗澡，兩聲鈴是吃飯，七聲鈴是就寢，綿長不絕，則是上課。隨堂考課後考，週考月考，季考年考，飲食洗澡就寢也都有分組榮譽競賽。

是非選擇，證明申論。有新學的，也有據說白塔會考但現在還不懂的。考試時課室特別深，特別涼，特別安靜。寫完除了趴在桌上等，什麼也不能做。不少人說自己貪睡忘了讀，考出來分數卻都很不錯。不少孩子抓耳撓腮時都聽見白牆裡傳來嗚嗚的風鳴。他們歪頭，瞟瞟，隱約感覺牆底有些古怪，但鈴響收卷，便跳出須臾的狂想，驚覺再怎麼掙扎還是空落了幾格——可不能走神，競爭早在第一天就開始了。在離正廳不遠的暗房，蘑菇總是啪咀啪咀撥打算盤，加減乘除大人送來的每一筆數字，依據各類教育指標給出的數字。週末晚堂，就由顏先生在大廳唱分排名。孩子如數十只小鐘按表操課，每次滴答都得落入同一毫秒，否則便是不準確。

小豬九號起初很怕顏先生。不過王子說了顏先生的奮鬥史後，每次演講小豬都目不轉睛地仰望了。他像顆芝麻肉丸，又小又圓，很努力，但相比其他人總是差一點。吃飯時特別多話，三句不離我們該信心滿滿地讀書：大家還在學數數，我們就能開始學習星象符文，物理事理的，嗯，怎麼說？堂奧？對，對，堂奧，好高深的詞，不愧是王子。好的，記下來，考試用上鐵定高分！總之，多幸運又多光榮，水蜘蛛連懶骨頭都值得我們學習。勤能補拙。好好讀書，進白塔，就能賺很多錢讓媽媽開心。每次王子十一號聽了，就謙和地笑起來，提醒他懶骨頭只是低等勤奮。當王子笑，公主十五號也會放下湯匙微笑。

每當小豬九號說話，阿尼瑪的腦袋也跟著默默運轉。對於水蜘蛛她說不上討厭，也說不上喜歡，只是不時想起那不明所以卻很嚇人的第一晚。幸運嗎？也不至於吧。小孩想要生活順遂，就努力把路走穩；大人希望孩子表現好，自然就該提供好的服務。或許有人不喜歡這樣說，那換成教育、培養、陪伴，都可以。若在上古時代，水蜘蛛就會教授群獵搏虎；在采詩獻謠的中古王朝傳授七步成詩；生於樂舞傳情，言語無用的千石廟塔，孩子就得弓腳板，踏黃楊木旋舞。無論學什麼，無論天賦在不在此，水蜘蛛的孩子就是必須卓越，馴雅，兵不血刃。

她只喜歡鼽夫人的課。夫人是非常高挑的中年女子，有張巴掌大的秀麗小臉，以及突出的鷹勾鼻、顴骨、指骨和鎖骨。她習慣梳著高高的包頭，穿白底黑點連身長裙，坐在屋裡不動，就像一種善用保護色擬態的長腳生物。她說話文雅，走路卻歪歪扭扭又駝背，像小兒學步老是站不直，有些孩子便喜歡偷偷學她走路。夫人在蜘蛛腳的小房間上課。拿甜瓜招養各種蟲子，將癩蛤蟆變成一朵朵山茶。沒課的時候，就蔭乾花草，和長腿一起在小碼頭釣魚。孩子們從不清楚夫人房裡滿瓶滿盆的山茶，究竟是真花還是蛤蟆。他們喜歡聽夫人喋喋不休地抱怨。她常咕噥還是山裡好。水蜘蛛這麼有趣，你們該看的看不見，不該看的卻看一堆。她的房裡還收了一節水晶罐嚴實密封的白骨。這是當初建築水蜘蛛的祕族骸骨：累世無名，鮮少言語，有人依照外形，叫牠們娃娃魚。牠們喜歡挑選深山祕水，以自己的骨骼築巢。成年時，牠們會生出晶瑩的骨瘤，刺穿皮肉，將身體拉長撐高。若能忍痛剝出骨頭埋入土地或樑柱，屋巢便通體光潤，屹立不搖。牠們就以此繁衍成家。夫人，抽掉骨頭會死嗎？不一定，得看是哪根骨頭。少一根肋骨，舌骨，聽小骨，都沒有問題。骨頭還會長出來嗎？這也不一定。那，水蜘蛛的骨頭埋在哪？喏，就是中央的大柱子啊。是嗎？那會是哪一種骨頭，那建築師該有多高大啊。

出人意料，第一週竟是小猴四號第一，阿尼瑪和阿尼姆斯分居二、三名，三人總分差距十九分。最後唱到名的是黑豆二十號，一個動作奇慢無比的男孩，他被顏先生拿軟藤輕打手心。多年來，打孩子始終是爭議手段，廢立反覆，現在又復行了。

「若不是為了你們好，我也不願意這樣罰你們。一切都是為了你們與更新世的未來。」甩藤前，顏先生徐徐道：「我們賞罰分明，你們人人都有兩次墊底的機會，超過就表示能力不夠。我會請你離開。」

下週，第一名仍是小猴四號，阿尼姆斯與阿尼瑪名次互換，四十九次小考總分差距十五分。最後一名倒是換成了小豬九號。顏先生得意道：「看，人果然需要督促與刺激。」小豬九號哭哭啼啼上前了。這次顏先生也打了阿尼瑪，因為她不思進取又退步一名。阿尼瑪心不在焉看著遠方，彷彿那雙手不是她的。

偶爾，他們會在走廊瞥見更年長的兩屆孩子：寥寥無幾，確實洗鍊成熟許多。看著小大人亭亭走過，這群生澀的幼鳥無比艷羨。

週一早晨，所有孩子必須上天台晨會，頂著錚錚的日頭，唱越人歌。這是更新世創始者彙編至文而譜曲，一首明快鏗鏘的歌。新生只草草學了兩次，落拍走調還唱不好。倒是蘑菇唱得渾然忘我，滿身蕈褶俱是簧片。它們出得廳堂，入得廚房，除了燒飯洗衣，還會朗讀、記帳，甚至育幼與照護老人。面目模糊，卻乖巧可愛。人人都說請人還不如養蘑菇。蘑菇就這樣外銷人臉大陸與手之州各地，時髦實用，是全國的驕傲。第一次集會，朝陽將天台映成清淡的玫瑰色，腳下石板日影濛潤，如在水底。阿尼瑪忽然有些想哭。但當蘑菇沐著晨光搖唱，風裡盪漾森森的樹香，這情景像湖精幽默的魔法。她不哭了。

顏先生習慣在天台的簷影下演講。他平日雄辯，演講卻因強調而有奇怪的斷句與花腔。比如「今、天天、氣很好，我沒什麼事。但從、今天開始，午餐，沒、有、牛、奶，改喝蘋！果！牛！奶！」「早、餐花生本來有七、粒，菜販特、別喜、歡你們，現、在有九粒，九、粒、呀！大家鼓掌！」上廁所一次只用兩張紙，飯前洗手，腰帶只有一種綁法，襪子絕對該遮住腳踝。在美好的滋養下，大家要好好思索學習的意義。意義？不就是考高分，進白塔？力爭上游有什麼難？有的地方規定襯衣顏色，有的要求逢年過節寫卡送禮。比如水蜘蛛就不必晨跑與掃廁所，毋須敬禮卻得朗誦至文。五花八門各有道理。不這麼做，有什麼影響嗎；這麼做了，有什麼進步嗎？他們其實不太懂，但既然能來水蜘蛛，對這些要求乃至屋裡各種稀奇詭異，也全都見怪不怪了。

水蜘蛛有很多房間，不過孩子除了自己的臥室、按規定出入各種場所，其餘一概不許進去。紅吻說若是擅闖，你們蓮花般漂亮的小眼睛就會被挖出來，拌馬鈴薯泥吃下去；若是迷路，不僅危險，大家還得費力找你。從前有個阿尼姆斯就是不聽，後來就失蹤，找了好久也沒下落。他們對其他地方的理解，就只有群聚長廊時的口耳相傳了。孩子驚喜地發現大家的房間都不一樣：白蕾絲圓床，窗台擺滿藍繡球的閨房；珠母貝床懸吊各色骨螺，四腳立著比孩子還高的珊瑚；粉牆浮雕姿態扭曲的十三位玻璃舞伎；鮮藍粉綠，瓷磚拼貼如調色盤的房間；嵌一座松枝日晷，波浪般毫無稜角的房間。他們比手畫腳地說，說不夠，還繁衍出圖文並茂的彩卷，一紙紙偷偷傳閱。奇妙的房間，奇妙的大堂與天台，他們喜歡。

你們呢？你們的房間是什麼樣子？有孩子問阿尼瑪與阿尼姆斯。他們正想開口，蘑菇恰巧蹦進課室，跳上講桌搖鈴。孩子們意猶未盡吁一聲，說散就散。

後來孩子們說阿尼瑪的房裡睡了一隻小龍，她就睡在母龍頭骨刨製的搖籃裡。阿尼姆斯的房裡有副閃閃發光的黑盔甲，裡頭滿是未經雕琢的紅石頭。兩人書桌正對大圓窗，拉開一縫，湖中不滿一寸的精靈們就會流進來，趁孩子熟睡時吹笛，補衣，完成所有功課。

誰叫他們是孩子中的孩子呢？

他們理應也值得最好的。

❖ ❖ ❖

阿尼瑪靜靜回房了。

鎖門，脫鞋，扔下腰帶赤腳踩踏冰涼的石板。

她的房間沒有小龍也沒有精靈。那是座半圓形的房間，天板懸垂鳶尾吊燈，書桌正對一扇大圓窗。窗鎖死了，打不開，但掀開淺藍布簾，便是夜晚霧光浮爍的湖面。倒是那張小床，確實像只煙白色的大搖籃，平躺上去，雙眼正與吊燈相對。她點燈，光暈映得四壁幽白，湖光浮在其中一堵牆上。走近一瞧，滿是凹凸細碎的刻痕。她自顧自對牆玩手影，十隻指頭抖出灰撲撲的鳥，蝸牛與蝴蝶；她揮手，牆上的人也揮手。她蹲下，牆上的人也縮成一球。

來到水蜘蛛的第一晚，她踮腳，獨自在房間焦躁地走來走去，意外在床底找到幾罐裝滿閃亮粉塵的小玻璃瓶，以及幾塊尖銳的長石片。她倒出少許粉末抹上映著水光的那面牆。不久，牆體浮現蛛絲般的刻紋，扭曲的塗鴉由點而線閃爍，映出一片如水晶又如絹絲燈籠的星圖。她就這樣悄悄玩了好幾回。

不過今晚，阿尼瑪還想做點不一樣的事。

她拿起石片在手掌拈拈，深呼吸，用力在發亮的牆面狠狠割幾下。才劃一刀，牆便空隆作響。一管隧道如白百合在牆上綻裂，盡頭半掩的玻璃屏風映出阿尼瑪蒼白的小臉。

她拍拍胸口，把椅子搬到牆邊，踏上去，趴在隧道口盯視那小小的屏風。隧道與屏風非常明淨，一點灰屑也沒有。屏風將房間照得又歪又小，牆邊的她長得太大，彷彿下一秒就要被整間屋子推擠出去。

她像隻小鼠鑽進去，爬到底，小心翼翼翻過了那層玻璃屏風。

同樣是雪白泛青，只能屈身爬行的小世界。小道四通八達，如精密的血管叢。懶骨頭趴在屏風這一頭，靈靈瞪著從牆另一頭翻過來的阿尼瑪。

阿尼瑪忍不住微笑了。她輕輕湊近牠，伸手摸牠的臉。涼涼的，八字眉的苦情小臉。懶骨頭不閃避，也不歡迎，只輕輕閉上眼，耳側密生的潔白觸鬚如水中的百合花蕊快樂地漂浮起來。牠伏地，嘟噥那支奇怪的小調。那不停擦抹著的手爪和那張老臉完全不同，白皙短小，孩子般不成比例的幼嫩。

「帶我走吧。」阿尼瑪悄聲請求。

懶骨頭搖頭晃腦，像養在蜘蛛肚裡的蟲，熟門熟路毫不踟躕。阿尼瑪在後頭匍匐，聽見牆外湧流的呼嚕、風響、水渦，連大人們的腳步與說話聲也聽得見，只是全影影綽綽隔了一層。第四道岔路右轉，第一道岔口再右轉，彎曲蛇行直至甬道盡頭。他們找到了阿尼姆斯。他也手握石片，好奇端詳這誤打誤撞闖進的小世界。

他們幾乎同時發現這道牆裡的暗門。阿尼姆斯告訴她，他的書桌同樣面向大圓窗，搖床正對吊燈，曾有孩子在有隧道也有湖光的那面牆塗鴉。他們的房間像兩條圓胖小魚，彼此對稱。

沒有人知道，兩個孩子開始過著一種奇異的雙面生活。白日安靜無事，夜晚就破壞了牆，進到蜘蛛肚裡四處探險。牆裡隧道四通八達，全通往正廳上方卵形的大空洞。他們將那些小道叫做蜘蛛管，將那隱祕的空洞叫做蜘蛛巢。水蜘蛛，是人們叫習慣了，和顏、紅吻、牙車、腹詠一樣，都是某種體系的代號。或許當初建築師根本不叫它水蜘蛛。當他們第一天看見水蜘蛛，腦海便自動浮現一隻大白蛛盤踞湖上的情景。或許現在再出去外頭看一眼，感覺又會不同了。直到現在，阿尼瑪與阿尼姆斯仍不明白水蜘蛛真正的樣貌，連找到祕道的方法也還摸不清。拿小石劃傷牆壁可以進來，拔去牆角野草或大樑柱的玉石鑲飾可以進來。但若是輕輕碰觸，或桌椅不小心刮擦牆壁，水蜘蛛都不為所動。他們也發現，蛛管入口不只有他們的房間，至少目前沿著大廳樑柱與旋轉梯走，就找到了兩個新入口。蛛巢一如水蜘蛛整座建築，冰白，質地如晶如骨，微微透出冷豔的光暈。但不如外頭平整，反而相當崎嶇浮凸，滿是蕾絲或濾泡般纏繞的結構，似乎不是先砌磚而後雕琢，反而像某種東西瞬時吐出了凝結了那樣一氣呵成，從隙縫底長出了蓬蓬的野花。蛛巢深處，還有具風乾的小孩：雙手交疊擺在肚子上，像熟睡，一身灰白衣袍沒有編號，懶骨頭不時在男孩手邊放上一把把金綠小草。除了他，阿尼瑪與阿尼姆斯再沒發現其他人。反倒翻出了不少遺物：牆面零碎的石刻壁畫，破碎的眼鏡，野草紮成的小屋小車，筆跡濕糊了的日記本，散落蛛巢各處，不知它們的主人都去哪裡了。那些在牆上塗鴉的孩子，先前住過他們房間的阿尼瑪與阿尼姆斯們也知道這裡嗎？見過這風乾的男孩嗎？他們不曉得其他人是否也知道這些祕密，卻不敢、也不想輕易開口。

三個月過去了。

孩子們漸漸熟習了生活。有三個孩子連拿三次最後一名，只得黯然離去。旁人不記得他們的名，反正叫吊車尾、那個笨的、那個死胖子，他們就會一個個回頭了。若有蘑菇累得再也動不了，就送入廚房，全員加菜：香蒜蘑菇，奶油蘑菇濃湯，蘑菇菠菜烘蛋，彩椒蘑菇咖哩飯，青蒜牛柳蘑菇醬麵。他們已經美美吃過好多種了。孩子不知蘑菇怎麼弄出這些料理，也不知蘑菇料理同胞是什麼心情。反正有菜就吃，有菜為什麼不吃？他們也漸漸摸清了同儕水平與師長的脾性：腹詠如融化的奶油，顏先生和紅吻不能惹，肱先生口吃又一板一眼，劓夫人與牙車乍看嚴厲卻挺風趣。從坐序就可瞧出份量：顏先生總在中央，最晚出席；肱老師與劓夫人則敬陪末座。互為肢體，終究輕重有別。

晴天時，光從偌大的蜘蛛複眼流進來。大堂沁透也發散著光，如一重重深涼玲瓏的宇宙。

下雨時，千萬銀針打亮了湖上那張網。風雨滲入蜘蛛殼，於潮潤的屋角生出一綹綹指甲大的野花。蒲公英種子，常落在小孩的頭髮上。雨停了，長腿就會巡視水蜘蛛各處，拿鐮刀，將雜草一叢叢連根刮淨。

小猴四號，也許他最像孩子了——他常拿粉筆在課室牆上塗鴉，凡有抽屜門窗，必定想方設法打開；牆板有裂縫，也一定揀起樹枝掏掏探探。進了水蜘蛛讀書，他簡直樂不思蜀。他會跳上旋轉梯扶手，從大堂一路滑落碼頭；也會攀上大樑柱，踩著骨螺般的長刺一級級往上爬。所有孩子都跑出課室仰望，像真的看猴子在樹冠戲耍。幾位留下來的學長姐在飯廳碰面，總悄悄塞來滿懷的蘋果。他的古怪之處正是在水蜘蛛，還能很自然嘻嘻哈哈。大人說破了嘴才教會好好坐下，不要突然跳起來扭屁股，表演吃糖果、撲小鳥，還找蘑菇一起玩壁球。他們似乎也曉得四號就是這樣調皮，唸歸唸，卻很少真的責備。何況，他真是聰明，大人對最聰明的小孩總是莫名包容。只是，他老愛問問題，與學習無關的問題，特別是進不了白塔的孩子後來都去了哪裡？彷彿給再多次答案都不滿意。有一次，王子十一號曾忍無可忍指著他大吼：別問了，不都回家了嗎？一直問有什麼用？他一發難，其他孩子立時喏喏附和。

唯一不厭其煩回答小猴四號甚至鬥起嘴的，是教星象與器械的牙車老師。他是個外表規規矩矩，性格卻十分瀟灑的眼鏡大叔。和教數算與擊劍的肱老師不同，肱老師挺拔而嚴肅，從來不笑，說話不僅緩慢，還有些口吃。許多孩子都因上課難熬默默討厭他。牙車恰恰相反，他十分健談，說得高興，手就不自覺上下擺動。他教他們看各種器械圖譜，推算星體與潮汐的運行，每隔兩週帶一種器械，嘩啦嘩啦示範拆裝。因為四號太愛講話，牙車索性塞給他一些複雜的老器物。諸如舊時鐘、手錶、音樂盒甚至吊燈，要他坐在後頭自拆自組，別煩人。也不只一次好說歹說，要大家謹言慎行，不問笨問題。可惜他沒有架子，小孩根本不怕，五花八門的問題常流於虎頭蛇尾的抬槓：「那些走掉的孩子去哪了？」「早就回家了。」「還會回來嗎？」「可能喏。」「什麼時候回來？」「不知道，這得問顏先生——你問嗎？」「為什麼不？」「但關你什麼事？」「他們不都是我的同學嗎，什麼時候走的，我怎麼都沒看見？長腿叔叔都在撈死鳥，沒載過人。」「嗯，你怎麼可能什麼都看見？他們也許晚上走的。」「晚上下山不是很黑很危險嗎，幹嘛這樣偷偷摸摸？」「怕打擾你們上課吧？這山又不高。」「他們哪有我吵啊？」「你也知道？那還不安份點！」

每當小猴四號與牙車有來有往地講話，不少人就趕緊低頭背書了。阿尼瑪常一手支臉，悄悄看向窗外。長腿正駕船，拿竹竿打撈湖上小鳥小獸的屍體。他做得熟門熟路，還隱隱約約哼著歌。永遠都是那首危險與憂傷的小調。聽久了，才發現是集會必唱的越人歌。歪幾個音，感覺就完全不同了。從外頭再看一眼水蜘蛛，會有什麼不同呢？一個個問題泡泡般浮出來了。是啊，從沒看過孩子被載出去呢。他們究竟如何離開呢？牙車說，別看這座湖很藍很靜，其實很危險。這火口湖像是小而深的盆地，水都往低點匯集，幾乎沒有出口，火山含鹽的礦石與惡氣染毒了湖水。可能湖底有小孔通向海，這就是為什麼春天沒日沒夜下著大雨，湖水卻從不氾濫。別想動歪腦筋到外頭去。這湖太大，想游出去，還得逆流而上。光是清早起霧，秋冬結冰，下水就凍死人。

小猴四號太頑皮，成績再好也很難被欣賞。大人私下都說：世風日下，一代不如一代，孩子可不能只會讀書。

其他孩子偷偷給阿尼瑪與阿尼姆斯安上「散仙王子」、「恍神公主」等綽號，與真正的王子公主對應——他們才是童話書與教養書著意描摹的完美小孩，動靜文雅，宜喜宜嗔。總神采奕奕坐得筆直，一見大人便甜笑問好。他們不時有改善秩序與讀書風氣的點子，常寫長信請大人代發給所有人，若反應平平，就為同學的冷漠暗暗傷心。顏先生知道了，常以他們做生活榜樣，鼓勵其他人應該更團結。他們還學以致用，發明一種遊戲邀大家同玩。這遊戲是這樣的：「鬼」可以對所有人發號施令，但指令必須加上「老師說」才須遵守，違反指令或動作最慢的人，都將慘遭淘汰。公主最喜歡午飯後在走廊上扮鬼，循序漸進嬌聲下令。

「同學們坐下。」其他孩子動也不動。

「老師說坐下。」孩子們爭先恐後席地而坐。有個男孩沒聽清楚，當下被判出局。幾輪後，公主連珠砲般發號施令：「老師說半蹲，老師說抖抖左腳，老師說左手放頭頂右手放後腰，同學說跳三下——哈，妳跳了，妳輸了。你，妳，還有你，動作真慢，全部出局了。」

阿尼瑪和阿尼姆斯很少和大家待在一塊。他們可以和大家一起笑，卻很難一起玩，從最初就被另眼看待。特別禮貌，特別溫柔，有時也訕訕的。當年更新世脫離北方古國，在南地擁戴新王。人們對過去的古國生活十分不滿，尤其是全國最重要的大祭司選拔。青石神廟的老巫女，從民間挑選特定時地出生的女孩，送入神廟精心養育。國家棟樑的選擇，怎麼可以這樣昏庸迷信，全由命運決定？不分男女，人人都應能憑著自己的力量獲取成功。能同時改變自我、改變國家，改變世界的唯一途徑，就是學習；而最能檢驗學習成效與潛力的，就是考試。他們決定不只選出一個女孩，還要選出一個男孩。作最理想的孩子，針尖上的天使。這並不表示其他孩子從此沒有機會，而是大家都可以像阿尼瑪與阿尼姆斯那樣優秀，活出同樣光輝的模範人生。新國家的選才不靠轉世，而是考試。只有不努力，沒有不公平。

不過，第四個月，他們和大家開始有了一些小小交集。那是某個大雨的週五下午，孩子們在通往體育室的轉角撞見紅吻責打蘑菇。蘑菇垂著大頭嚶嚶嗚咽——它漏算某次小考成績，連帶總分與排名也全錯了。你看看你，忘東忘西，影響這麼多人，其他蘑菇還得幫忙收爛攤。都多久了還犯這種低級錯誤！她訓蘑菇的口氣活像訓人，惹得其他孩子巴巴張望。紅吻扭頭瞥見他們，卻不怎麼惱怒，只丟下一句：「淘汰的廢品，還是該物盡其用。不如替我管管吧。」

「紅吻老師，真的可以嗎？」

「不想嗎？」她慵懶鼓勵：「只有好學生才能當小老師，管教其他不聽話的小朋友呀。」說完，扭腰擺臀走了。孩子狐疑觀望，不確定瑟瑟發抖的蘑菇有沒有眼睛。良久，一位男孩說：

「請抬起頭來。」

蘑菇仰起蕈傘。

「你不乖，做錯事，對吧？」

蘑菇上下搖動。

「轉個圈給我看。」

蘑菇依言轉圈。

「大一點，一直轉，我說停才能停噢。」

蘑菇果真轉，轉，轉起來。每個圓都規律而完美。這是任何人都舞不出的，職業級的圓。孩子在旁低聲數算，數到一百，齊聲歡叫：停！停！停！蘑菇立時倒地，蕈傘不住搖晃。太輕盈，碰地發不出半點聲音。

於是，有人鼓起勇氣摸摸滑溜的蕈傘，又翻開皺褶尋找蘑菇的眼睛。蘑菇並不反抗，他們就抱起它丟冷水，因為它膨脹而竊笑。奇怪的是，蘑菇看上去很輕，行走坐臥也沒什麼聲音，卻沉甸甸的，還得合力才抬得動。最後他們索性要臃腫的蘑菇自己站起來，自己堆柴燒水，搬來高腳椅自己跳進鍋裡，就像第一日從飛船跳下來那樣。蘑菇果真義無反顧跳進去——尖叫一聲，死了。整鍋熱水滿是蘑菇的氣味。

孩子不明白那嚶嚶的高音意味什麼。他們慌忙熄了火，探向滾燙冒煙的鍋。湯水清鮮，臉兒蒸得白裡透紅。

「不知道有沒有毒？」有孩子舔舔嘴唇。

「你一定不敢吃啦。」另一個孩子輕推手肘。

「誰說我不敢？」他噘嘴跑回教室，拿湯勺嘗了一口。

「好喝耶，像過年的湯。」

他們歡快輕呼，趕緊將蘑菇吞吃抹淨。咂嘴，散了，一鍋湯渣浮浮沉沉。

趁著懶骨頭還沒來，阿尼瑪和阿尼姆斯默默湊了過來，也伸出食指好奇地沾沾湯水，含進嘴，舔舔。

好甜。

誰說好孩子只會讀書？

他們又會讀書又會玩。

從蛛巢深處架只梯子，就能頂開薄薄的天板，上水蜘蛛的天台。

❖ ❖ ❖

晨會時總站滿了人，他們從沒細看過。獨自上樓，才發現天台原來這樣水性又空曠。彷彿空中浮著一座湖，身下也有一座湖。清晨玫瑰，中午清白，夜晚則轉為半透明的午夜藍。腳底踩的不是瓷磚，不是石塊，只是從連通正廳的小閣樓延展而來、一大片剔透的白石。在天台邊砌成七層逐步抬升的圓弧，像梯田，也像海浪。起風時，天台特別清冷，但月光燦亮的夜晚，蛾就一隻隻飛出密林。皇蛾、水青蛾、鬼臉蛾、白女巫蛾，斑斕而文靜，平貼在絲絲閃爍的牆上。從天台邊弧向下看，才發現天台很高，他們像站在毫無保護的懸崖上，湖水也如深淵凝視著他們。

在天台邊，阿尼瑪找到一窩喜鵲蛋。她捧起鳥巢，掏出蛋邊走邊摔。每碎一顆，就咯咯笑起來。一旁的阿尼姆斯連忙愛惜地抱過整座鳥巢，那日阿尼瑪卻像玩心大起，瞪他一眼，玩轉手上的蛋，啪一聲又脆脆摔碎一顆。阿尼姆斯忍不住說她殘忍。她妖精般微笑起來，指指漂流湖上的死鳥：牠們的爸媽都死了，我們不養，小鳥照樣得死。

她摸摸他的臉，指尖微彎，冷滑，像即將捏或掐進皮膚底。阿尼姆斯隨即默默甩開她的手，掉頭走回蛛巢。阿尼瑪見狀，也笑嘻嘻，滿手生蛋汁地尾隨，讓懶骨頭舔淨她的雙手。兩人整晚各坐一邊，沒說話，連離開也是各走各的。隔天，像不約而同想起同一件事，他們又欲言又止地和好了。小巢只剩三顆蛋。他們一同拔草護住鳥巢，安靜地，等待小喜鵲孵出來的那一天。

是好奇嗎？是無聊嗎？還是某種自己也說不清楚的欲望。他們漸漸長成了自己始料未及的夜行動物。彷彿從肚腹深處生出了奇異的表情、光線、記憶，連走路的姿勢也受影響，只有自己與水蜘蛛曉得。有時仰望那骨螺般張揚的樑柱，看水光透過玻璃複眼或粗獷、或纖細地流淌，他們更清楚感覺：水蜘蛛是座巨大的外骨骼，裡頭遍布生命翻攪的痕跡，銘刻了許許多多未知或不可知的時間。每發現一種表情，他們就長出一只新眼睛。

懶骨頭白日總趴在牆角，不是擦抹，就是瑟縮在大堂中柱邊。有時牠會垂著眼瞼，發出小孩哭泣的嚶嚶聲。大多時候，人們只是恍若未聞繞開牠。這老獸嘟囔鬼祟，正眼也懶得瞧一眼。只有哭得太大聲，顏先生才會拿棍子把牠打去別的角落。但爬進水蜘蛛隱密的內體，牠似乎就恢復了活力。牠的手指又小又短，握力小，指甲卻十分堅硬。有時也捏碎花葉，滿手汁液地印抹，甚至咬下指甲，一片片埋進牆縫。堂皇的迷惑的，憤怒的清甜的，牠一動作，指爪緩緩拂過，原本素淨的空間便有了令人玩味的面容。

他們也喜歡隔著蜘蛛管的小縫，觀察蘑菇的生態。蘑菇沒有手，卻能靈活運用褶邊，以蕈傘頂著食籃分工合作。它們也能分類圖書，計算成績，甚至聽長腿與牙車的指揮，協助換燈泡與修繕器械。不僅聰慧，還很多情。他們看過蘑菇對其他蘑菇噴孢子，啾啾嘰嘰，在鬆鬆鋪滿棉花的小房爭搶溫暖的席位，跳一種推骨牌般的社交舞。同樣有生命，有智慧，有組織，但更棒的是永遠任勞任怨，孜孜不倦。沿著蘑菇小房邊的蜘蛛管慢慢往下爬，還能看見有著一扇綠小門的房間。那間房從不亮燈，溫暖潮濕，橫七豎八擺滿細長的黑袋子，飄出一種特別熟爛的酒香與腥臭。他們不喜歡那氣味，只遠遠覷一眼就走了。紅吻帶他們讀過一本手繪的蘑菇簡史，除了講述了這類蘑菇的特徵與功能，更有意思的是附錄的五菇叛亂記：這不過是十年前的事。五朵新生蘑菇，大概製作時出了差錯，異常凶暴，竟吆喝著停工了。它們出其不意趁送公文時攻佔顏先生的辦公室，拿桌椅堵門，終日噴散孢子啾啾嗚叫。但當然沒人聽懂，要與人溝通，就得講人話。好在，大多數蘑菇都努力協助大人討伐同伴。三天後，嫩菇被趕上天台，年輕的肱老師埋伏多時，一劍將五朵叛徒斬成十五段，這可是經典的算數習題。事後大人也寫了四本報告深切檢討——小朋友，不要學這些鬧事的壞菇喲，是什麼，就要像什麼。

在蘑菇房與小碼頭之間的蜘蛛管，他們還發現了一只玻璃罐，養著新鮮帶葉的樹枝，與長尾巴的蛾。那是隻又大又美的蛾，約有孩子兩掌寬，渾身包覆雪白細絨，水青長翅優雅平伸，不時伸出前肢梳理短短的觸鬚。玻璃罐旁還擺著課本、白紙、黑糖，一堆蘋果。

阿尼瑪捧起罐子，盯著玻璃裡的蛾，雙眼閃閃發光。

「嘿。」阿尼姆斯輕輕提醒。

她放下罐子，有些羞澀卻也有默契地微笑了。

那一陣子，他們總在課室後頭坐得筆直，認真觀望所有的同學。清晨，窗子被水霧沁得白毛毛的，小孩的臉也變得天真而陌生。誰才是同樣進入蜘蛛管的孩子呢？他的蛾與樹枝是從哪裡找到的呢？他也從蜘蛛巢偷偷爬上天台嗎？他們發覺其他孩子也會這樣端端正正欣賞著別人。比如小豬，總是很老實地走來對人說好話。比如公主，休息時不時轉身，仔仔細細端詳身後的同伴們。倒是小猴四號，近來像被揪住了尾巴，緊張兮兮，對一切都失去興趣。他整日窩在桌前，不說話，也不活動。還跑上走廊攔住腹詠，窸窸窣窣說起話來。起初腹詠和顏悅色，後來卻掩飾不住訝異。拉住他的手，搖頭，要他好好讀書，不要想太多。

也是那一陣子，小猴開始失常了。他每次考試都故意交了白卷。一打鈴就故意睡得流口水。故意剩下討厭的彩椒。故意不唱越人歌。交白卷的頭兩天，他一見長腿就捏著鼻子躲得遠遠，但過幾天，又皺眉湊近他又嗅又聞，惹得長腿一次次把他推開。分明是再平常也不過的日子，他卻大驚小怪，一遍遍說送走的小孩都還留在水蜘蛛。當然，沒人把他的話當一回事。苦口婆心問他是不是生病？為什麼突然搗蛋？他笑咪咪，手扠腰，抬頭挺胸說自己正在做實驗。兩個禮拜就這樣毫無懸念墊底了。

「因為你先前表現不錯，我們決定特別網開一面，給你五次機會。別人可沒這種優待。你得好好改進。」週間晨會，顏先生特別點名小猴：「但其他人照樣得遵守規則，扣掉四號，超過兩次最後一名，還是得走。」新規定一頒布，小豬九號登時坐立難安起來。他已經兩次殿後，在倒數邊緣浮沉好久了。雖則並不是每回都有人離開，但只要排名下滑，不少孩子便心情低落，食不下嚥。患得患失總是注定了失常。顏先生說，失常只是藉口。這代表準備不足，或心志不堅。這是你們自己必須克服的問題。兩百多年來，水蜘蛛制定了各式各樣的學習方針，比如背誦經典是學習的根本；追求標準答案能培養嚴謹，討論可避免單一思考與訓練協調合作；躺在泥地三十分鐘模擬死亡，則可體會生命可貴。樣樣都對孩子大有裨益。就是要設計並實行一連串繁瑣的考核，從中篩選真正才智與心志俱足的菁英。

他們漸漸成為一塊塊平整的金屬，千錘百鍊，很聽話了。又一個孩子被送走時，他們已經不怎麼害怕，而習慣端正盤坐，念誦至文。

生存競爭，適者生存。

非禮勿視，非禮勿言。非禮勿聽，非禮勿行。

非常得體。

深秋時，小猴第三次墊了底，小豬九號卻該走了。

他倒是出奇冷靜，輕輕撥開想牽手的蘑菇，往前站一步，向所有人都鞠躬：「是我不好。雖然覺得自己很努力了，但每次都只差一點。這次也只差一點。但規定就是規定，我必須遵守。我常常因為不夠聰明整天提心弔膽，能留到現在，真的很高興。我在這裡真的一窺堂奧，對，堂奧，學到了好多，也喜歡生活有規律有目標。是我配不上水蜘蛛。謝謝老師，謝謝同學。希望你們都能快快樂樂喔。」

說著說著，他忍不住又鞠躬，哭得手、腿、下巴的肉都顫動。那哭泣如白亮的驟雨螫痛了所有人。面對非戰之罪，小豬卻毫無怨苦，只一片純白溫柔。所有人都憐惜，卻也莫可奈何，只能不約而同以目光無聲地責備坐在地上的小猴四號。他睜著碧綠的大眼直望小豬，竟像一點愧疚也沒有。大人們輪流上前抱抱小豬。這時，蘑菇圍了過來，如鐘擺左搖右躍，像安慰。幸好，小豬很快就不哭了。他撩起袖口吸鼻子擦眼淚，蘑菇便群起輕推他的後腿，簇擁著離開了。

「他真是好孩子，可惜他的路和你們不同。但，無論做什麼他都會成功的。」顏先生目送小豬，嘉許地嘆口氣，轉頭語重心長對孩子說：「我知道，這條路確實辛苦。雖然一路上有好同學，好老師陪伴，但，最後還是只能自己走。你們聽見小豬說的話吧？他多想留下來卻沒辦法，你們這些聰明的幸運兒可千萬不要浪費光陰。某些人更需要珍惜。我們給你們的，都是你們承受得住的。不怕苦，不怕難。勝不驕，敗不餒。平常心。在襄國，那裡最好的學生清晨就到湖邊背書至深夜，餐餐只吃白粥——這樣嚴以律己，你們是如此嗎？髮峽的孩子精通至少三種外語，你們是如此嗎？我願意鞠躬盡瘁，你們願意為自己打這場人生的仗嗎？」

「願意。」公主十五號朗聲說。

「好孩子。」顏先生豎起了姆指：「再說一次：我們給你們的訓練，絕沒有承受不住的。不只訓練，我們還給你們信念、希望與安全。就拿水蜘蛛的創立來說吧，我們為了讓精選的幼苗在最清幽的所在心無旁騖地學習，可真是費了不少心思。當年敬愛的、有魄力的長官看中了這座湖，與火口湖畔陰險的娃娃魚搏鬥多年，才將牠們剿滅、驅逐，設立了水蜘蛛。那群怪物從太古就佔據這座老火山，喜歡茹毛飲血，沿水做窩，還可以活個幾百年。有的渾身銀白，有的是杜鵑或樹枝的顏色，全詭計多端滑溜溜的。牠們一點文明也沒有，習慣勾引迷路的孩子一棒敲暈，再像扛米袋般拖回堆滿雜草與糞便的老巢。牠們把人類的小孩火烤、水煮，一個個餵給小娃娃魚。男的女的都吃，活的死的都吃。」

下回週會，不必送走孩子，時間充裕。顏先生特地帶來一大一小兩罐巧克力糖，說今天獎勵，誰要就舉手，先舉先拿。正當眾人左顧右盼，小猴四號立馬喜孜孜舉了手，渾然忘了自己還在觀察期。顏先生招手喚他，他就上前，毫不猶豫捧起了大玻璃罐。

「等等——」顏先生輕聲打住：「你有想到其他同學嗎？」

「嗯，還有一罐啊？」小猴四號大惑不解：「他們自己不要的。」

「你拿大的，這樣其他人，這麼多人，可以拿什麼？」

「小的啊。」

「要懂得分享呀，替別人著想。」

「我想分就分，不分就不分呀。」小猴歪頭：「不然不是很假嗎？」他咬咬手指，有些不悅地打開玻璃罐，從第一排開始發放巧克力糖：「不然，分給大家吧。這樣不就好了？」

「這就是了。」顏先生從上到下，微笑審視小猴。孩子撕紙吃糖，他再次說起娃娃魚：玳瑁可以製梳，寶石金龜子壓碎了殼可以裝飾家具，娃娃魚比起其他爬蟲唯一的好處，只有築巢時蛻出的漂亮骨頭而已。沿著溪澗或濕潤的陡坡滑行，娃娃魚就能直起身子，化成人。牠們喜歡裝作可愛的孩子，越老的娃娃魚，模樣就越年輕。其實，不只娃娃魚，南方的妖精普遍都能變。同樣出身南方大洋的人魚，就是知曉變化之法，才能褪去魚尾生出雙腳，從海底遷居陸上。喜歡偽裝，變形，耍花招的欺騙，就是這片豐饒卻蒙昧的大地本性。所以我們國家有這麼多異人，半人半獸，半人半鬼，各種檢驗都分不通透。數百年前，更新世在南地建國，各族精怪慕名歸服，獻藝，通婚，只有娃娃魚始終不曾露面歸順，也就不得不征服了。我們的祖先在溪澗拉網，在牠們喜歡築巢成家的地方埋伏。太強悍或太弱小，都捕殺；可堪造化的，就割掉鼻子，守邊。牠們不像人魚那麼知書達禮，貢獻了一種變化形體的祕藥，稍事改良，散布於迷霧潮濕之境，便是催製蘑菇的良方。人魚也因此受封為容克貴族。語罷興盡，他拍拍手，問盤腿的孩子們有沒有問題。

王子十一號舉手了。

「請說。」

「老師，這禮拜下課我聽見，有人覺得有問題。」

「噢？誰？為什麼不自己舉手問呢？」

王子沒答話，轉頭看向阿尼姆斯。

「你站起來吧！」顏先生對阿尼姆斯招手：「什麼問題？」

「沒事。」阿尼姆斯瞪了王子一眼，緩緩起身：「沒什麼大不了的。」

「不要累積問題。孩子有話想說，我高興都來不及。不要吞吞吐吐的，難道我會吃掉你嗎？」

所有孩子嘻嘻笑了。

「好吧。」阿尼姆斯有些猶豫，聳肩：「如果這種妖精太古就在火口湖邊築巢，那牠就是這裡的主人，長官才是侵略者吧？茹毛飲血是習慣生吃的意思吧，但牠們又火烤小孩？如果粗魯野蠻，又怎麼造出水蜘蛛？如果一種生物，一種生活，可以維繫這麼久，一定有它的道理。那有什麼不好呢？我覺得很多事都說不通。」

「有什麼通不通的？雖是閒話，但我說的是實話，也是為你們著想的好話。」

「這和事實不一定有關吧？或許您被騙了或不清楚，也說不定。」他滔滔不絕繼續說，渾然不覺顏先生的表情變化：「您真的見過那些壞得不可思議的娃娃魚嗎？」

原本爐邊閒談的氣氛乍然消失了。孩子們有的點頭，有的托腮，幾十隻眼眨巴眨巴望著他們。

「我們有空再聊。這樣問，哎，會影響別人。」顏先生瞄瞄其他孩子，兩手一攤。

「你們不是說不要累積問題嗎？」阿尼姆斯看看王子，又看看顏先生，竟忍不住翻翻白眼：「照這樣說，您自己也不肯定，不也是隨便影響別人嗎？」

顏先生當下就打了他十個巴掌，在大廳罰站，朗誦一千遍牆上的至文。整晚，所有人默默溫書，一面聽阿尼姆斯乾巴巴地大喊：

生存競爭，適者生存，贏在起跑點。

非禮勿視，非禮勿言，非禮勿聽，非禮勿行。

與此同時，大人卻在大堂樓上的會議室激辯起來。相較於水蜘蛛各處，這間會議室特別方正。方形小室擺著瑪瑙方桌，四壁掛滿紅皮獎狀。一進門，就像不小心跌進了洶湧的直角漩渦。

「幾十週過去了，沒有一次第一名。態度呢，也很差。進水蜘蛛時阿尼姆斯還推了我！」紅吻率先開砲。

「那也是幾十週之前的事了。」鼽夫人抿嘴笑笑：「妳怎麼還介意？看來其他小孩都太乖了。」

其他人紛紛笑了。紅吻倒是不慌不忙回應：「妳只上課，不管教，當然可以這樣寬容。」縱使有蘑菇打理瑣事，內外庶務仍全得紅吻安排。她的房間常常深夜還亮著。一雙原本該拿畫筆的手，現在完全荒廢了。

「與其換掉這兩個孩子，我覺得不如不如趁機檢討這個制度。阿尼瑪和阿尼姆斯根本就不該存在。」夫人不理她，刻意拉高音量：「每一年，我們花費這麼多人力物力，培育最優秀的種子，使他們日後有所發揮——三十年過去了，揮發掉的孩子更多！」

「檢討？誰做錯？誰該負責？」紅吻煩躁地撩撩頭髮。

「這樣說是沒錯。但沒有揮發，哪來的精華？」牙車不解地問。

「你所謂的精華，大部分都瘋掉了。」夫人揉揉額頭：「第七對阿尼姆斯，那個三歲就能讀報紙，七歲自造風車，十歲就被白塔錄取的神童，後來曠職逃到國境邊界的小漁村，躲在臭蟲與漁網間，看見文字與算式就滿腹噁心；第十九對阿尼瑪原本可以是傑出的醫生，後來拿刀劃花自己的臉。第二十四對，四十五對，五十一對，全跑去別國了，還有五對工作時故意失蹤，至今下落不明。當初配對的構想也很失敗，不是互相廝殺，就是殺死孩子。其他例子還很多，你們可以自己查。」

「這不就有現成的例子？」紅吻笑笑：「您不要故意挑撥大家的感情。」

「誰挑撥？」夫人嗤之以鼻：「事實這麼明顯，小孩原本好好的，最後竟然既不快樂也不成功，你們為什麼看不見？」

「哦，我們拼命教習，每天提出這麼多新活動新想法，妳卻這樣任性挑剔大家的專業。」紅吻反唇相譏。

「嘿！」劓夫人尖叫一聲，不耐地直視紅吻：「你們努不努力和制度該不該改到底有什麼關係？跟妳說話就是煩。」

「怎麼可以人身攻擊？真沒禮貌！」

「好啦，別吵了。」顏先生擺擺手：「夫人，妳是好意，但我們是成熟的大人，該有建設性的批評。」

「我說制度欠佳，難道沒有建設性？」夫人正色。

「體制又不是人，找不出該負責的人就只是漫無目的的抱怨而已。紅吻也說了，除了共體時艱，還能挑剔什麼？」

「所以？就不必改，也不能講？」夫人揚眉，似乎動了氣：「我如果指名誰負責，您一定說我傷和氣；但若小孩表現好，您是否會說這全是大家教育的功勞？到時您還會找不到人負責嗎？」

「欸，這話言重了。」顏先生促狹地吐吐舌：「妳畢竟是外人，不知道中選何等光榮，沒有孩子捨得脫下這頂桂冠。制度這樣設計，絕對有它的道理。」

「比起前…前幾屆，他們確實不…不夠。」鮮少發言的肱老師慢慢開口了：「成績也是，發…發育也是。太…太遲緩。」

「總算有明理的。」紅吻喟嘆：「我們不是針對這兩個孩子嘛，只是如果不夠格，不如早早除名讓別人遞補，不要辜負了阿尼瑪制的美意。依我看，十一號和十五號就很好。」

「是不錯。」顏先生幫腔。

「這兩個孩子也不差吧。」腹詠反駁：「排名和妳說的那兩位差不多，甚至更好。妳只是不喜歡他們罷了。」

「對。我就是不喜歡他們。」紅吻大方承認了：「態度不好。」

腹詠抿抿嘴，不說話了。什麼態度？不過是表面功夫。誰知道在無處不打分的世界，那些笑容是真是假？上週她才在洗手間，隔一道木門聽見公主十五號和朋友洗手聊天——她們在討論顏先生說的娃娃魚是真是假。公主咯咯笑：真假不重要，重要的是揣摩先生為什麼這麼說，敷衍敷衍就好。認真計較根本不必要。真有本事為什麼躲回學校？對小孩張牙舞爪地說教算什麼發揮？先生能讓我父親心悅誠服嗎？她在木門後聽得清清楚楚，一時竟不敢推門斥喝。天！她還不到十二歲。平常主動端茶倒水多麼親順。正因真正世故，才能無可挑剔地甜美。後來她還是決定裝聾作啞。有害無益的事，沒必要做。

「真計較成績，最好的是四號，你們怎麼不選他？」牙車悠悠問。

「太⋯皮啦。」肱老師說：「這種⋯自⋯己讀就好，作代表，我不知⋯知道怎麼教小孩。」

「還在觀察期。你忘啦？」顏先生瞪他一眼：「這小子最近到底發什麼瘋？」

「他只說在做實驗。」牙車不置可否應了聲：「進不了白塔會去哪裡？他不滿意問題的答案，乾脆決定自己找。」

「什麼實驗？」顏先生冷笑：「他這叫以身試法。」

「除名後，您怎麼安頓他們？」劓夫人看向顏先生。

「照規矩辦吧。」他敲敲桌面：「還能讓他們去哪？」

「我反對。」夫人洪聲道：「這不公平。」

「哪有什麼公不公平？」紅吻打趣：「天擇後，會有人擇啊。」

夫人手肘靠桌，十指又尖又長地交疊，遮住嘴，深深瞪她一眼。

「再給孩子們一點時間吧？」腹詠提議：「不能說換就換。」

「還要多久？大家都沒問題，就他們有問題？」腹詠還想說點什麼，卻被紅吻的笑聲打斷：「孩子？拜託，我們不也這樣過來的？」

「是啊。不能老是心軟沒原則。」顏先生兩手一攤：「妳和妳的阿尼姆斯同樣懦弱，才會這樣毫無底線的寬容。看看其他阿尼瑪與阿尼姆斯，他們現在做什麼？你們又是什麼？還不是靠我安排才有飯吃！」

腹詠低頭不語，耳根臉頰熱燙燙的。那日小猴四號忸怩地拉住她，說什麼水蜘蛛還有很多小肚子。他往大廳天花板用力丟蘋果，小肚子就打開了。有些地方碰一下就彈開，像熟透的鳳仙種子；有些像小獸打哈欠，露出平滑的大洞與虎牙。還有，廚房後面好臭。他看見長腿拿鐮刀蹲在地上，嘩嘩地不知道收割什麼東西。當他走出廚房，身上全是那種發酵的怪味。像忍耐很久，他問：那些到底是什麼？為什麼水蜘蛛有這些角落卻沒人告訴我們？她能跟四號直說嗎？她能向大家報告嗎？隔天有孩子來問小猴說什麼，她也不願多談。原以為這樣靈活的小孩一點就通，自己知道分寸。想不到沒有正面回答，事情反而一發不可收拾。

「夠了吧？」劓夫人怒斥：「老是調侃她。一群禿鷹。」

「我覺得沒必要。」牙車伸伸懶腰，顯然想結束這話題：「你們自己也說了，沒有明顯更合適的。除名既可惜，又麻煩。孩子當然好解決，是對外頭解釋比較麻煩。多一事不如少一事。」

「這也是。他們最⋯最近也⋯也浮躁。」肱老師摸摸下巴：「現⋯在換，會不⋯不安心。影⋯影響其⋯其他小孩。不好。」

顏先生不說話了，指節悶悶敲著桌面。

「算了算了，先留著吧。」良久，他掃視所有人：「出了事，你們都得負責。」

很快的，兩週又過了。小猴集了第五次最後一名。紅吻親自把他帶走了。奇怪的是，一聽見這消息，小猴反而霍地跳起來，眉開眼笑上前去，彷彿始終等著這一刻。其他孩子似乎也忍耐多時，見他起立，忍不住鬆快地歡呼。

他這一去，就真的再也沒回來了。頭兩天大家還想念。有人覺得可惜，有人覺得他太貪玩沒定力。第五天，紅吻說，四號既然不適應，就送回去，不會再來了。

她一交代，大家就放心了。但是阿尼瑪與阿尼姆斯卻不相信。他們趁晚飯溜下小碼頭，問窩在船頭的長腿。長腿叼著菸，含混不清說四號已經走了，回去吃飯吧。他們上課問，下課也問，見了蘑菇和懶骨頭也拉著不放。他們敲響水蜘蛛每扇房門，處處碰壁，漸漸失了分寸。甚至跑進劇夫人的房裡翻箱倒櫃，夫人出於無奈，只好將所有什物悉數還原——山茶依舊是山茶，蛤蟆依舊是蛤蟆。再後來，紅吻發現其他孩子，連蘑菇也開始有樣學樣地敲門。這是秩序的雪崩。

週末晚會，所有大人都罕見地出席了。顏先生最後現身，一群蘑菇扛著兩具擔架，辛辛苦苦跟在後頭。奇怪的是，他不先宣讀成績，而是拍拍手，令蘑菇把擔架抬至眾人眼前。

「這幾天很浮躁啊。」顏先生說：「喏，不必找了，你們要的都在這裡。」

他擺擺手，蘑菇便窸窸窣窣立起了黑黝黝的擔架。因為沒有手，它們只好以蕈傘推擠，發出噗啾噗啾、嘰嘎嘰嘎的雜音。憨態可掬。有孩子噗哧笑了。

「有點意思是吧？」顏先生曖昧地笑笑：「來，你們站起來往前看，看清楚點。」孩子們依言湊上前，繞擔架排排站了一圈。架上各放了一只黑黝黝的長袋，底下有東西均勻起伏，呼咻、呼咻，微弱吞吐鼻息。顏先生掏出小剪刀往上方戳了洞，嘩地扯裂袋子。裡頭的東西露出來了：兩個孩子睡在紗袋裡。一個又小又圓，一個又瘦又黑。他們手掌翻上，掌心長出兩朵小蘑菇，嘴角鑽出一朵，肚上那朵大如草帽，遮掩了腸子。胖小孩身上的蘑菇們大一點，頭胸腹幾乎全被淹沒了。奶油、淡金、向日葵黃，鋪灑於黑底肉底，一幅貴氣又絢爛的畫。

有孩子尖叫了。是小豬。是小猴。很快地，其他孩子都驚呼起來。

「安靜！」顏先生暴喝一聲，環視所有孩子。他們頓時噤了聲，像一群亂飛的甲蟲驟然裝死，一隻隻啪啪落在地上：「水蜘蛛這麼小，規則這麼清楚，你們都不願意遵守。以後出去怎麼辦？啊？怎麼辦？回答我？」

阿尼瑪雙手遮著臉，從指縫偷看小猴。她微微張嘴，眼圈也紅了。她原以為大家應該更害怕更激動，比方繼續尖叫、亂竄，甚至衝出門，逃跑。這不可怕嗎？紅吻不是說他生病被送回去了嗎？這不是說謊嗎？但，大堂出奇安靜，所有人像突然跌進了一處空白的大坑。起初公主嚇得大哭，但很快就抹乾眼淚專注望著顏先生，王子則抿嘴站得老遠，連她自己也動也不動。彷彿什麼也沒有發生。

「是他自己要變成蘑菇的。」良久，有孩子說。

「哦？」顏先生繼續審視孩子，語調漸漸柔和起來。

「故意五次最後一名，什麼也不做。」另一個孩子補充。

「對啊，都破例這麼多次了，原諒他，九號算什麼？」又一個孩子附和。

「是吧。」顏先生張開雙臂：「來，再說一次，我們的至文是什麼？」

「生存競爭，適者生存，贏在起跑點。」公主不假思索高呼，其他嚇住的孩子頓時如溺水者抓住稻草，忙不迭喃喃跟誦：「非禮勿視，非禮勿言，非禮勿聽，非禮勿行。」

「為什麼這樣？」阿尼瑪輕聲問：「這不合理。」

「大家剛才都說了，妳沒聽見嗎？」顏先生有些嚴厲地看著阿尼瑪。阿尼瑪雙手扶著小猴的擔架，踮起腳，似乎想看清楚小猴被遮掩的表情：「我知道。可是，我是說，為什麼兩個都變成這樣？小豬本來就適合當蘑菇，那就去啊。沒什麼不好。」

這樣說，那些大人反而有些訝異了。他們撮動嘴唇，卻什麼也沒說，只不安地交換眼色。阿尼瑪雖然眼眶泛紅，說話卻十分冷漠：「你們說過，會為進不了白塔的人安排合適的去處。小猴不適合當蘑菇。他們完全不同。為什麼最後都去了一樣的地方呢？」

「我說過很多次：不要問笨問題。妳怎麼不問，我們為什麼都活在同一個世界呢？」顏先生咧開嘴，沉沉告誡：「問題的癥結很簡單，有人不珍惜機會，有人對答案不滿意。給太多自由，你們只會放縱。喏，這就是最明顯的下場。你們不想也這樣吧？你們不正是為了一個非常純粹的目標才來水蜘蛛嗎？」

孩子們交頭接耳：「誰，那些人是誰？」

「事到如今，孩子們，我們不必針對誰。」口氣一變，他再次溫和重申立場：「大家都是一體，彼此該體諒包容，我們讓那些人自己知道錯了就好——再給那、些、人一次機會，不要繼續迷失。好嗎？」

孩子無所適從仰視，不知到底該憤怒，驚慌，還是聽話。最後像隱約同時抗拒或明白了什麼，骨牌般，他們咿咿唔唔，點頭如搗蒜。

旁觀許久的紅吻鬆口氣，笑了。她湊過臉對牙車低語：「望之儼然，即之也溫；望之也溫，即之儼然。兩句至文果然得交互使用啊。」

牙車沒回頭，只目不轉睛望著架上的孩子：「是啊，有必要這樣嗎？他到底做錯什麼呢？這孩子沒救了……如果還能醒來，只會是麻煩。五菇叛亂不就是這麼來的嗎？」

紅吻噘起嘴，還想說話，牙車便擺擺手，勉強笑笑便走了。聽說，他後來爬上天台，默默抽了一整天的菸。

除此之外，今天沒什麼特別的事了。孩子們溫完書，進體育室，為後天的擊劍考試暖身。顏先生宣布這週狀況特殊，所有人自動前進一名，不必離開。大家都非常高興。洗澡後大家都累極了，上床呼呼大睡。很快地，在乾涸得毫無夢境的夜色中，完全沒人有興致提起四號與九號了。

除了阿尼瑪。她劃開牆壁躲進蜘蛛管裡了。小道裡風鳴琳琅，牆外的雜音一波一波，將她纏成一顆繭。她蜷縮著，眼圈耳朵還是紅，卻始終一滴眼淚也沒流。懶骨頭伏在腳邊，一口口吃著劓夫人房裡的山茶，不時嗅嗅阿尼瑪的手，似乎渾然不覺究竟發生了什麼。

不知坐了多久，她起身，弓著腰開始沿蜘蛛管爬行。懶骨頭見狀，也拋下花跟在後頭，發出啊呀啊呀的低鳴。在盛放風乾男孩的蛛巢深處，她看見阿尼姆斯一聲不響也坐在那裡。

「走吧。」她走進蛛巢，輕拍阿尼姆斯的肩：「別再玩他們的遊戲。」

❖ ❖ ❖

他們決定立刻就走，從天台外頭沿著直通湖面的護柱向下爬，再偷長腿的船離開。阿尼姆斯托著阿尼瑪，讓她先上梯子頂開天板。兩人小心翼翼爬上天台，合攏石板，在天台邊張望。

天台太高。他們不敢貿然下去。阿尼瑪的背包雖然有綑繩子，卻不足以幫他們爬下水蜘蛛。兩人焦急地在天台翻找，但除了水桶、一支鐵杆，被山風吹亂的落葉，沒什麼堪用的東西。一時，除了腳下錯綜複雜、不知還能通向哪裡的蜘蛛管，竟不知還有哪些路可走。正當猶豫不決時，天台大門突然嘎嘎作響，被推開了——

「誰…誰！晚……晚上不睡，在這裡做……做什麼？」

他們嚇了一跳，回頭，只見一名高大男子提著巡堂小燈，繫著刀，滿臉怒容。是肱老師。

他們轉頭就跑，卻被肱老師大步一個箭步攔住去路。他嘖一聲，提燈照孩子的臉。

「喂！是你們？你們……？」

「我們想走。」阿尼姆斯索性打斷他，打開天窗說亮話：「請讓我們離開吧。」

「什……什麼？」老師又輕微口吃起來。

「我們不想再這樣生活了。」阿尼瑪說。

「哪…哪有阿尼瑪跟阿尼姆斯逃…逃走的？」肱老師皺眉低吼：「唉，我知道你們傷…傷心。可是像…像話嗎？不要鬧…鬧脾氣了。走，跟…跟我去見顏先生。一切還…還好說。」

他跨近一步。孩子拼命搖頭，後退了。他便上前緊緊拉住阿尼姆斯的手臂。但阿尼姆斯輕快鑽向他的胸前，一手扣住手腕，肘擊下顎，又絆他的腳。他一倒地，阿尼姆斯便跳開，讓阿尼瑪趁隙抄走他腰間的刀。

「你太大意了。」兩個孩子燦然嘻笑：「我們學得很好呢。」

「把刀還我。」肱老師迅速爬起身，不悅警告：「危險。」

「不要。」阿尼瑪斷然拒絕：「你最好別過來。」

他忍無可忍，大步走向前，但這時阿尼瑪卻直盯著他，毫不閃躲，刀尖也直直對準。她就這樣衝向他。

刀刃完全沒入下腹。

肱老師低呼一聲，愕然瞪視阿尼瑪，像不明白自己做錯什麼的孩子。阿尼姆斯也愣住了，有好幾次，他們拿著晚餐偷省下來的長棍麵包，悄悄爬上天台嬉鬧互擊。阿尼瑪看來的確沉靜兇猛，但不過是遊戲。頂多拿刀背打打人。至少他就會這麼做。

阿尼瑪竟然笑了。她拔出刀，肱老師應聲倒地，後腦磕上石板，幾乎暈了過去。她又順勢跨騎到他身上，飛快掏出包裡的衣服塞他的嘴。舉起刀，與又驚又痛的老師四目相對。

「夠了。」阿尼姆斯忍無可忍暴喝出聲：「阿尼瑪，停下來！」

聽見他喊，阿尼瑪微微遲疑，收了手。肱老師連忙推開她，吐出布，連滾帶爬逃到天台邊。

阿尼瑪看他逃跑，也不再理會阿尼姆斯，隨意拾起地上的長鐵杆，微笑，想戳他的傷口。肱老師踉蹌扶著石階，眼睜睜看阿尼瑪緩緩走來，鐵器抵住血肉，一寸寸推向前。他退無可退，絕望地尖叫一聲。索性頭也不回翻過天台，跳下去。

漆黑的深淵噗通作響。受驚的喜鵲嘩嘩地，天真地飛上天空。

阿尼瑪嘖了一聲。

阿尼姆斯怔住了。他從沒看過這樣冷酷又殘忍的阿尼瑪。今晚她的體內潛伏一隻陌生而苛刻的靈魂。第一刀或許是誤傷，但之後呢？他感覺老師不是因為受傷才逃跑的。犯錯的阿尼瑪該怎麼辦呢？他們可以去哪裡呢？他四處張望，隨即嚥嚥口水，故作嚴厲地說：「人跳下去了，妳高興了嗎？肱老師他做了什麼，需要被這樣傷害？妳這樣跟他們有什麼差別？」

阿尼瑪木然點點頭。她扔下鐵杆，胡亂抹淨手上的血，回頭輕輕拉起阿尼姆斯的手。沒有辯解，也沒有道歉，一雙圓眼直望著阿尼姆斯。他雖然猶豫，但還是握緊阿尼瑪的髒手，急急回頭，打算先回蛛巢避一避。

鐵門又嘎嘎響。推開了。是長腿。

「怎麼是你們？」他狐疑看著兩個孩子。三人面面相覷，竟似鬆了口氣：「剛剛誰在尖叫？有受傷嗎？」

「肱老師。」他們回答。

「人呢？」

「下去了。」

長腿尚未意會，阿尼瑪便看看大湖，攤開手，展示雙掌的血漬。

「真是……」長腿慌忙掩上大門，無奈地盯著兩個孩子：「笨蛋。做出這種事，四號的事才剛解決，你們到底想幹嘛？」

「我們離開，再也不回來。」

「太天真了。」長腿聳肩，深深嘆口氣：「沒有我，你們不可能越過這座湖。」

「總會有辦法的。」阿尼姆斯說。

「是嗎？怎麼過去？湖這麼大，用游的？還是飛的？我把船開進小碼頭了。還是你曉得怎麼去，怎麼開？」

孩子們沉默了。長腿嗤笑一聲。

「上船吧！跟我走。」

他們狐疑互望一眼，跟著長腿悄悄下了天台。奇怪的是，長腿也領他們走蜘蛛巢。熟門熟路，每次拐彎毫不遲疑。只是他比孩子高的多，匍匐行進看來生硬妨腳。不到半小時，他們就抵達蜘蛛肚底了。長腿拿起牆上提燈，一手在牆面摸索，一手掏出口袋鑰匙解鎖開了小碼頭。子夜的湖面露出來，像冷漠的嬰兒濕漉漉掙脫了胎衣。長腿張望著解繩，跳上小舟。阿尼瑪二話不說也上了船，還伸手拉了阿尼姆斯一把。

船很快靠了岸。長腿不繫繩，大汗淋漓，將提燈塞到阿尼姆斯手上。

「沿左岸走，在蜘蛛肚正對面有棵杉樹。你們找找，樹下有東西，應該用得上。」

阿尼姆斯接過燈往左岸探去，只照出一團團烏黑的樹影：「你怎麼知道？森林裡有什麼？」

長腿沒答腔，為孩子繫好斗篷領結，兩手一攤：「既然沒上船的孩子不在湖邊，總有路可走吧？總之，走了就別回來。」說完，他頭也不回上船了。黑夜裡的船，像被蛛網纏住的金葉子。

孩子以斗篷小心掩住提燈的微光，緊挨著走。他們果真找到對岸的大杉樹，撥開乾燥的落葉堆發現一只陳舊的鐵箱，裡頭裝著小刀、火種、手杖等雜物，還有兩樣火腿、三種醃魚罐頭與一大袋果乾棒。食物與藥竟都是新鮮的，金屬零件似乎也細細上了油。

他們把所有能帶上的全塞進背包，扶著杉木慢行，隱隱聽見小溪的聲音。回頭望一眼，黑夜的湖上白屋，確實像鼓著圓肚的白蜘蛛，整片起風的大湖都是牠的網。卻不如第一晚看見那樣恐怖，沐著月光，反而有種新生的溫柔澄靜。拐了幾個彎後，他們走到一處陡峭的長坡，坡底蟲聲泠泠，有霧，一片黑。

他們手拉手，一鼓作氣衝了下去。

頭髮飛起來了，斗篷飛起來了，提燈也飛起來了。他們忘情大笑，在即將撞上坡底第一棵大樹時敏捷跳開，滾入柔軟的草堆裡。他們拍淨身上的草葉站起身，幸福地相視而笑。

像當初從繩梯跳向水蜘蛛那樣。放手一搏，就可以跳進未來。

❖ ❖ ❖

腹詠舔舔乾燥的唇，踮腳張望。兩個多月過去了。少了幾個孩子，又少了兩個大人，整座大廳已經十分空曠了。留下的孩子們抱膝坐在地上，嘟嘴，像生氣。雖然不必踮腳也能看得清清楚楚，她還是努力往旋轉梯的入口盼去。有些煩躁，有些悲傷，卻也有說不出口的踏實。這一天終究還是來了。當初就這樣走了不是很好嗎？在外頭生活不正是他們希望的嗎？為什麼事情發展總是不如預期？但也好，從此她就不會胡思亂想，一切不管是好是壞也能告一段落。遠遠地，一陣急遽的腳步聲響起，當阿尼瑪與阿尼姆斯被紅吻帶回正廳時，顏先生旋即神色古怪地迎上前去。孩子的嘴更嘟了，每張臉都垮了下來。

「好久不見呀。」顏先生低吼：「還笑？嬉皮笑臉，很好玩嗎？」

他們面無表情，很平靜。

「為什麼逃跑？啊？」他走來捏孩子手臂：「好不容易進來，為什麼不珍惜？大家沒問題，就你們兩個有問題。」

「大家沒問題，不代表問題不存在。」原本安靜站得筆直的阿尼瑪，一見顏先生，頓時咬緊牙，照樣造句起來。

似乎沒想到女孩會回嘴，顏先生停下腳步，痛心地瞪視阿尼瑪。腹詠想上前隔開兩人，卻被牙車一把拉住。他搖搖頭，食指在唇邊比了聲噓。

「騙子。」阿尼瑪別過頭，一字一字說很慢：「你們才不是水蜘蛛的主人。」目光掃向整座冷白的大堂。懶骨頭正伏在牆邊清理。她朝至文吐了口水。

所有人尖叫起來。她吐口水！老師，她，她吐口水！怎麼可以？顏先生邁步向前，狠狠搧她兩巴掌。夫人雙手抱胸審視著孩子，低垂的眼細細長長，竟有些憐憫。

「她沒有說錯，你為什麼打她？」阿尼姆斯說。

「她沒錯？你也討打？哈？」顏先生冷笑，也打了阿尼姆斯的頭，清清的脆響惹得其他孩子發笑。頭好硬喔。有人憋氣小小聲說。口氣清淡得像修理故障的機器。不靈光就先打一打。

「你們等下就會哭出來了。」他輕慢拍手：「水蜘蛛的名聲全給你們兩個廢物毀了！」他怒視阿尼姆斯，又轉向阿尼瑪：「是你？還是妳？誰先被長腿挑撥？」

「關他什麼事？」兩個孩子大惑不解。

「他殺了人，再唆使你們逃走，是吧？」

兩個孩子愣住了。他們明顯不安起來，手搓衣角，肩膀甚至又縮又抖。

「怎麼樣，敢作就要敢承認呀。不是自以為很厲害嗎？」紅吻冷笑。

「不是長腿，是我。」阿尼瑪急道：「我刺傷了他。」

「不，是我。」阿尼姆斯也提高音量：「都是我的錯。」

「還不老實！」顏先生又打了阿尼瑪兩巴掌，又揪住阿尼姆斯，推他撞牆：「我在水蜘蛛這麼多年，從沒見過這樣壞的：逃課、頂嘴、還說謊。你們爭當殺人兇手，以為這樣很棒、很有趣？」他轉過頭，對所有孩子咆哮：「告訴你們，你們這種我看多了。我處理的小孩，比你們見過的還多！自以為特別，出了水蜘蛛，你們什麼都不是！」

他越說越氣，幾乎失去分寸了。劓夫人使使眼色，牙車便長嘆一聲，揉揉兩個孩子的頭髮，拉他們下去。腹詠鼓起勇氣慌忙攔在前頭，連聲低勸顏先生冷靜，別生氣，別跟小孩一般見識。對，對，別跟小孩一般見識。她瞥見所有孩子一句不吭，抱膝坐在地上看戲。想起剛剛顏先生打阿尼姆斯，底下發出的小小笑聲。她突然胃痛了。

這對針尖上的小孩，什麼也不肯說。

顏先生交代紅吻與腹詠好好盤查：肱老師怎麼死的？為什麼逃？怎麼逃？逃去哪？孩子被鎖進會議室，紅吻查問，腹詠監記。

「誰殺了肱老師？是不是長腿？」她把筆擲向桌，翹起腿來。

「是我們。長腿什麼都沒做。」兩個孩子現在換了套乾淨白袍，神情平穩不少。

「不可能，你們來不到一年，能幹什麼？長腿到底做了什麼？」

「是真的。我們拿刀逼他帶我們離開這裡，他只好照做，又告訴我們樹下埋了必需品，我們最好不要再回來。」

「他鼓勵你們走？」她咬著筆。孩子愣了愣，不知所措地點頭。

「好！離開水蜘蛛後，你們去了哪裡？」

「茶花林，山裡的小石屋，三岔路的小村莊。」

「嗯，的確是在村裡被發現的。那裡離水蜘蛛也不遠……不過，就這點路，可以走兩個月？你們繞遠路了？什麼時候進村子？誰收留你們？」

他們倒聽話，你一言、我一語講述了逃跑後的經歷，足足講了一個小時。紅吻幾度想打斷他們，卻被腹詠拉住，說至少首次詢問，該完整聽一遍陳述。但耐著性子聽完後，她們反而更不曉得該如何理解這番說詞：避重就輕，充滿不必要的人物與描述。一句簡單的對不起也比這奇遇式的自白有用。

離開了水蜘蛛，他們滑下一片山坡，之後便在森林裡迷迷糊糊走著。杉木林底，夜光熹微，白茶一朵朵暈綻開來。花落，則發出啪，啪，小女孩穿拖鞋走路的細響。他們不怎麼怕黑，也不怎麼緊張，只提著燈，沿路撿拾茶花與毬果，裝進背包，或以長袍下擺兜著慢慢走。不知走了多遠後，他們撞見一個同樣穿白衣的小男孩，赤腳，尖下巴，木籃裝滿了蘑菇。那男孩一見他們就驚叫奔逃，他們也一路直直追到林子深處。再碰上男孩，他身邊已經圍著其他人了：瀏海齊眉的雀斑女孩，長出喉結、瘦瘦長長的紅髮男孩。中央的女孩特別矮小，梳雙髻，穿短短的灰袍。近乎半透明的白皮下，鎖骨、指骨、肘膝關節，一根根石頭或鼓棒形狀的骨頭非常突出。她張手擋在那些孩子前，背上還馱一個襁褓中酣睡的嬰兒。他們被領進一幢潔白的小石屋。石屋垂滿了紫藤，紫藤下……有……。

說到這裡，兩個孩子歪著頭，似乎不太肯定。

「魚池？」腹詠冷不防說。

「對，對，紫色石頭堆起的魚池，養兩條銀色的大魚。」

「妳怎麼知道？」紅吻白她一眼。

「猜的。」腹詠低頭笑笑：「庭院就該有這種東西。」她還可以想像孩子們在八角花園遊戲的情景：被山茶樹籬圍起來的小屋，紫藤下有魚池，有兩棵蘋果樹，樹間有木製的吊床與鞦韆。瑩白的石屋外牆爬滿藤蔓，屋裡逸出糖煮蘋果的香氣。

石屋如潔白的卵囊，應有盡有，獨獨沒有時鐘。霧光從小天窗與四面圓窗漾進來，將內室映得水亮。小女孩將嬰兒帶上樓，才慢條斯理走下來款待他們。屋裡孩子不少，獨獨女孩最幼小，神情卻最成熟。她娑摩右手，吹糖般拉出長指甲戳亮吊燈，又嘩嘩舞動四指調整燈上的旋鈕。那盞鳶尾吊燈，和水蜘蛛房裡的一模一樣。所有孩子習以為常，所以他們也試著若無其事。

她問了些簡單的問題。諸如他們從哪裡來？叫什麼名字？為什麼特別叫做阿尼瑪或阿尼姆斯？他們把事情原原本本說了。女孩聽了就說：她已經收了好多那裡的小孩了。她用指尖挑出花瓶中的濛蟲，牠們爬出花心，落在桌上翻了幾滾，變成一群頭戴桃紅三角帽的小小人，走到孩子掌上，踮腳轉起圈圈。她還問：有沒有見過有著嬰兒雙手的建築師？那是她的孩子。這麼小？怎麼當媽媽？他們聽得十分糊塗。小女孩嬌嫩卻一本正經地說，是呀，他們都是我的孩子，背上的也是。我等他們回來。全員到齊，就搬家。他們有些困惑，只回答，在夫人房裡看過一截建築師的骨頭。又長又白，卻不知道他的手長得什麼模樣。她就哇哇大哭，發出嗚咿嗚咿，童女的啼哭聲。

「怎麼會有其他小孩？他們不是應該……？」

「死了是嗎？」阿尼瑪眨眨眼：「照理說是的。一個喜歡彈琴的男生，拄著拐杖，瘸了一條腿，他在船上看過我們；一個蒐集石頭的女孩，她說妳那時推了她。還有，那個大我們三歲的紅髮哥哥，長大以後才來。那些孩子很驚訝為什麼阿尼瑪與阿尼姆斯會跑來這裡？他們說，是長腿深夜到岸邊檢查有沒有活人，如果還有氣，就把他們送過來。長腿是水蜘蛛唯一能自由進出那座屋的大人。我們一直很期待能看見他。但等了很久，他就是沒有來。」

「他還誘拐其他孩子？」紅吻驚呼。

「不是誘拐，是救人。」阿尼瑪嚴肅糾正：「你們自己找，就知道我說的對不對。」

「找人需要本名，屆數，編號。被淘汰的更不容易找。算了，不重要，他們本來就不該留下來。」紅吻不解地挑起眉毛。

頭幾天，他們整日窩在屋裡，後來便和其他孩子一起活動。除了煮飯、醃漬食物；也跟著採集、打獵。一次只打兩隻兔，拾一窩鳥蛋，蘑菇與山菜，則可盡情採摘。大多時間，那些孩子都各玩各的，有人讀書，有人雕刻，有人刨木頭歪歪扭扭做起椅子。小屋每天嘰嘰嘎嘎響著各種聲音，日子過得特別緩慢。小女孩說，他們可以住到不想住為止，只是目前為止，幾乎沒有人離開。

水蜘蛛的生活，在那裡反而沒什麼意義了。一切都鬆弛下來。他們天天坐在魚池邊發呆。小女孩說：染色的濕布，想再白淨乾燥是很困難的。花上一年，三年，甚至十年二十年都有可能。這裡的大家都經歷過。有人被騙進山洞，有人被窮困的父母刻意拋棄，但還是水蜘蛛的孩子占大宗。她這樣說，他們反而懷疑起那些孩子的年紀了。小女孩說起話來一點也不像五六歲。他們長高了，那兩個同船的孩子卻還是當年身高。不離開，也不長大。簡直像遊魂一樣。小屋沒有時鐘，一切都得自己安排，他們的時間感漸漸變得十分混亂。

他們決定偷偷離開白石屋，無論如何，先下山看看。漸漸，路上沒有茶花了，杉林遮蔽了晨光涓滴灑落的天空，每棵圓柏頂端，都立著一隻白頭翁。他們走馬看花，盡量沿水源流浪。渴了，就喝溪澗與草葉上的露水；餓了，就吃隨身的乾糧與野橘。他們也試著撿拾鳥蛋，捕捉青蛙、蜂蜜與河魚，但大多時候都不成功。入夜，他們鑽進路旁的圓柏樹叢睡覺。從外頭看，柏樹是完美緻密的圓；從裡頭看，則是散發裸子植物清香的小巢。他們就這樣下山了。

起初，阿尼姆斯想憑星星認路，但不熟練，很快迷失了方向。不過他們不著急：他們有鞋，有杖，不缺食物與飲水，這座山似乎也遠比想像中安全。他們曾與野兔、猴子狹路相逢，看喜鵲竄飛，任山貓娑摩小腿。他們不知走了幾天幾夜，直到翻過了圍起鐵絲網的小瀑布，來到一幢年久失修的鹿園。幾隻悠閒吃草的鹿從歪斜的鐵門踱出來，鹿蹄踩得瓦片喀喀作響。鐵門邊是鄰近河灣的三岔口，鐘聲叮噹，每條岔路盡頭都閃亮。他們這才知道終於出了山。阿尼瑪眺望左邊的湖綠尖塔，說那是家鄉舉辦婚禮的塔樓，順著路走下去，就能回到老家。阿尼姆斯聽了便說：那我們該選另一條。既然知道盡頭是什麼，去了有什麼意思？於是他們決定向右走，尋找盡頭晶瑩閃爍、彷彿垂手可得的白色星星。

三天後，他們走進一座非常小的村莊。灰石外牆乍看乾乾淨淨，從牆裡看，全花花綠綠掛滿了海報與旗幟，和水蜘蛛大廳一模一樣。村莊中心是露天的小市廣場，立一尊瘦長的偉人銅像，所有鋪子都伏於銅像暗影間。時至初夏，家家戶戶手植七里香，微熱的風將花氣與小市場的麵包一同烘香烘熟。他們忽然前所未有的餓，瘋狂渴望起奶油、蛋黃與糖蜜等又香又膩的食物。他們想買麵包，翻遍口袋，才想起沒有錢，只好嚥嚥口水忍耐著離開，卻遠遠撞見市場邊有間破舊小屋，窗戶牆壁都被敲破，滿地碎瓦玻璃，屋前停著裝滿錘子梯子的大車。有人推擠，有人叫罵哭吼。所有房子都是寬大的土色，只有那間又小又藍。

他們不明白發生了什麼事，只覺得吵雜又危險。想回頭，卻被一個挽菜籃、穿黃棉衫的胖太太叫住。她慈祥地拉住阿尼瑪的手，問他們從哪裡來？怎麼全身髒兮兮？他們低頭，這才發現白袍發灰，涼鞋磨斷，背包沾滿泥土與水漬。再狼狽也沒有了。胖太太以為他們走失了，想替他們問路，卻驚動了其他村人。木匠機警地放下鋸子，說大白天的，街上不該有孩子。是呀，所有孩子都該去上學。他們看上去不像走失，倒像逃家。鎖匠叼著菸斗在矮牆邊踱步，沒多久就指著海報，揮手高喊是他們，水蜘蛛跑走的小孩！他們連忙推開胖太太飛跑，卻被人群擋住去路。想回頭，卻發現大人從四面八方熱情地奔來。他們忽然後悔卻不得不勇敢了。

「看吧，你們還是有點自我期許。」紅吻藉機教訓，兩個孩子聽了，只生硬別過臉，不接話。

紅吻被激怒了。她起身揚手，卻被腹詠制止。她覷著紅吻，即使早已不是孩子，心卻彷彿還留在兒時。

餘下的事，她們一早就知道了：警衛制服了孩子。鎖匠不放心，還送來一條粗鎖鏈。他們被帶上架滿鐵絲網的山道，走進山丘盡頭的大鐵皮倉庫，被送食物的貨船載回來。阿尼瑪說，山丘另一頭是座雪白城市，無數白塔以玻璃走廊相連，如蜘蛛盤據城市的心臟。當他們發現白色星星不過是正塔尖端閃閃旋轉的大風標，很惆悵，也很失望。他們不知道白色星星原來是這樣的。

阿尼瑪始終堅持是她刺傷人，又脅迫長腿開船；而阿尼姆斯也堅稱一切都是自己的作為。問了幾天，答案都一樣。後來所有人都非常疲乏。孩子索性像蚌咬緊了殼，不願說話。紅吻失去耐心，要腹詠趕快寫報告交差。腹詠熬了兩夜，弄出一本數十頁的檔案，隔日清早放在紅吻桌上。

「寫得真詳細。」紅吻飛快瀏覽：「就這樣交吧。」

「詳細有什麼好？」她冷笑：「這不能用。」

「為什麼？」紅吻翻翻白眼。

「這兩個孩子還是沒說清楚誰殺了肱老師，他們為什麼逃呀！」

「是沒錯，但我已經問出來，是長腿教唆的。」紅吻揉揉額頭：「問了好多天，除了一堆廢話什麼也沒問到。但人們只是要個說法，可以從報告裡自己挑嘛。」

「確實如此。但小孩提到山裡還有孩子，這段，這段，還有這段。」她翻指紀錄給紅吻看。

「那不也是長腿搞出來的。」

「是嗎？可是，誰負責把孩子送來這裡？」

「是我。」沉默片時，紅吻不太情願地回答。

「照理說，妳該先示範怎麼跳，等所有孩子跳下來，再跟成功的孩子一起搭長腿的船進水蜘蛛。妳應該負責善後。」腹詠小心翼翼注視紅吻：「妳有嗎？」

紅吻不吭聲了，腹詠露出勝利的微笑：「我不是要追究妳。這麼多年大家心照不宣，一定有大家的道理。但妳想想，他們可能會問為什麼有漏網之魚？為什麼不好好善後？甚至責怪妳一開始就錯了！那時怎麼解釋？光這一大段就有不少麻煩。拿掉了，整段故事又兜不攏。殺人，從湖上逃跑，在山裡活兩個月？兩個小孩怎麼可能做到這些事？」

「那怎麼辦？」紅吻求助地看她一眼。

腹詠把長腿帶來了。

「這兩個小鬼只會胡說八道。」紅吻指指兩個灰白疲倦的孩子：「只好又找你。」

「妳找對了。」長腿拘禁多日，鬚髮油亂，神氣卻坦然：「是我的問題。」

「哦？」紅吻瞟瞟孩子，孩子不自覺咬起了唇：「你做了什麼？」

「刺傷肱老師，把他從天台推下去；讓小孩討厭水蜘蛛，故意放走他們。」長腿兩手一攤。

「為什麼？」

「那晚酒喝太多。」

「就這樣？」

「還要什麼了不起的理由嗎？」長腿輕輕笑了：「我那晚心情不好，見了人就想打，何況是一個老是一臉正經的口吃？肱老師剛好被我堵上了。我把他推下去，知道闖了禍，乾脆把小孩叫醒。水蜘蛛啊，一堆裝模作樣的傢伙，我就靠著教小孩讓你們丟臉。」

「什麼鬼話？」紅吻驚呼：「你太偏激、太扭曲了。」

「只有我嗎？我們的蘑菇怎麼來的？水蜘蛛怎麼蓋的？」他低頭嘲諷：「像妳，討厭小孩，為什麼來？真按規矩，妳怎麼還能留下來？他們一點也不快樂。你們全溫情脈脈吸小孩的血。」

「工作不會快樂，學習為什麼應該？」她搖頭，像嘲弄他的不成熟：「搞清楚！社會是什麼樣，我們就是什麼樣。我們的使命是模擬並融入社會，維持現狀與秩序。」

「妳口口聲聲說的社會究竟是什麼呢？」他輕問，竟有些困惑：「像大家庭？小型社會？只有父母與兄弟姊妹？這些比喻的內涵是什麼？有一致性嗎？是可愛的？還是吃人的？」

「生存競爭，適者生存，贏在起跑點。非禮勿視，非禮勿言，非禮勿聽，非禮勿行——」紅吻滔滔念誦：「難道你全忘了？」

「阿尼瑪，或許就是這些話困住了我們。」長腿忽然轉頭望著腹詠：「從小到大，我們自認每個決定都務實。我們害怕，卻對未來有遐想：進白塔就解脫了。順從努力，以後就能想做什麼就做什麼。如果沒有先被這一層層想像說服，怎麼會一進水蜘蛛，大家就毫無疑問接受這種生活？這些奇怪的考核？這些大人自己也做不到的教條？有人消失也無所謂？變成蘑菇也無所謂？是對未來的幻想欺騙我們走到這一步吧。可是，脫下理想小孩理想人生的大帽，長出自己的臉是多麼難。」

紅吻朝他潑了水。他閉眼，舔舔滴落的水珠。腹詠沒答腔，拿手帕幫他胡亂地擦臉。

「我說完了。」他對孩子微笑：「對吧？你們本來就不討厭我，又驕傲，幾道花言巧語屁股就翹上了天。你們很快被說服了，我開船，告訴你們對岸藏著我當年為了逃跑準備的雜物。」他嘆口氣，陷入一陣難耐的停頓，偏紅的面色愈發血氣充盈：「還是孩子時，我逃過一次。你們不曉得吧？這湖是很大，是很冷，但沒有毒，也不危險。哪來什麼逆流而上的故事？好不容易跑出去，我卻因為森林太黑，不敢繼續往前，就悄悄折返了。你們不知道有一天會被馴服，被吃，還像把鋒利的小刀意氣風發。我羨慕這種輕盈，一想到失去了就生氣，乾脆全捏死在搖籃裡算了。」

孩子們沒應聲，阿尼瑪低著頭，握著小小的拳，幾乎要哭了。

「看，你們還喜歡他？以為他每天在湖上划船，很瀟灑是吧？」紅吻得意洋洋：「他可是二十三年前的阿尼姆斯，就跟你們一樣，該進白塔做偉大的人，卻適應不良，淪落到不務正業撈死小鳥。沒我們施捨，連溫飽都有問題。不知感恩只會抱怨。難怪只能滿頭大汗替人划船啊。」她訕訕轉頭瞧著腹詠，卻發現兩個孩子流淚了。她愣了愣，旋即噘嘴甜笑了：「嗯，是吧？你們也不想像他一樣吧。」

孩子只是一直哭。

「夠了，可以了。」腹詠輕聲插話。

「確實。」紅吻滿意地點點頭，收起紙筆走人。腹詠刻意收得慢些，讓紅吻先帶長腿出門，抬臉時，彷彿老了好幾歲。

「我們說的都是實話。」阿尼姆斯看著腹詠：「為什麼不相信？」

「我相信。」她點頭，悄悄說：「可是不能這樣寫。」

孩子起身，她伸出雙臂拍拍他們的肩。阿尼瑪回頭深深看了她一眼。

「走吧。」她高聲推他們一把：「你們必須好好反省。你們要做真正的好人。」

長腿因酒醉與私怨傷人，又哄騙兩個孩子，這事就這樣完了。

腹詠交出了另一本報告。她知道人們只看他們想看的關鍵字。

但，沒有一份報告比這更兩全其美的了。

水落石出，顏先生再次提議撤換阿尼瑪與阿尼姆斯。大人們在會議室針鋒相對，一派認為水蜘蛛從沒出過這種醜事，絕不可寬縱。輕輕放下，如何向其他守本分的孩子交代？另一派卻說，那兩個孩子坦誠痛哭，明顯知錯了。既然願意悔改，不如還是給點機會。他們決議匿名投票，最後結果兩票主撤，三票主留。顏先生臉色很難看，但這事只能這麼定下了。他們在大堂地板灑滿碎玻璃，將阿尼瑪綁著來回拖行；又拔去阿尼姆斯的手腳指甲，一日三餐，要蘑菇盯著用鹽水洗手。腹詠、牙車和劓夫人這三位老師，則因督導不善，記警戒一次、扣半年薪水。即使懶骨頭拼命刷洗，大廳地板的血腥味仍然久久不散。牠鎮日趴在大廳，從眼眶口鼻流出大滴大滴清淡的體液，噠噠匯聚成一汪小池。王子掩著鼻子說：像鼻涕，太多細菌，不如讓蘑菇處理。紅吻便喚來一群油盡燈枯皺巴巴的蘑菇，命它們跳進池裡坐一下午，把那汪水吸乾淨。蘑菇一朵朵變得澎亮鮮黃，大廳也從此毫無血氣了。

❖ ❖ ❖

他們把兩個孩子推進房，栓緊門窗，又加上兩道大鎖。卻不知沒多久，懶骨頭就從蜘蛛管探頭探腦爬了進來。牠來到阿尼瑪腳邊，伸出小兒般的冷手貼住她的額頭，喃喃唸起老調。阿尼瑪動也不動仰視吊燈，彷彿自己沒受傷，只是睡前聽床邊故事一樣。良久，她轉頭注視懶骨頭，輕撫牠無骨的背，柔聲說：「原石被磨成粉，一罐一罐就在床底下。花在夫人的房裡，在山裡，在湖對岸的白石屋裡。媽媽在山裡等你。龍骨，就是你每天拼命擦拭的大樑柱。你創造了水蜘蛛，可是你骨肉分離，只能吃土，你離不開自己最心愛的結晶。」

大阿尼瑪與大阿尼姆斯說：我們對你們很失望。

中阿尼瑪與中阿尼姆斯說：你們真傻，不懂事。

同伴們說：乖乖的不就沒事了？為什麼和小猴一樣搞怪？好丟臉。

他們任兩個孩子自生自滅，不找醫生，也不給藥。奇怪的是，孩子就是不哭不叫，非常溫馴。卻是令人惱怒的溫馴。他們越平靜，顏先生的處罰便越瑣碎，其他大人都暗暗皺眉。

「讓他們休息一陣吧。」腹詠小心勸告。

「他們長大，就明白我是一番苦心。」

「已經夠了。」她忍不住脫口而出：「再繼續就太過分了。」

「妳以為妳是誰？師藝學官？白塔監察？還是水蜘蛛資深教席？」

腹詠愣住了，隨即不情願地搖搖頭。

「是吧！妳只是菜鳥，卻用這種口氣質疑我們縝密而嚴明的制度。妳說說還有哪些孩子想走？怎麼走——不要老是拿極端分子抹殺大家的用心。我們是肢體，是團隊！」顏先生揚起濃眉：「妳該用管理者的眼光才能看懂大局，而不是那些幼小的，被、管、的。二十多年前妳剛進水蜘蛛，就是這麼溫吞沒出息！」

腹詠囁嚅，發出幾個聽不清楚的回答，低頭閃避顏先生的目光。旁觀的大人很安靜、很憐憫地瞧她一眼。

「這都是個案。」顏先生拍拍桌子，指著她的臉：「有時間管小孩，不如擔心妳的阿尼姆斯吧。水蜘蛛可以自己決定怎麼處理。該怎麼辦就怎麼辦。他是水蜘蛛之恥——妳也是。當年選你們的人真是瞎了眼。」

他們在課室窗邊最後一次看見船夫長腿。他被反綁雙手，由顏先生揪著，身旁跟著牙車、紅吻、劓夫人等人，準備將他從水蜘蛛頂端推下湖去。眾人經過窗邊時，孩子不由得往外惕惕看了一眼。長腿卻忽然轉頭扮鬼臉，舌頭吐得好長好長，像落光羽毛神經質的老鷹。腹詠發現小孩全走神了，大步走到窗邊扯下簾子，抿著嘴，走回講台。她索然說了幾分鐘的話，而後乾脆發下卷子隨堂考，頓時紙筆沙沙作響，沒人在意長腿了。她手支臉頰，將黑色跟鞋踏得悶悶作響，目光穿過伏案的第一個孩子，第二個孩子，第三個、第四個……最後望著最後頭裹著紗布的阿尼瑪與阿尼姆斯。自始至終，他們只支著臉看另一邊窗外的湖，筆尖抵著紙，彷彿還看見長腿在湖上划船。二十多年過去了，她從這一頭坐到另一頭。春風化雨的繼續春風化雨，慘綠的還是慘綠。

那兩個孩子恢復得很快。不只身體，還有言行。不出兩個月，成績就幾乎恢復原有的水平，該活潑時活潑，該本分時本分。第三個月，便穩定搶占頭兩名了。當其他孩子不時提起小猴四號與兩人犯錯的情景，他們只是微笑，一句話也不說。像硬生生擰熄什麼，從煙灰底生出某種沉靜卻洶湧的表情。顏先生十分欣慰：他們畢竟不是朽木，而是璞玉，長年薰陶終究拉了孩子一把。他寫了一篇文情並茂的教學手記，記述兩個孩子的成長變化與多年心得。手記四處傳揚，感動了許多人，有孩子的人家幾乎一戶一本。所有大人都歡喜寬宥了他們。

孩子陸陸續續又少了幾個。從最初兩、三週淘汰一次，到數月一次，現在大半年才走一位。從應答的口頭禪、飲食姿勢乃至作息，他們都越臻完美同質。他們就這樣在蠅頭小數間緊張卻不失和睦地成長起來。有時孩子們會哈一聲在路上攔住蘑菇，掀開傘下皺褶，吃力地想辨認同伴的影子。不過，什麼也認不出來。腹詠常去小碼頭放一束花，有白山茶，也有黑鬱金香。當她擺花，懶骨頭就在腳邊用露水洗手。顏先生遲遲找不到能夠遞補肱老師的合適人才，不過他仔細安排小考進度，印製二十年來數算與劍術的考古題，要孩子按進度自習，不時抽問與小考。兵來將擋，水來土淹，面對考核照樣八九不離十。他很高興地宣布：這是水蜘蛛又一次成功的啟蒙。

沒人明白為何非得這麼學，也沒人明白為何非得這麼考，但既然這是基礎，是傳統，就沒理由不學好。

他們走進白茶滿開的深山，錯過了湖畔的春天。蛛巢深處不分四季長著金綠的野草與黑鬱金香。三顆喜鵲蛋永遠硬掉了。受傷的小孩偷偷放走了玻璃罐裡的蛾。

夏天，畢業生阿尼瑪與阿尼姆斯的謝詞全場激賞，當炎炎的日光淋漓灌進大堂，所有孩子都憂鬱地瞇起眼，像眺望自己的未來。

中秋，又一批新孩子跌跌撞撞地來了。和先前的孩子一樣，他們會在走廊討論彼此的房間，不時仰頭注視湖外的世界。在一陣繽紛的淘與殺後，林葉凋零，孩子也少了，蘑菇發給大家厚針織衫與毛襪，窩在水蜘蛛裡等待下一個春天。許多安靜的夜晚，阿尼瑪和阿尼姆斯依舊偷偷爬進蛛巢深處，坐在風乾男孩身邊，隔著玻璃複眼感覺世界的各種變化。他們以為，男孩當初大概打定了主意不想離開。知道怎麼來，沒理由出不去。他雖然枯萎卻十分完整。小小的雪洞，一切凝止而結晶。

不知不覺，兩年過去了。

孩子們終於完成所有訓練。毫不意外，最終只有阿尼姆斯、阿尼瑪、公主十五號與王子十一號通過層層考核。其他孩子全收拾行囊回去了，獲選的四個孩子將在初夏轉送白塔教習——他們的離開指日可待了。但與此同時，老清潔工懶骨頭卻不見了。起初人們不以為意，直到大廳蒙塵、蜘蛛結網才焦急起來，後來甚至連劇夫人也不見人影了。公布最後名單時，夫人還在現場，從此就再也沒人見過她了。撬開房門，只見人去樓空，花草萎謝。他們的不告而別讓顏先生十分惱火。搞什麼，水蜘蛛豈是他們說來就來說走就走的？蘑菇，孩子，大人，全不明白發生了什麼事，只安安靜靜坐在大堂不吭氣。只有阿尼瑪與阿尼姆斯相視而笑。

但無所謂，沒有這群失格的人，惜別典禮還是照常進行。紅吻與腹詠早早開始策畫流程、邀請嘉賓與添置小禮；四個孩子代表所有孩子寫一張張的謝卡，又從鄺夫人房裡翻出乾燥花紮起花圈，日夜彩排。蘑菇除了包攬懶骨頭的雜務，還得烹調餐宴、充當樂儀隊，從早到晚忙得暈頭轉向。團團轉洶湧著，分不清誰是誰。那日典禮盡善盡美，貴賓雲集，孩子換上新嫩白衣排排端坐。在和樂融融的大廳，所有風雨都化為離情。

照慣例，顏先生第一個上台致詞。他清咳一聲，先感謝白塔鼎力協助，再細數歷年教學成果，以及任內化危機為轉機的浪子回頭，最後謙謙致謝：作育英才何等幸運，要追求卓越，必須先有卓越的團隊。他感謝身邊熱忱奉獻的同伴，他們是同心同德不可或缺的肢體；也感謝得天下英才而教之，期許孩子們能獨立思想，勇於發問、創造、表達。

他們交代王子十一號迎賓，而公主十五號致謝詞。畢竟阿尼瑪或阿尼姆斯曾是名動一時的汙點小孩，不得體。何況，挑選更姣好懂事的這兩人擔當門面，也是對兩位乖孩子聊勝於無的榮譽補償。公主特意挽了髻，於手腕額髮戴上水晶玫瑰，娉婷演說反覆斟酌的謝詞。她雙手扣背，胸微隆，如風中嫩草天真搖曳起來：

「各位嘉賓、各位師長，各位朝夕相處的可愛夥伴，我們即將離開水蜘蛛了。這段時間有歡笑有淚水，也有酸甜苦辣的回憶。彷彿昨天才剛進水蜘蛛，還沒徹底享受美好，轉眼間我們也即將離開——真不敢相信。我的心中有不捨，有難過，有淚水，有說不出的感言。

水蜘蛛是我們另一個家，更是精神堡壘，我們發誓將水蜘蛛的精神發揚至全世界。顏先生像我們的父親，紅吻小姐就像我們的母親，還有敬愛的劓夫人、牙車先生與腹詠小姐。您們就如最最親愛的家人無微不至陪伴、關照、愛護我們，使我們的身心都得到無比充實的鍛鍊與滋養。生存競爭，適者生存，贏在起跑點。非禮勿言，非禮勿視，非禮勿聽，非禮勿行。這兩句至文將成為我們人生的座右銘。

在這美妙的時刻，我的內心只有感動，感恩，感謝。再次謝謝諸位師長提攜呵護，您們的恩情如山高，如海深，我們永誌不忘。下一個里程碑，大家珍重再見。」

她輕拭泛紅的眼眶，此時牆角的蘑菇立刻扭動蕈褶、敲鑼打鼓，奏一首溫情脈脈的驪歌。四個孩子也起身，唱越人歌。這是更新世先賢追懷古人特意創製的詠嘆調。歌唱時，必須拖長尾音搖頭晃腦地集詠。越，是太古的水澤，是菁英的訓勉，也是人生的境界。

唱著唱著，有孩子忽然發出清脆的笑聲。顏先生瞪一眼，但只含笑打節拍，並不發作。歌畢，他們魚貫歸位，紛紛怨怒地覷著阿尼姆斯。

「你忘記以前怎麼罰你的？」王子十一號拍拍他的肩。

「沒有呀。」阿尼姆斯微笑：「但為什麼不可以笑呢？」

「沒什麼不可以，」王子節制卻不解地笑了：「但笑有什麼用呢？」

那一天人們吃喝深談，笑聲不斷。大人們親切颯爽，彷彿擺脫了身分束縛，個個都恢復本色。負責人顏先生自是焦點中的焦點，接過蘑菇端來的白酒談笑風生。負責迎賓致謝的王子與公主也很受歡迎，人們不時走來讚美，說你們真好。落落大方，是小大人。阿尼瑪開飯前就說肚子痛，默默離席了。王子和公主轉述給其他大人聽，他們便憂心忡忡，說小小年紀這麼高傲，顏先生還是太寬容了。那阿尼姆斯呢？啊，在角落吃蛋糕，怎麼不來跟我們打聲招呼？還是你們進退得體，小孩不能只會讀書而已哪。

「怎麼樣？」顏先生走來，坐在阿尼姆斯身旁。

「很棒。」雙腿輕盪，他指指花團錦簇，卻徒具空殼的大廳。

「不，我說，一切都好起來了。你們重回正軌，我是不是也有功勞？」

孩子沒說話，笑咪咪卻有些羞澀地低下頭來。

「好啦，開玩笑的。我明白你的心意。」顏先生溫然打量阿尼姆斯，像凝視一位忘年小友。

那笑不虛偽也不生硬，是深信自己幫助了人才煥發的笑容。

臨行前，四個孩子似乎仍惴惴而依戀。上船後，即使天台上的大人不停揮手，但他們全興奮

地不想回頭了。夕暮底亮燈的城市，如一座瑩白錯綜的大蛛巢，孵出一珠珠熒惑的夢，咬傷了，
本來什麼也沒有的曠野。

吉日

群嶺峻拔，日光燦然，輕裝的旅人卻只感到空幻的暖意。他們從未這樣接近天空，那天無煙塵也無雲霧，只是一片鮮潔深邃的湛藍。

年長的旅人拉拉兜帽，瞇眼側望亂石嶙峋的山谷。昨夜棲身的草堆早已看不見了。那一腳腳踩過的山道沒入雲霧，乍看竟比天空更不紮實——那是沉甸甸眉壓眼的藍。在旅人長居的盆地大城，車馬喧騰，諸事伏於煙光。久而久之，他們忘記人最初本是孤獨而赤裸地來訪，也忘卻天的視線可以這樣明淨卻也喜怒無常。天地充分展示自身的荒涼與強悍，他也透過瘦抖的筋骨頻頻示弱。

他輸了嗎？不盡然。只是再次體認自不量力的快感罷了。

風正嘲笑自己嗎？也不盡然。他的渺小與蠕痛，自然不鄙棄也不關心。

可是他絕不輕易停步。每分力氣偏從這渺小激發出來。從東方的濱海白城一路向西，他倆翻過幾座山嶺，從船車、騾馬乃至數以千萬計的步行，才走進這片峰稜空荒的群山。即使一堵濁氣橫梗在胸，他只放眼遠方積雪的最高峰。喘息，前進。喘息，前進。

山間有聲隱隱迴盪，嘹亮迂迴的，與低啞短促的。那是趕羊的聲音。他側耳，忍不住放鬆笑了出來。年紀漸長，長途旅行的疲勞已不是節制與經驗能夠抵擋的了。只見落後幾步的黑髮少年一手拎斗篷，一手玩轉新拔的芒草，哼不知名的小曲。見他回頭，才吐吐舌小跑步跟上。少年蒼白瘦削，一雙黑瞳古靈精怪溜轉，除了淡淡曬紅的臉，整個人就像黑白畫無彩世界裡的人物。還不及他的肩膀高，還是個孩子。

「年輕人。」他咕噥，咬牙繼續趕路。

少年嘻嘻笑了兩聲，從背後溫言道：「師傅，您累啦？」

「幹嘛，想給我喝水嗎？」

「不，我剛才把水都喝完了，想喝就請忍耐一會吧。」

「嘿，不能因為快到了就這樣不節制呀，偷偷喝，也不問。偶爾也得作作樣子。你知道，噓寒問暖，虛心求教，晨昏定省什麼的……。」

少年又笑了，加快步伐，又屢屢在趕過長者的瞬間收步，如一隻逗弄老牛的燕子。在他們長居的白城，製圖師們熱中製作風格獨具的旅誌，綠玉板書衣、彩繪海圖、嵌帶各地風物堆砌成一座座小世界。少年的師傅可是成功航行世界一周，繪製完整世界地圖的第一人。可惜現在老了，旅途中只能應付自己的虛弱。可是少年不同。他越走越不知極限，越懂得愉快大度地讓世界鍛鍊自己。

「師傅，這是您第一次來嗎？」

「我去過群嶺其他小國，但大明明是第一次。」長者又拉緊兜帽：「朋友一直邀我參加吉日，總是錯過。就連這次人都來了也說不準哪，得等擲期儀式定下才知道。」

「什麼吉日？什麼擲期？」

「這些日子你都在混？」

「哪有，只是沒看完。」

「書看了哪些？」

「千窗之城，羊與雲的文化，群嶺。」

「還有吉日，那才是最重要的。沒有國王像他們那樣悲慘。」長者點頭：「現任的王才十歲，已經即位三年了。」

「還比我小。」

「是呀，同樣是孩子，有人當王，有人跟著大叔流鼻涕，可憐喔。」

少年挖挖鼻孔，往長者彈指：「真是委屈你了。」

年長旅人喝一聲，舉高手杖作勢欲打，少年也不慌不忙抄起手杖還擊。他甚至伸直手杖，賊賊輕拍長者的屁股。

「嘿，嘿，君子動口不動手。老伯，留點體力。」

「對付小人就不必。」長者喘氣叨叨胡打：「每次都這樣，你這猴小孩，死小孩，小屁孩……。」

兩人邊走邊鬧，出了一身汗，不知不覺走上一條稍稍平闊的山道，正前方石城聚落與雪峰隱約可見，羊叫得密密響。一位高壯的中年男子牽一隻大角山羊，一見他倆，便頷首微笑。路上再無旁人。

「好久不見，揚先生。一路辛苦。」男子頭戴黑雲紋氈帽，說一口流利的更新世語，大步走向長者。兩人快活擁抱。

「我以為再也不會見到你了。」

「我也是呀！沒想到你竟然出海去了，還一路從風信灘航向手之洲，整整繞了世界一圈！真為你高興！」

揚對少年笑說：「這是大明明國最博學好客的商人脫谷脫，我們的嚮導。很久以前，我們曾一起旅行。看，現在他把我們的語言說得多好。脫谷脫，這是我的學徒，和我一樣是單名，名叫望。我都叫他小望，因為他現在長得還不夠大。」

少年抹去汗珠，點頭致意。

脫谷脫主動握手，手掌溫厚，無名指套一枚青金石戒：「好孩子，你們感情不錯啊。」見兩人笑而不答，脫谷脫呵呵朗笑：「我其實早就記不清您長什麼樣子了。但您信上說預計這兩天抵達，所以這幾天我吃過早飯就在路上等，果然不錯。走吧，過了羊女石，我們就進大明明國都了。」

有了和氣的嚮導，旅途忽然不那麼辛苦了。揚的精神明顯轉好，和脫谷脫輕快敘舊。小望駬失鬥嘴的對象，只好默默跟在後頭。做為國界的羊女石，其實得名於一則谷地人傳說：中古戰亂年代，一位青年十二歲受召，戰敗逃回故鄉時已虛度十年。他瘸了一條腿，荏弱，可是執拗。他的同袍沒能像他翻山越嶺幾十天，即使衣不蔽體，腳底磨爛，仍然定定想爬回雪山底的故鄉。在雨霧濃厚的隘口他碰上一位牧羊女。女子長髮翻飛，雪白的臉滿是水珠，長裙遮不住萎縮的裸足。她的羊如圓潤的金色麥草，在風雨中仰頭喝著雨水。女子本是高山人氏，被人口販子強擄，折斷腳掌為人妾奴。她向青年求援，青年費盡辛苦上山通報，但山村人去樓空，惟雪光烈烈。下山，羊群圓潤依舊，女子卻懨懨扁薄，整個人幾乎被衣袍淹沒。青年決定將女子背上山。奇怪的是，他越走越覺雙足痛楚不再，雨霧漸散，最後竟臻風和日麗。他回頭看依在背上的女子，她輕如羽，纖如塵，於對視時化為清風，落下滿地如春葉的綠松石。

在世界各地，這樣好心往返高山獲得恩償的傳說就有十七種。脫骨脫笑說：谷地人相信高山是神仙居所，但大明明人並不這樣理解——他們沒有特別賞善罰惡的神，只有天這樣深邃不定的混沌存在。山下的人口販子確實習慣將女子折足變賣，戲稱白鵝，是領主、流寇的掌中物。山下的人喜歡打仗，從我們知道山下有人時他們就在打仗。

少年閉眼，感受刮擦玻璃般的尖亢風音。他們走在神話裡，走在徐徐的荒夢裡。他還記得那本有名的旅誌《明明胡語宗義》是這麼寫的：長久以來，谷地人奉大明明為司雨山神的仙境。直至百餘年前，一群矢志朝聖的谷地探險家戰兢渡江、爆破山壁，殺死二十隻熊，一百三十匹狼，無數的土民。當成功翻越群嶺，晉見這群高山祕族時——他們何等失落又震驚，原來調弄天光的精靈，不過是不分晴雨照常放牧的山民而已。他們披頭散髮，只懂牽羊畫符，對他們嘰嘰喳喳唱著蠻歌。

❖ ❖ ❖

脫谷脫領他們經過羊女石，正式進了大明明國都：赫骨。山原荒朗，一條灰石長路直通向前方開闊的緩丘，兩旁錯落石屋與牧場。緩丘頂，有幢羽旗翻飛的大石屋，襯得後方雪山險峻昂揚。這裡的羊更多了，每隻毛髮都蓬蓬遮住眼睛。牠們歪歪扭扭走在路上，見了人也不怕生，甚而略略仰頭，一副很努力想看清楚的模樣。脫谷脫輕揮手杖推走泥路上的羊，領他們走過灰石長路，最後拐兩個彎，走進緩丘邊一幢更新更大的石屋。

「這是你們的住所。前年才蓋好。石牆、窗框、羊毛暖床，全是大明明最好的工匠悉心打磨。只有盥洗因應外地人生活，不用大明明的器物，但相信這樣你們會比較習慣。」脫谷脫又從紫杉木櫃拿出幾套服飾：「常服、騎服、祭袍與睡袍都備了兩套。這裡的羊毛緻密柔軟，遇雨難溼，一件抵得上平常羊毛十件。如果喜歡，我還可以送你幾件。」

不過，整間屋子最奪人眼目的，倒是一張洋洋灑灑幾乎舖滿了正廳的羊毛地毯。以金紅絲線交織的巨大日輪為圓心，圓心四方各有一圓交接，彩繡爛然。東方圓輪風雪黑白，從深淵走出一位披掛綠松石與月白輕紗，長髮委地的女子；南方圓輪女子手攬羊毛，領眾人傾聽大地的聲音；西方圓輪，女子雙手高舉向天，身後是繁複的火焰與閃電；北方圓輪則是女子四肢大開仰臥草地，渾身血洞，雙手緊握沒入胸口的匕首，鮮血注入中央燦爛的日輪。這是他們早已熟知的大明明神話：在無王的酷寒年代，雪淵百尺，湧出巨大的狼豹熊鷹，人們只能於惡寒中掙扎。此時，從世界最幽深的洞穴走出了潔白女神，帶來彼端大海的純淨氣息。人們擁戴潔白女神為王，女神答應做王的那天也放棄神格，徹底化作凡人。她平息雪暴，傳授馴羊與開礦之術，與人們共同生活。當凶險的大雷雲淹沒高山時，失去神力的女神布置了焚燒綠松石的祭壇，將自己作為祭品奉獻給上天。她割去手腳，挖去眼珠，開膛破肚，在最初走出的洞口蠕動。這是第一個死去的神，也是第一個純潔的王。王自我獻祭之日，是為吉日。是王解散肉體凡胎之日，也是眾人覺醒之日。

「除了織毯還有很多可看的。」脫谷脫笑著提醒：「在大明明，窗紋代表各自的家訓與喜好。陽光好時窗框映出的影子特別清晰。館閣後是我的牧場，除了羊，沒什麼特別的。不如上公共草場走走，更多人，應該更有意思。」

「謝謝。」揚從背包掏出一只錦盒：「一點小禮，請笑納。」

脫谷脫揭開錦盒，手指拂過紛陳的綠松石：「先休息一會兒，傍晚時我再來帶你們。之後幾天，我們參觀國寺與石場，吉日三道大儀都會讓你們好好見識——過去的旅隊可沒這種待遇，不，即使我們的同胞也未必能全程參與。」

「太感謝你了。」揚放心微笑：「這次我請了一整季的長假，原本以為時間綽綽有餘，想不到光走進大明明就花了快一個月。考慮回程，我有點擔心最後還是看不完吉日大儀。」

「擲期喏，誰也說不準。等上七天，一個月甚至一年半載都有可能。不可預測，這才是吉日啊。」脫谷脫摸摸下巴：「擔心也沒用。來吧，我的貴客，喝茶——沒什麼是喝茶解決不了的。」

脫谷脫為他們煮了摻有高山細葉茴香的羊奶茶：先以附有大提耳的紅銅長水壺燒水，撮灑玫瑰色的鹽晶、茴香與茶葉。滾茶撈去浮沫，細細沖入描金小銅甕，與羊奶充分混融。談笑自若，眼目卻始終安詳低凝於茶水之上。他又另外拿了黑底蓮花圓盤，備上乳酥甜點，叮嚀幾句便告辭了。師徒倆走了大半天，終於能盤腿，小憩，喝茶。

少年被那張地毯深深吸引住了。人自剖殘肢這樣的血腥，織成圖案竟有種特別顫慄的美麗。他不信奉群嶺的白母神，卻能感覺那一針一線都隱隱傳達不可褻玩的哀戚。每一顆閃爍的吉祥星月，都暗示著受苦所能鑿通的彼世深度，是清潔飛揚的喜悅。可惜他不信，神聖的感動因此成了異域而酥麻的刺激。

日落前，脫谷脫準時出現帶他們出門。微紫的天垂落肩頭，羊如雲如浪。居民見了外人，既不恐懼也不歡迎，只淡淡笑了笑。低矮的圓石屋大致沿著灰石長路建造，前頭栽花，後頭圈羊。每幢石屋都有半人高的黑木窗，或雕鏤，或拼貼，家家窗式不同。除了方圓幾何，也有雲渦、松果；牧羊女、蹓馬英雄等更複雜的雕刻。幾戶特別講究的人家還掛起木珠綴飾的羊毛繡簾。天光隔著窗框，在大堂、桌椅上折映一支支滴溜閃爍的小舞。

因為揚老是停下來詢問不同窗框的做法，脫谷脫便說，不如，帶你們拜訪長街底的窗房，問匠人最快，我替你翻譯？那最好。揚滿意地看向少年：小望，你去不去？

「不，我想自己在街上看一看。」他聽得煩，直接拒絕了。

「那好吧。你自己玩。累了就回去。」揚兩手一攤，小望點頭，揮揮手，便走開了。

「你們相處得不錯啊。」草場上，他們漸行漸遠，脫谷脫說得溫和：「那孩子挺自由的。在你的國家，這不常見。」

「他是有趣的孩子。」揚微微一笑：「剛認識時不愛說話，有時一發不可收拾，又哇啦哇啦說一堆奇怪的東西，那張臉像嘲笑全世界。沒人想理他，就塞給我。」

「看不出是這樣啊。」

「閒話嘛，我同事倒是說過一些，但那孩子自己從來不提。他不說，我就不管，只相信親眼判斷。」

「哦，那你覺得如何？」

「不錯呀。聰明，靈巧，對世界充滿不停修正的心得。」揚沉吟。

「這不是很好嗎？」

「是啊。」他看著脫谷脫，哈哈笑開了：「這不就夠了嗎？」

少年獨自沿著長路走著，看見民宅門戶洞開，兩位婦人身穿桃紅滾邊的米色毛裙，坐在廳堂紡線。一群孩子在窗框投映的影子裡盤坐，念念有詞丟石頭玩。

他深呼吸，輕輕打聲招呼，也拾起一顆小石走進來站在邊上。孩子看見陌生的孩子，起初面面相覷，但不久就招招手一同玩了起來。後來，年紀稍長的孩子們又領大夥出石屋，解了栓在門柱邊的羊，在長街旁的草場嬉戲。

他們很快碰上其他孩子了。緩丘上走來兩個女孩，大的穿藍衣，抱一隻小羊，小的穿紫紅毛衣，跟著藍衣女孩跑。所有孩子都笑了，大喊「瑪波波」——「瑪波波」。童音清嫩迴盪。

聽見叫喊，大女孩如風跑下緩丘，小女孩也氣喘吁吁邁著短短的腿跟來了。大女孩圓臉紅潤，天藍色流蘇羊角圓帽下垂著幾條烏黑的辮子。小女孩瀏海齊眉，戴同款羊角圓帽。瑪波波，不知是哪一個女孩的名，還是形容詞，發語詞？

大孩子們教大家在手掌塗一種清香的油脂，捏塑小羊。拉開羊毛隨意搓揉，羊毛便根根豎立，也塑了形。那些小羊被拴牢，被搓弄，還是這樣溫馴。孩子們盤腿坐下，還是親親熱熱窩上來。起初小望不曉得怎麼玩，但其他孩子七手八腳示範，來回幾次就懂了。那些羊如卷雲、如丸子、成簇聳立如火炬，他也跟著做了一隻愣頭愣腦的大刺蝟。有孩子搖起小鼓，他們就隨節拍舞踏。沒怎麼多想，只是跳舞。清光照拂，踏步的孩子宛如一粒粒游塵。

直到日輪將落，那群孩子聽見了草場鑼鼓而歡叫，少年才遲鈍地感到些許格格不入的失落。只見一位長鬚男子，披紅襖，鏗鏘宣讀一紙朱卷。每念一句，人就擊鼓，喝、喝地吟唱。又一位男子，穿黑襖，手提木桶，朝繪卷輕巧潑灑一杓新鮮羊糞。紅襖男子作勢叫罵，黑襖男子就推他一把，一搭一唱。隨兩人來來往往，人群也開始綿長的吟唱。聲正宏亮，有婦人拉來一隻綿羊，黑襖男子便放下木桶按住綿羊，任紅襖男子一刀刀剃毛。頓時，人們不唱也不說，只屏息聽著剃刀喀嚓、喀嚓，摩出沙地般的羊皮。羊只睜著濕潤的黑眼定定地看人。

即使一路上，小望不時抽空翻閱《明明胡語宗義》附錄的小詞典，但沒有一種語言可以一蹴可幾。特別是大明明語和自己的母語截然不同：含混，也沒有明確的文法。這個語言的難處在於衍生。如果不深入生活，不知道這些詞源與衍生的理由，學了也無法運用。他猜想這是種祭歌，或古老的民間劇。這是考驗耳朵的語言，雲氣般蓬鬆豐富的語言。各種組合、各種機智俏皮的引申，各種氣音與連音，就如雲變化多端。可以說，大明明人是精於比喻，轉喻，雙關的天才。若有機會掌握另一種語言，他們很可能在異鄉成為詩人。王之於羊，窗意味彼岸，世界是汪洋是大山是船。正如北地先民有數百種描述冰雪的單字，大明明語也有數百種關於雲，羊，山，天氣的詞彙，不總是具體指物，更多時刻非常抽象。《明明胡語宗義》是唯一涉獵大明明語言的著作，但其附錄的衍生義小辭典也只整理了七十七個詞。「歐布拉克」，雲，就是非常複雜的詞語大家族。光從自然外觀來分，就有大小、亮度、紋理、色澤、高度、水氣、厚薄、透明度、發生時節等分類，有數十種定稱。同一個詞彙又可不停堆疊變化，推演出數以千百計的說法。比如「古穆勒思」，厚積雲，可以形容羊毛窗簾或小水桶，可以是夏天的草地，也可以指涉皮膚白的胖女人，還可以指人個性慷慨，或生長繁茂。將「古穆勒思」重複兩次，後一個名詞就變成動詞，意思是這白胖胖的女人變得慷慨，或夏日草地榮滋。

他聽，聽人們齒間流洩的氣擦音與顫音，如風、如鼓、如蛇。方才的玩伴也加入隊列。可惜他一個字也聽不懂，也跟不上動作，只能落在人群外呆看。所幸，他也不是唯一落單的孩子。那兩個女孩抱著羊跑開了。有孩子見她們掉了隊，也從人群走出來笑喊——瑪波波——瑪波波——瑪波波。

看著眼前歌唱的祕族，看著羊群與孩子們，少年聳聳肩，在漸行漸遠的「瑪波波」呼聲中鼓起勇氣走入大人的行伍。身旁的男女攬肩搭手，他再次感覺溫暖與融入，天是初星微紅的藍。

天還沒亮，小望便被密密的羊叫聲吵醒。隔床的師傅依舊大張四肢，鼾聲如雷。睡得不醒人事，還像隻山羊委屈地吼叫。他訕訕笑，哆嗦著攬起斗篷。灰星凝露，世界尚未完全清醒。

灰石長路上的草場已亮起早市的小油燈，昨天日光下玲瓏閃爍的窗框，如今全沁入清晨的薄霧中。幾個披厚斗篷的民婦烙餅燒肉，有人指著自家紡織品叫賣，也有幾位壯漢肩掛野味，牽幾頭肥壯的小羊，現場割喉宰殺。攤位上懸吊成串頭肋肩腿，眼蹄筋膜，幾乎將羊的每一處部位用得淋漓盡致。鐵爐上則燒一壺細葉茴香溫羊奶，小販無聊時，便拿著大杓不停攪動。

走著走著，氣血活絡，晨起的寒意也漸漸散了。他也精神起來，一步步往緩丘走去。丘上有光滑的青石墩，兩個女孩背對長道，正仰望早晨的大雪山。一個藍衣，一個紅衣，抱著小羊。似乎感覺了身後的腳步，她們不約而同回過頭來。從對方乾淨的瞳仁他似乎看見自己，頭特別大，眼睛煥光，小圓帽沾著早晨的水氣。

他有些不知所措，想問好，卻只發出幾個凌亂囁嚅的音節，最後只單手抱肩草草行了招呼禮。小女孩噗哧一笑。看她們笑得毫無心眼，自己卻也止不住笑。

藍衣大女孩的羊衝著他咩一聲。她咯咯笑，一口氣對他說了好幾句話。見他毫無反應，有些無奈地看向紅衣小女孩，兩人嘀嘀咕咕又說了幾句。她挪動身子，以手比比空出來的石墩，圓眼裡的光亮比想像中淘氣的多。

他爬上來坐在她們身邊。紅衣女孩從口袋掏出一包奶糖，三人靜靜分食。

他們一同眺望開朗起來的雪山，雙腳盪啊盪的。女孩懷裡的羊一直目不轉睛盯著他，他想讓小羊再叫一次，逗弄幾回，卻不順利。藍衣女孩撮唇示範了一次，兩次，三次。他看得很清楚，卻始終沒法控制他的舌頭，只發出荒腔走板的吁吁聲。小羊懶懶膩在女孩懷中，濕漉漉的黑眼像斜睨。女孩手指羊頸上的銅鈴，他輕碰兩下，小羊這才密密叫了幾聲。

他們都笑了。藍衣女孩仰頭，指著天上的卷雲慢慢說：「哈胡，歐布拉克。」

身邊的小女孩吃吃笑了。小望聽不太懂，也許是說天空很美，或是呼告式的：看，天很漂亮吧。確實是明淨的藍，淹捲的白，襯著不遠處的罌粟花原與紅蜻蜓，像天眼底散散浮游的血絲。

直到太陽完全升起，孩子們才互相道別。順路買了烙餅回房，脫谷脫也送來了早餐。今天，多了一位魁武堂堂的新朋友。

他們一同享用大明明豐盛的早點：烤羊肉烙餅，小鷹蛋，與一壺浸雪蓮花的羊奶茶，入喉滑郁，奶香挾帶清清的苦氣，脫谷脫帶來的朋友是個討人喜歡的中廣男人，笑聲爽亮，衣裝特別盛大而華麗。他戴著至少由鷹、孔雀、白鶴三種鳥羽鑲飾的長頭冠，頸間掛著綠松石與粗木珠串成的大鍊，又在羊毛衫外層又罩了一襲密繡金線雲紋的黑衫。脫谷脫說，今天打算帶他們參觀吉日三儀中的第一道擇巫儀式，他特地商請從小長大的朋友，大明明巫祭長薩可拉一同嚮導。

他們連忙起身致意，巫祭長也不慌不忙回禮。他的更新世語說得遠不如脫谷脫精雅，七拼八湊，帶著濃重口音。但光是隻字片語，師徒倆便能感受一種不卑不亢卻禮貌的善意。揚隨即奉上預備給巫祭群的見面禮：《古神繪記》復刻本、襲國七重城的不熄火種、及白城海濱特有的虹菊石。

昨晚，揚興致一來，說了不少和脫谷脫的年少舊事：當年他沒比小望大多少，四處蹓躂，在黃杜鵑之城的破旅館結識了大五歲的脫谷脫。有別於其他從不下山的大明明人，脫谷脫喜歡出門旅行兼做買賣。他正直又樂於分享，從不占朋友便宜，也有過人的聰慧與語言天分。他隨身攜帶一張簡陋的地圖，以大明明國寺為圓心，沿山道一圈圈地流浪。在黃杜鵑之城相遇時，脫谷脫已整整走了兩年。他從沒看過海，總以為要穿過國寺後的赫骨大洞才能游入月亮牽引的大水。聽人說海其實不遠，就發自內心想去看看。他本想到邊城朝拜綠象神，再慢慢往北環行，如果揚希望登上阿須墨窪，他也願意馬上折返。不過當時的揚因山高路遠而作罷，他們同行兩月，幾乎走遍了大陸西南角。除了三海交界，還有三十三孔雀橋，海嘯生成的逆流河，最古老的粉紅學城。脫谷脫在旅途中和顧客學了點更新世語，沿路與揚指手畫腳，臨別時，就能以簡單的更新世語閒談。

後來揚成為地圖師，牧人脫谷脫成了群嶺了不起的大商人，從批售羊毛、織毯起家，逐步擴大至木材、礦物、織品、香料、家具、牲口、古物，至少半數外國貨物經手於他。一口更新世語也說得精確無比，揚卻還是認不全大明明的羊毛符文。不過，他倒也不怎麼羞愧。更新世語是最強勢的語言，脫谷脫本就該學。何況，即使更新世語與襲語一今一古，前者別稱醒語，新語，文明語；後者別稱落雷語，覺語，龍墨語，但都使用同一種象形符文，人民交流無礙。學了更新世語，襲語也能掌握，南北通吃再實用不過了。相較之下，大明明語又含混，又困難，還不如學群嶺群漠的通用官話。

吃完早飯，他們出發前往寺院。多虧了師傅認識了脫谷脫這位有頭有臉的在地朋友，一切遠比想像中順利。甚至連孩子的需求也想到了，他特意牽來一隻大公羊，想教小望玩拉羊毛的遊戲，小望只好有些不好意思地說，昨天已經玩過了。

他們經灰石大道，上緩丘，來到青石墩後旗幡飄飄的王宮。穿越王宮，便是雪山隘口的寺院。說是王宮，也不過是稍大的石屋，無瓶無花，無雕像也無繡簾，比他們住的館閣還不如。不過王宮的窗戶悉數以松木打磨成一人頭頂太陽，持刀刺胸的式樣。窗框上的太陽觸眼斑爛，走近細瞧，全是一顆顆蛋白石。身穿白羊毛袍的女人簇擁著一位琥珀色的高大婦人，在長廊下逗弄初生的羊與鷹。婦人繫一串貓眼石鍊，笑時露出酒渦，身旁偎著兩個看上去不滿十歲的孩子。

「那位是大明明的太后，女王的母親，未來的懺悔女尼。」脫谷脫低聲介紹，朝婦人端端正正行了個跪禮。他們早在《明明胡語宗義》裡讀過了。大明明的王室是懺悔女尼從民間代代揀選，不世襲。這和襲國七重城領導者的挑選如出一轍。王與王的父母沒有實權但備受禮遇，凡事都徵詢他們的意見。但真正統理國務的，是住在雪山隘口八角官樓的巫祭與官員們。

「未來的？行過吉日，才能算是懺悔女尼嗎？」

「沒錯。」脫谷脫點點頭：「吉日後，王的父親與兄弟姊妹回復平民身分，母親則剃髮入國寺，成為懺悔女尼。生活用度原則上沒有限制，但幾乎人人都選擇苦行。若王死去時母親也死去了，這位子便由王的家族最年長的女性接任。」

「抱歉，我修正一下。」他側頭想了想，又說：「我覺得太后這個詞，並不足以說明王的母親的內涵。她們真正的責任從目送孩子之後才開始，透過吉日獲得靈視與探問天意的能力，是覺者，行者，倖存者。她們主要的工作，就是率領巫祭選出下一任王家，重大時期探問神諭，以及寫詩。寫完這一代史詩後，這位懺悔女尼將被公認為全國最有智慧的人。」

「史詩？」

「是，接力寫下列王史詩——《瑪波波奧雷卡》。每位懺悔女尼寫下歌詠自己孩子的詩篇。那是目送孩子死去的母親寫的詩，所以特別有覺悟，特別有愛。在私情與天命的兩端，每位母親平衡的方式都不同，但最終都會達到一種平和。這是試煉，也是喜事。」他點頭：「王從常民中挑選，不作惡，不開花，也不結果，只是純淨的幼葉。吉日結束之際，王的血肉會瞬間消化成煙，屆時，會發生妙不可言的事。最後，巫祭才將王的遺骨投入國寺深淵。」

「什麼樣的事?」

「嗯,難以形容。就算史詩寫了,也是神奇與事實、回憶與預言混合難分的敘述哪。說來不可思議,但到目前為止,還沒有人能把吉日發生的一切清清楚楚、從頭到尾記下來。」脫谷脫搔搔頭,神情竟有些自豪也為難:「所以才說妙不可言啊。」

「你們都看過了?」揚看向脫谷脫與薩可拉。

他們無比堅定點點頭。

確實如此。關於吉日的最後會發生什麼事,目前一點可靠的紀錄也沒有,連他們隨身仰賴的那本《明明胡語宗義》也沒有。對於吉日,這或因神祕、信仰、殘酷而聞名世界的大明明核心慶典,這是一段很小卻令人不悅的空白。就算不清楚擇巫、擲期、吉日的順序,但對大明明稍有研究的人都知道:這是高山祕族效仿創世神的王者自殺儀式。吉日當天,在作為天人媒介的主祭引領下,王將亦步亦趨,截斷手腳、削去眼、鼻、耳、唇等七竅,最後才以單手刺心而亡。王將飲下曼陀羅花水,進入半人半神的境界,但主祭自始至終,都必須在劇痛中保持清醒。王有十二種日課,巫祭操練各種儀典與技藝,都是為了鍛鍊將無垢的身心還諸天地的覺悟。一生都是為了可能的這一天做準備。師徒倆正是為了全程參與這可能的特別的一天而來。只是他們不好意思向脫谷脫明說的是:他們也是抱著一種收藏遺物的心情而來。總覺得當大明明走向世界,交流日廣後,這令人瞠目的習俗,絕對是會被軟硬兼施廢止的。

「這樣，我們非得看到最後一刻不可。」嚮導們並肩走在前頭，揚充滿鬥志地拍拍小望的肩。

「沒有期待就沒有失望。」小望吐吐舌：「我才不信有什麼事，能讓所有人都覺得妙不可言。」

四人不知不覺穿越前殿，抵達山原深處的國寺。王宮如此簡樸，寺院卻很堂皇：琉璃飛簷、雕有鷹與羊的大石柱，壁上繪飾大明明各種神話。薰著香，還鑲飾珊瑚、硨磲、犀牛角，鐵樑供奉數百盞羊脂油燈，所有東西都古老。寺門前後大開，正好框住遠方的大雪山阿須墨窪。那是群嶺諸民共同的聖山，從中切出五大河，二十九水系，養育了二十四個部族。冰中冰，雪中雪，太古光影昭昭遺落。

七位巫祭領他們走進寺院深處，裝束與薩可拉相仿，翠羽明瑠，威儀浩蕩。他們很快就見到了石場中央的高大祭壇。整座祭壇由黃金雕成，正中央是持刀自戕的王者全像，背景則象徵天空，鑲有粉晶、瑪瑙、青金石等各色珠寶。這份貴重，比起世界各處的祭壇都不遜色。

壇前立著一塊半人高的綠松原石。脫谷脫說擇巫待會就在這裡舉行。

壇邊有八角小席，端坐三位戴面紗的老婦人，從銹紅的舊長袍底下露出滿是皺紋的手與頸。

薩可拉率眾朝她們跪拜。這就是當今的三位懺悔女尼。

壇後有井，以亂石砌成一圈矮牆，繫上符紙，像深井。

薩可拉走向祭壇後方，教他們看那繫符的深井：「相傳這就是潔白女神走出的洞口，赫骨。是世界的耳道，也是大明明最神聖的居所。」又指指洞穴，要他們注意岩壁上幾枚趾爪風化的小腳印。看似向上爬行的人掌，卻遠比嬰兒腳嬌小，腳印陷得很深，又顯示腳印的主人出奇沉重。他揀起一塊碎石輕輕丟入洞裡，眾人屏息。一秒，兩秒，三秒，良久，洞底闃然無聲，小石完全被黑洞吞吃了。

「是，我早就想看這個了。」揚讚嘆道：「在最高聳的山嶺中最深邃的洞穴。有人說洞底長滿巨大水晶柱，蒸著高溫的毒氣；也有人說這洞穴直通向世界遙遠的某處。相傳古代賢王朝洞底垂下一隻斷足的白孔雀，過了七年，襲國史書則有斷足白孔雀飛出苦眼洞的紀載。但是至今還沒有人真正下到洞底一探究竟，更別說從另一頭走出來了。」

「想下去看嗎？」脫谷脫半開玩笑地挑眉。

「不了，還沒勇氣下去呢。」揚俯視無光的深洞，搖搖頭。

「那就好。我原本還擔心以你的個性，非下去看看不可。」他也笑了：「歷代的王謝肉後，遺骨將拋入洞中。他們將在洞底重生，於彼世存活。除了行過吉日的王與巫，沒人能下去赫骨。」

身側又一陣鬧亂。另一群巫祭魚貫而出，除了頸間細碎的綠松石鍊，裝束與尋常民夫無異。為首的老巫祭極高而精瘦，起初沉默無言，待眾巫祭在祭壇邊站定，他則大步向前話音如雷，嚴厲的視線從未從揚與望的身上移開——他們頓時從旁觀者成為極其刺眼的存在。盛裝的巫祭們臉色一變，脫谷脫也沉下臉來。有人甚至當眾脫下了華麗外袍，露出同樣素淨的羊毛衫。他們一脫衣，薩可拉的臉色就更難看。

「他說什麼呢？」現在連外人也感覺情況不對。

「胡姆巴說：這種神聖的祭儀不該帶外人進來，你們怎麼穿這樣的衣袍？竟為了討好外人而盛裝。」脫谷脫吞吞吐吐：「就算你是巫祭長，傳統怎能擅自改動？還帶外人進來呼呼喝喝。你平常待人，可沒這麼殷勤。還有你，再怎麼不安分，也不該動國寺的腦筋。」

「請原諒，都是我沒有打點好。」他嘆口氣，有些尷尬：「正式祭服應是吉日當天才穿著，但為了表示對你們的歡迎與敬重，薩可拉決定破例，從第一道儀式就穿正式祭服……擇巫穿常服，是為了顯示巫祭的謙卑與日常修行的刻苦；穿祭服，則是為了展示我族精奧的文化與待客的誠意。畢竟儀式都是公開舉行，你們很難近看……唉，這樣，大家都丟了臉。」

「剩下的都不是好聽話，我就別說了。」脫谷脫再次低下頭：「請原諒我們的無禮。」

揚歉然拍拍脫谷脫的肩，拉著小望上前，對老巫祭笨拙地鞠躬。

生氣的老人正想開口，卻被薩可拉等人拉扯到一旁。說得又快又急，像爭執。脫谷脫也不敢貿然開口。師徒倆只好退開，在井邊斂首靜候站得筆直。「都進來了，不至於就這樣走吧。」小望對懊惱的揚悄悄說。揚白他一眼，示意他不要再說。他抬頭笑了，目光正巧迎上胡姆巴老鷹般的眼睛。他有種盲目的信心，總以為老人只是感覺被冒犯但並不嚴厲。

良久，巫祭們終於各歸其位。脫谷脫如釋重負地走來，說老巫祭胡姆巴同意他們旁觀，但必須全程肅靜，不可發話，也不可走動。他們點頭照辦。壇前的樂師開始擊鼓，吹起羊角。那些羊角足足有一尺長，吹一響，壁上百盞燈火便順著風瑟瑟浮搖。

薩可拉舉起火把燒灼那塊半人高的綠松石，又一杓一杓澆下滾燙的羊血。綠松石前的木樁倒懸了一隻放了血、烤得金焦的羊。巫祭們輪番上前，羊頭下的粗陶罐放一把石頭。黑白兩種玉石，圍棋子般。很快地，罐中滿是黑玉白玉。眾巫長以薩可拉為首，群巫擲玉石，吟祭歌，順時鐘輪流念誦禱文，並從陶罐撿回一顆玉石。先黑玉，再白玉，交錯循環。

所有程序正如脫谷脫事先解釋過的，但身歷其境仍有種一時難以表明的新奇與莊嚴。鼓聲悶響，明明敲在皮面，小望卻覺得鼓點全輕輕叩著自己的腦勺。

隨著玉石減少，眾人的呼吸也愈見粗重。誰拿到最後一顆玉石，誰就是那位必須清醒執行吉日，責任重大的主祭。他們即使遠遠站在邊上，同樣喉頭又乾又緊了起來。

那餘怒未消的老巫祭，拿起了最後一塊玉石。

他們隨巫祭出了寺，走回緩丘。脫谷脫說：選定主祭後，必須公開稟奏女王，獻物跳舞，並在七日後舉行第二道擲期，以決定最後的吉日。時近正午，天光晶朗，祭壇笛鼓齊鳴，人民攏聚。小望跟在大人身後，看見盛裝的女王被簇擁著步出敞開的大石宮門。一上祭壇，眾人立刻躬身行禮，口呼「瑪波波」。

他跟著鞠躬，起身時踮高了腳想瞧清女王的臉。只見女王身披刺繡天青色長袍，羊角圓帽下紮著嵌有銀鈴與雪蓮的髮辮。由海貝與綠松石拾綴的長鍊在胸前圈了一層又一層，呼應帽尖的明珠，與鞋頂的紅寶石。她身高還不及侍衛的一半，繁複隆重的冠服下，露出一張素素曬紅的臉。圓眼、圓鼻、兩頰有小小的酒渦——竟是這兩日一同遊戲的女孩。

女王寸步難行，好不容易才坐上青石王座。她這麼小，可穿戴整齊，就有種異樣的威嚴。連那小侍女換上深紫錦袍，不苟言笑捧著一束黃牡丹，看上去也大不相同了。

「這就是我們的女王。第六百七十代瑪波波。」脫谷脫低聲說。

小望忍住笑，偷瞧師傅一眼。他驚奇打量台上的小女王：「還不滿十一歲吧？」

「是。」

「我讀過一些紀載，不少國王還是孩子，有的是青少年，也有幾位直到結婚生子、甚至步入中年才舉辦。」他問：「一般來說，國王該什麼時候舉辦吉日呢？」

「主要是國寺決定。每次新年，巫祭會研究王的生辰和大明明曆法，合象則行，不合象則緩。所以，的確可能造成因多年不合象，王就持續在位的狀況。上一任王就是如此，賢王松安涼涼也是如此。不過，吉日最好能在成年前舉行，因為最乾淨。持續在位的王，也將受國寺與人民的持續監督，若不合法度，或老邁生病，巫祭長便會獻上六對羊眼，王就必須退位自戕，也就不必有吉日了。」脫谷脫答：「照理說，每個人的一生，至少會碰上一次吉日。不能舉行吉日，對王也是羞辱。」

巫祭長走向王座行禮了。與此同時，脫谷脫挪動身子站在小望與揚之間，為他們低聲翻譯。他特別使用一套古雅莊嚴的語彙，說明吉日的主祭，是吾輩敬愛的老巫祭胡姆巴。女王聽了，微微頷首。

「惜哉，幸甚。朕的愛卿。」

脫谷脫的轉述很文雅，小望聽見的原話卻很簡單。「可惜，我很喜歡他。」

薩可拉又介紹了兩位東方旅人，請女王恩准外人旁觀儀式。他們依照脫谷脫的指示躬身行禮，女王嫣然燦笑，說了一句，脫谷脫連連點頭，非常恭謹地翻譯。

「貴客不遠千里而來，自然應該好好款待。」

這句他也聽懂了。女王只說：「可以啊，他是我朋友。」這話更像是孩子的，而不是王者的。

一對穿白羊袍，額間繫著珊瑚的男女並列而出。男子沿場展示手中的青銅長劍，再屈身呈奉女王跟前；女子則捧出盛有透明液體的水晶長瓶。脫谷脫悄悄解說供物的來歷，屆時執行大儀，王又該做出哪套繁複的手勢。青銅長劍，據說是第一位執行吉日的王者古物；無色無味的曼陀羅花水，使人如臻夢幻，藥師一年才配一小瓶。大明明的曼陀羅止痛、驅濕、致幻，早在一千六百年前即有醫藥紀載，但真正成熟的蒸餾手法，則始於千年前的花姑古方。花姑，群嶺邊部人氏，二十餘歲偕夫販賣花藥，漸漸研製出曼陀羅花水。據傳以雪水洗淨數千朵群嶺曼陀羅，輔以少量乳香、狼蘭、苦橙葉、幽谷松蓮，入七尺紅銅鍋爐蒸餾三十日夜，可得一小瓶。色美，味美，通靈入幻。後花姑毒死丈夫，流亡髮峽，憑花水得莎后重用。又受命潛入東方的襲國，以花水迷惑並操控王室，使教城與王城針鋒相對，國家幾近分裂。新任最高祭司平亂後，下令興建七重城，搜捕花姑。三年後，易容為王妃的花姑於寢宮被捕，於正午處剝皮之刑。死後曝屍市口，群鴉啄食，入夜前群鴉皆斃，食鴉之鼠亦斃。十日後，王城興大瘟疫。至今，依循古方的花水仍極珍貴，黑市仿品盛行，但飲用後很容易癲癇、失明。

禮畢，牧人們扛上一隻剃盡羊毛、倒懸木架上的小羊，掏出小刀開始俐落地剝皮。皮肉輕聲撕響，肌骨解離卻滴血不流。除了那隻羊，眾人所見的，僅是精巧無比的手藝。三次大儀，都會獻上一項珍貴的生命。前兩次是羊，最後便是王自己。當羊被肢解乾淨時，草丘上的人紛紛掏出羊角匕首，伴著鼓笛，圍著女王歌舞。有人還帶上小銅鑼，伶俐地穿插幾個響亮的音節。這場幾乎是自然而發的歌舞毫無排練，卻十分盛大流利。狂縱，滿足，可又似乎能聽出一點敬畏與祈求的心情。他們聽出來了，人們唱的是〈吉日行吟〉：

蒼天呀，荒原呀，阿須墨窪的羊群喲
飄過雲，飛過鷹，越不過山的紅蜻蜓

小羊溫良，小羊無私
予我們脂油，血肉與心腸
隨地腐朽，就能上達天聽（普普西）
我們擇巫，我們擲期，我們恭送賢王
純潔的羊隊喲
有歷代瑪波波，慈祥的白女神，與偉大的松安涼涼（普普西）

哈胡，哈胡，歐布拉克
赫骨琳琅（普普西）
哈胡，哈胡，歐布拉克
赫骨清揚（普普西）

這首大明明少數為外人所知的民歌何時創生，不可考；何時流傳，也不可考。不過，異國風情的哀婉廣受各國歡迎。曲譜標註「普普西」，表示擊樂，大家可以隨意拍手、擊劍或搖鈴，總之要熱烈地弄出聲音。還有人譜成合唱曲，翻譯，讓城裡穿皮鞋的兒童分成三聲部肅穆地演唱。在來大明明的路上，在高地諸民交易的哀果湖市口，他們就曾聽過女歌者哀果娜唱這首歌。這位在群嶺群漠小有名氣的流浪者長髮披垂，鬆鬆罩著一件黃羊毛衫，在酒館赤足舞踏。低沉的女音散漫瀟灑，倒是一點也比不上城裡合唱團的精心。

唱歌時，脫谷脫便不再說話了。他閉上眼，輕擺身體，認真和起音來。縱使語言不通，那古樸又憂傷的調子還是擊中了兩位外地的旅人。可惜他們怎樣也學不會，只能面面相覷欣賞著吉日大儀的劍舞，看著王座上微笑卻陌生的小女王，於歡快中輕微顫慄。

❖ ❖ ❖

灰石長道，大明明語稱為「蓋思布拉特」，指的是修長的忍冬花蕊。他們日日沿著這條路出入來回，走了不知多少遍。小望一大早出門，上市集，拿小小的羊元買吃食，總是在午後長路的某處草場看見同一群嬉戲的孩子，包括小小的女王與她的羊。也許是另一群孩子，畢竟除了瑪波與侍女，他也認不清其它的小孩。但對他來說，他們的活動都是一樣的。

起初一切稀奇：窗框在天光照耀時投出的影子如此別致。孩子們的遊戲。人們平等純樸，夜不閉戶。看久了，諸事如常，沒太多新鮮：人們日復一日做著同樣的事。平等是因為均貧吧。純樸是因為無知吧。就連原本覺得有點意思的路名，但這也不過是因為，忍冬是最常見的野花。

擲期後，也才不過七天而已呢。

如果不在大明明生活，也不信奉潔白女神，那參與吉日，究竟是為了什麼呢？

人人都說吉日的最後，妙不可言。到底是什麼呢？

他們，兩位初來乍到的外人，也能看見相同的景象嗎？

「不知道，但是該碰碰運氣。」揚告訴他：「真正稀罕的事物，往往要花上漫長的時間才能見識。比如花水的調製啦，比如阿須墨窪深處的七湖與松蓮花開，比如哀果湖市口不定期舉行的鬥寶大會。《明明胡語宗義》的作者拋棄了豪族的生活喬裝成學問僧，從赫骨荒原徒步潛入群嶺，在大明明長久生活。走進群嶺前，他並不知道自己會碰上什麼。但善於等待，第十四年就看見了吉日。我們時間與決心都不夠，就只能賭一賭了。」

那本書是這樣描述吉日的：

他手握羊角長刀站上巫瑞亞提，緩丘上的祭壇，像抵擋風霾的松樹。身旁的老者說：攸黎亞，看，我們的王像大雪杉。

攸黎亞是老人替我取的當地姓名，意思是魚鱗狀的雲。從植物相似的聯想與象徵，我再次樂觀相信只要坦誠交流，我們必能找到普世的共同語言。

巫瑞亞提，大明明語的天堂路，也代表星雲與子宮。但我寧願稱它為死丘。多少青年可喜的生命葬送於此。才三十四歲的巫祭在壇邊閉目打坐，他胖墩墩的一歲小兒胡姆巴裹著厚棉袍，抱著小羊嬉戲。他不知父親即將面臨多可怕的事，也不知自己也可能走上同一條路。這種痛苦是天賜、世襲的特權。圍觀的大明明人唱起歌來，和我們的絲竹之聲相比，他們喜歡運用喉部發出各種氣音與連音，有發自肺腑的野蠻。

寶石與藥草之鄉，如今更堆滿了青金石、香藥、靈芝、劍羚、曼陀羅花水，種種朝聖者的貢物。時辰到，青年國王將花水一飲而盡。沒多久便搖搖擺擺，眼神也不一樣了。他陷入一種不可理喻的狂喜。年輕的巫祭也站上祭壇前方，正對國王，手持兩把羊角長刀跳劍舞。他每做一個動作，國王便跟著模仿。說模仿也不盡然，因為兩人幾乎是同時動作，鏡像般，那是長久操練出的嫻熟與默契。只是國王在笑，巫祭則一臉猙獰。

他沙一聲抹下耳朵。血濺出來，耳朵如花落地，人群發出短短的驚呼。我原以為自己會叫出聲，但沒有，這情景倒比想像的平淡。我國處決犯人，比這精細複雜得多。「抹」是輕盈的動詞，在現場，就知道這俐落需要力量與巧勁。那是虎虎生風的陰狠，對待身體髮膚毫不憐惜的殘酷。因為吉日，大明明發展出非常悠久的解剖術，但不是救人，只是探究性地將每根神經筋肉攤在陽光下。正是缺乏濟世仁愛的胸懷，所以他們的技藝僅止於此。

跳著跳著，巫祭又抹掉一隻耳朵，削下嘴唇與鼻子。切豬肉般，草地器官零散。那巫祭還在戰鬥，眾人目不轉睛地旁觀。沒人意識到讓某些人天生以為自己該死，還以此為聖，是天大的無知與野蠻。後來，滿臉鮮血的國王哈哈大笑起來，挖出雙眼丟向人群。他已進入半人半神之境，揮灑著血肉模糊的歡愉。我別過頭不敢再看。前兩天，這健朗的青年還邀我騎馬。他如此仁慈慷慨，假以時日必能成為明君，但在這裡竟無法善終，只能瘋癲如蟲子蠢動。他們幾乎同時跌坐在地。巫祭掙扎著坐直身子，揮刀砍下一隻手腕，又斬下兩隻腳踝。

他們各自只剩一隻手了。我始終等待巫祭何時崩潰，但他最多只是咬牙咬出了血。刀尖沒入心臟的瞬間，我相信，我和身邊的人都感覺到了某種平常根本不會注意到的奇妙氣氛。竟不知該如何描述下去。我敬佩國王捨身的偉大，但我也嘲笑他們的徒勞。獻出生命並不等於崇高。我親身目睹這種疼痛，但感覺到的非關痛苦，也無關神聖，反而是一種使命。我要回去，讓人們知道絕域的苦難；我要回來，教育人們真理與文明。

這是最初也最詳實的風土誌。第一本收錄大明明官選的羊傳說總集。第一本大明明語小辭典。百科全書式的旅誌發行後風靡了群嶺以外的世界。人們紛紛說著當我們在安穩的殿堂高談智慧與正義，作者已走上群嶺之巔，你怎能坐視這世界還有活人，甚至孩童生殉？後來，回到祖國的攸黎亞為了將大明明從生殉的野蠻解放出來，說動襲王派遣一支軍隊與四十名僧侶長征。那時盛情款待他的王與長女都已度過吉日，由年少的次子選任。但攸離亞途中就病死了。其餘人馬太輕敵，被精於射箭與製作陷阱的大明明人成功擊退。他們像趕羊一樣將軍隊趕至死路，任其自生自滅，又將所有俘虜與僧侶投入深淵。臨死前僧侶竟詛咒國王——當身穿白衣，一大一小的人們來訪，王城終夜從天至地閃耀紅光。國民悉數為奴，王將成為小丑與腐肉。當年的王十分介意這詛咒，每逢新年必定浴雪祭祀，兩年後就行了吉日。三百名士兵凍僵的屍體成了荒原的地標。這些事，群嶺外無人知曉，只謠傳軍隊死於高山惡劣多變的天候。

胡姆巴很小的時候就碰上這場入侵的尾聲，親眼看見了吉日，也從此失去了父親。他從小就認為外地人是特別貪婪的鷹。自己的獵場吃不夠，還理直氣壯搶別人的。即使脫谷脫並不喜歡這位三朝老臣的頑固，聽了攸黎亞的名號也是不假辭色。當他知道《明明胡語宗義》是師徒倆一路倚賴的資料，忍不住撇過臉，難得嘲笑起來：「貪圖我國物產，騙吃騙喝的自大狂。有時間讀攸黎亞，為什麼不讀我們自己寫的《瑪波波奧雷卡》？是你們根本看不懂吧？群嶺外的人，什麼都不懂，又想來改變什麼？」他還說，上任瑪波波對於山下社會相當友善，就是覺得山下社會對我們不了解。他在位三十三年，奠定了大明明走向世界的根基。現在我們有旅隊，有商隊，也將有修路採礦的工人。這時代，就算鎖國，別人也會找上門。那麼我們為什麼不主動走出去呢？古語說：藍天總會飄過雨雲，但雨雲總是片刻。只要我們公正誠實對待別人，別人沒理由欺負我們。

尋常日子，什麼人都可上緩丘的青石墩玩耍，但吉日宣布，就只有王與巫祭可以使用——平日是遊戲場，節日是獻祭台。為了將臨的吉日，擇巫之後，女王每兩天就得由巫祭們領著操練儀式。至少等待擲期的這七天，小望就見過三次了。瑪波波與胡姆巴，一身常服拿木劍比劃，群巫隨侍。

瑪波波並不很專心，有時反而顯然心不在焉，才教完的手勢，下回演練便忘了。她完全不怕胡姆巴，軟語嘰喳，似乎還不時拉手央求提示。她的羊也焦躁。每當巫祭想從瑪波波手中牽走牠，牠便百般掙扎、跳躍，還後退助跑，生氣地衝撞人們的屁股。那乍看嚴厲的老巫祭竟總是耐心地蹲下來，與瑪波波你一言我一語地講話。像祖孫。常常胡姆巴說著說著，瑪波波便呵呵大笑。笑聲像乾淨的陽光照亮了緩丘。那笑像是真有什麼有趣的不得了的事，所以人們也跟著哈哈大笑起來。

回館閣，他掏出隨身小刀拈在手上。刀尖抵著皮膚輕輕壓入左臂。滲一滴血，還不太痛。他深吸一口氣，將刀刺得更深更長。

他傷害過別人，也見過朋友傷害別人，但從沒想過傷害自己。即使割得不深，他還是清晰感到撕裂的痛楚。小刀如一枝筆，將心底的畫面勾勒得更鮮明：幼小的王割下耳朵，撕下面皮，幾乎握不住刀柄的手奮力刺向胸膛。她半睜眼，被奇異的疼痛填滿，從每處新傷感覺自己掙扎著蛻變。不過，除了痛，他沒有太多感覺。沒有歡喜也沒有聖潔。掀翻的皮肉像被紅水淹沒的裂谷，直直盯視，反而有種古怪的虛無。不管知道吉日多少細節，沒有相同的信念，沒有相同的意志，痛不能被理解。

師傅很晚才回來，帶回一本藉由觀察陽光防範雪暴的民俗書。見他手上包紮，隨口問了兩句。他只說，不小心割傷了。

「可別亂學啊。」師傅半開玩笑：「身體頭髮是很珍貴的。」

「是啊。」他也有樣學樣順勢說：「就是這樣我才不想參觀吉日。」

「好不容易走來了，不看可惜啊。」師傅挑眉，指指床邊幾乎磨破的鞋。

「是很難得，但也很殘忍不是嗎？我們兩個外人像看表演參加吉日，還想為這一切仔細理出前因後果，到底是為什麼呢？這不是有點可惡嗎？上山前，我本來對國王自殺非常有興趣，但親眼看見瑪波波，反而越來越不知道該怎麼看了。」手臂隱隱作痛，他下床，坐在地毯上倒兩杯茶。

「這麼說也沒錯。」師傅促狹地笑了：「那怎麼辦呢？」

「不知道。」他搖頭：「我只是覺得自己走了這麼多路，不是為了來看人自殺的，也不是從別人的痛苦尋找什麼啟示的。」後續所有儀式，他忽然意興闌珊了。倒也不是無聊的正義感作祟，只是有種說不出的疙瘩而已。

「不然，去救她？甚至，一刀殺了她？」師傅開始胡說八道：「反正，對於瑪波波或者胡姆巴，吉日比什麼都痛苦。」

「才不要，這不是我能決定的事。」他白了一眼：「我憑什麼改變他們的重心？」

「你的腦袋還算正常。」師傅嘻嘻笑了：「其實，這也是我對《明明胡語宗義》有些不滿的原因。有時我在想，吉日活活獻上兩個人，和群嶺外的人過了幾千幾百年，還是只知道吉日殘忍，到底哪一個比較可怕？如果是後者，不是更該洗乾淨自己的眼睛看清楚嗎？他們當然不需要我的同情，我又為什麼先被有偏見的同情心束縛呢？」

小望一時不知如何答話。只見師傅伸懶腰，瞇眼笑笑。

「看與不看都可以。但我希望不虛此行。」他吹滅燭火，套上毛襪鑽進被裡，很快就鼾聲如雷了。小望坐在地毯上，什麼也看不見，隨手摸摸地毯的絨毛，不知是吉日之母故事的哪一部分。

他搔頭，摸黑上床，拿兩塊蠟默默填住耳朵。

擲期當天，小女王依舊盛裝，抱著她的羊。

祭壇前柴火高燒，巫祭們手持大把松蓮、羊脛骨、羊頭、盛裝羊血的青銅盤，於歌聲中輪流將祭物拋入火中。

小望還是走上了緩丘。

他們將瑪波波的羊從主人懷中帶開，將羊懸在營火前，由牧人俐落地剃毛，而後剝皮。當人們輕解羊鈴，瑪波波一度抗拒，最後仍是鬆開了手。她們眼睜睜看羊溫聲啼叫，漸漸血流放盡不再掙扎。生命到最後，只是一團剔得乾乾淨淨的肉與骨而已。小侍女揪著瑪波波的衣角發抖，但瑪波波始終昂著頭，沒什麼表情。當人們將析解殆盡的羊拋入火堆時，瑪波波才忽然跪倒，鼻子與眼圈都紅了。但只是流淚，並不嚎啕。人們見狀，也不約而同跪下了。

身披白袍與羽冠的主祭胡姆巴領唱，指引群巫朝滾燙的陶罐輪流翻揀。第一位巫祭抓出一顆黑玉，第二位則拿到白玉。灼傷了手指，卻似渾然不覺。當胡姆巴高舉雙手時小望注意到，他的雙掌幾乎沒有了手紋。黑，白，白，黑，直到第五位巫祭才揀出一顆綠松石。群眾歡聲雷動，侍從立即接過那塊滾燙的石頭，盛上軟墊，由女王高高舉起。

「完成了。」脫谷脫轉頭解釋：七日一石。第五位巫祭撿出了綠松石，代表五週後的今天就是吉日。儀式將臨期間，必須日日清潔祭壇，每七天焚燒羊骨祝禱。五週啊，是完美的吉期。不是雪季也不是雨季，還正巧是月圓之日。」

他笑瞇了眼，似乎十分滿意，身旁的師傅卻面有憂色。

「我們趕不上吉日了。」他有些扼腕。

「怎麼說？」

「只有一季的時間。等到那日就來不及趕回去。」

「那又怎樣？加緊趕路不就好了？」脫谷脫輕聲反問。

「五週後才啟程？不可能。」師傅嘆口氣：「我們光是走到赫骨就花了一個月？現在又已經待了一個多月了。」

他搖頭。

「就沒別的辦法嗎？」脫谷脫噓口氣，似乎有些失落。

「好吧。」脫谷脫聳肩，挑挑眉，但也不再多說：「可惜，我真希望你們能好好看看。」

小望豁然開朗地笑了。他不清楚這略帶暢快的輕鬆是怎麼回事。

小女王不再哭了。她抹抹眼，與侍女相互扶持起身，微笑了。她們由巫祭簇擁，下祭壇，緩緩而歸。人們持續歡慶。數年前，數十年前，甚至數百年、數千年前，每場吉日都是這樣喧囂隆重。那是同齡人會有的微笑嗎？小望在人群中，困惑地想聽清人們唱了什麼。

七拼八湊，這次他有點明白了。

挖去您的眼，削下您的耳。斷手斷腳，開膛剖肚。

您來到這世上的意義，就是做隻老實羊，柔柔順順，死去。

日子彈指而過。滿月死，眉月生，夜暮如繡球初綻。

❖ ❖ ❖

這樣的天色還不是最值得期待的。常招待小望喝茶的婦人說，過了滿月就是夏末了，之後，白天是清透不灼眼的藍，入夜則是一派冰涼。特別清爽，特別明淨，特別美麗。確實如此，這幾日星星壯烈，還能看見大明明人視為命運主宰的蠍紅星與渦狀氣輝。閃電後，鬼氣的豔紅浩浩擦掠，像有隻透明的手抓傷了整片夜空。

確定吉日後，他們多了一項新娛樂。在羊女石邊看各部人馬攜著牛羊、花水等貢物盛裝朝聖。七日一石，應該是群嶺人民千錘百鍊的數字。不管位處何地，各部眾都能於七日內到齊。從羊女石至緩丘的灰石長道也開始空前盛大的市集，交易乾果、綢料、羊角刀、各地奶酪與麵餅等貨物。從高處看去，人馬與彩旗如春天繁花一路迤邐，有些部族甚至從山道一路舞來。熊舞、羊舞，既勇且媚的舞。這也是為什麼脫谷脫說五週很理想，人們可以充裕又不失緊醒地預備吉日。

反正他們趕不上，節前就得回去了。既然趕不上吉日，餘下的就是沒有高潮等待收拾的平淡日子而已。讀讀書，用生澀的語言串串門子，逛幾個小地方。在脫谷脫和薩可拉的帶讀下，他們也慢慢讀起《瑪波波奧雷卡》。由創世神話始，至今累積了六百七十一則列王傳，數萬分章，八十萬詩行。各部喜愛詠唱的詩章不盡相同，歌者隨意抽唱，各地民間版本與收藏與赫骨國寺的正本時常有所出入。在國都，人們喜歡聆聽關於赫骨的歷史與傳說；更險峻的大阿須墨窪部，盛行詠雪、煮雪與封印四十九雪精的歌謠；鄰近谷地的邊部，則流傳東方異人尋訪與折足雨女的章節。另有古僧胡珠寫就的賢王史詩，共兩千四百行。民間最愛詠唱松安涼涼於赫骨放飛白孔雀，及征殺哀果主母，劃定群嶺疆界廣設巫寺的短篇。脫谷脫這幾天試著翻譯幾段《瑪波波奧雷卡》。不容易，整個晚上才寫十行。希望將來，你們也有機會讀到這一任瑪波波的史詩。

對於好不容易來到大明明，就這樣和吉日擦身而過，揚自然備感惋惜。小望倒不覺得。優哉游哉收拾行李，偶爾調侃幾句：你不是早猜到會這樣了嗎？師傅便吐吐舌，說自己還是心存僥倖。好吧，還不錯啦。除了吉日，什麼都看了。每當他嘮叨碎步，小望就坐在地毯上吃吃竊笑。

看見了，不虛此行。但不看也很好。也許不看會更好。

他們不打算特意道別，只和脫谷脫約好當天一早離開。行前兩天，脫谷脫又帶揚去了一次國寺。小望沒去，整天待在屋子裡，想試著再唸一唸《瑪波波奧雷卡》。至今說唱家仍會曠日廢時，研究如何詮釋群嶺古語幽微的氣音與連音。他讀的是第一卷，潔白女神的犧牲。石屋織毯上一模一樣的故事，轉換成羊毛捲字，就如一撮撮雲絮，不管是念是聽都變得陌生而曲折了。晚上，師傅才帶了點食物回到屋裡，和他一面望著遠處草場滾起的幾團火光，一面收拾雜物。厚重的史詩、繪卷、紅蜻蜓乾……他們帶回了不少這輩子根本消化不完的東西。不知是不虛此行，還是浪費。

這晚他久違地做了場好夢。夢裡他看懂了舉目可見所有的羊毛捲字，與瑪波波談笑風生。那些曲線，渦紋，珠鍊般無盡排列組合的氣擦音，在夢的瞬間都像一粒粒小石有了沉穩的意義。他睡得特別深，特別遲。連揚奔回館閣，把門推得嘎嘎響都沒聽見。

「起來！小懶蟲，還睡？」揚胡亂搖醒他：「好消息！吉日改期啦。」

「改期？」他揉揉眼：「什麼時候？」

「後天。」

「後天？不就是我們走的那天？為什麼說改就改？」

「昨天的火你有沒有看見？」

「看見了。」他點頭：「不是慶典前夕圍的火嗎？」

「不，那是野火。」師傅搖頭：「燒掉好幾戶人家的草場，還差點波及脫谷脫家。聽說有幾年沒出過這種事了。懺悔女尼決定重新擲期——新的吉日就是後天。」

還沒反應過來，只見揚氣喘吁吁喝口茶，雙眼閃閃發光。

「還沒聽懂？我們趕上吉日了。我們當天可以慢慢來，看完再走，看完再走。」

「脫谷脫不是說滿月是大好日子嗎？」他慢慢從床上坐起，注視師傅太有神采的眼睛：「之前的擲期就不算數了？」

「特殊狀況嘛。薩可拉說，這幾天有紅星也有氣輝，也還算適合祝禱。」揚歪頭沉吟幾聲：「其實啊，根據民俗書，沒有一種天氣不適合祭祀。」

「這樣啊，」小望跳下床，穿起外衣：「瑪波波的羊不就白死了？」

「你說女王的寵物嗎？牠遲早得死，都一樣。」揚快活地搓搓他的頭髮：「我先走啦，你好好把握時間。如果天黑我還沒回來，你就先吃飯，順便收行李。喔，對了，書要包好，有空洗洗衣服。披在身上走走就乾了。」

看著揚離去的背影，小望有些糊塗了。他搞不懂師傅：有時睿智，有時溫厚，有時無比庸俗。

喝過奶茶，小望照常獨自出門走走。天光撩亂，周身清冽，他直行。人們紡線織毯，磨修風損的窗沿，為路邊的金蓮花灑水——乍看一切如常，只有兩件事稍微不同：許多羊被圈進欄裡剃毛了；緩丘上，幾名男子拆下舊吉日的羊毛旗，換上另一支新旗。那嶄新的彩旗由乾潔的羊毛織成，邊角流蘇迎風，撲撲翻飛。

那對女孩照樣坐在青石墩上，腳踢啊盪的，看父輩清理祭壇。看見他來，也還是靜靜挪出了位子給他。瑪波波已經沒有羊了，懷裡空蕩蕩沒有東西。她們改玩丘上的花，金色野花與青草編的手環散散鋪在裙兜上。

她知道吉日提前，而且就是明天了嗎？或她們實在太小，還不知死亡是何物？他總感覺瑪波波或許知道為盛事而死是自己的宿命。許多問題他不知從何講起。不只是缺乏詞彙，也可能是不必要問。

他掏出紙筆，先畫草原上一團火與星星。她們小鳥般湊過來，點點頭。

寫下一個單詞。「柔無」，大明明語的「明天」。

她們也點頭，像稱讚他寫得對。

再寫一個羊毛捲字。念成「嗡」，很響的音。「活」？

瑪波波看他一眼，偏過頭，手指天上的卷雲。又是那句：「哈胡，歐布拉克。」孤懸的卷雲。如羽毛如細髮的卷雲。那笑耀眼而漫不經心。

胡姆巴一行人走向祭壇，高聲呼喚瑪波波。小望跳下石垛，向她們揮手道別。他可以感覺兩雙乾淨的眼睛定定投射，直至長道深處。吉日前夕，瑪波波還有段不長不短的閒暇，可以享受母地的藍天。他看著道上牽羊哼歌的孩子，放下軟簾、打點燭火燒茶的婦人。日光散射，流盪，一切寧靜得生意躁動。

閉上眼，再睜開眼，天是無比深邃的湛藍。

回到館閣，師傅還沒回來。小望將水壺、火刀火石、圖文淩亂的草紙一一擺上地毯，遮住潔白女神血洞般的眼睛。雪山與草地上的紅蜻蜓，女孩的笑顏與地毯織畫於腦中交錯浮現。隨著什物收捆摺妥，他慢慢沉靜下來了。當瑪波波指著卷雲說話，他不由自主承認那神態有王者之貴。或許，當人思想自己的處境，都有這樣高處不勝寒的表情。哈胡，歐布拉克。這是我的雲。小辭典寫著雲，意味著命：生命。天命。命定。命運。

他打包所有行囊，只在桌上留下一枝筆，一本隨身旅誌。他終究不能了解吉日的歡樂，也不能體會吉日的聖潔與痛苦。諸事俱足，他舒口長氣，吹滅燭火睡去。

必須以自己的眼目看得徹底。吉日將至，他不想錯過這千載難逢的盛會。

矢車菊

當我看見流放地盛開的矢車菊，即使身體倦痛，心卻豁然開朗。

這並不是我第一次看見矢車菊，卻是第一次遠離家鄉，擺落骨瓷花瓶與象牙窗框的束縛，看見這種海風下的藍。一朵朵，一叢叢，沿坡燒灼整座荒島。

我隨隊下船，穿過巨大深水碼頭，走上依山而建的灰石小路。許多島民在路邊覷看，一身黝黑，穿粗糙的白麻衣與涼鞋。我膽怯，企圖擠進隊伍中央遠離人群。一個男人在我經過時吐了口水，露出島民特有的細碎尖齒。他沒吐著，隨即被士兵拿鐵棍狠狠敲頭。他們故意打男人的牙齒，打得他跪爬合掌，如猴子吱吱哀鳴。我試著不去想男人敵意的瞪視，但一閉眼，掌心的灼熱便痛入骨髓。心一安靜，痛苦就飛揚，再再提示我為何來到這裡。我是什麼樣的人。

在隊伍前頭是另一列罪刑更重的囚犯。他們上身赤裸，除了手銬腳鐐，還戴著面罩與頸枷。他們垂頭踽踽而行，背部烙有更巨大的矢車菊印，滲血、結痂、浮凸，如一窩捲曲的小紅蛇。那烙印不只咬嚙他們，也啃噬我們，所有人。

我的家人無罪卻四處流散。父親在北疆湖泊監獄，母親在盲原，弟弟在鐵森林改造場。我在矢車菊島服苦役，漂流最遠、刑期最輕。五年。

我們在小路盡頭的灰碉堡前集結。有群人坐在門口抽菸，見我們來，不耐煩地起身，繞圈打量。其中一位戴橘紅軍帽的男人指著我問：「妳，哪來的？」

「大人，容克家的罪人。」一旁的士兵趕忙補充。

男人哦一聲：「這麼說，是混種人魚啊。帶她進來！」

我跟隨他們穿過晦暗陰涼的正廳、食堂與機房，來到走廊盡頭的房間。他命士兵關門，出去。房裡只剩我們兩人。

「容克家的——名字是什麼？」

「海倫。容克海倫。」

他命我站直，不許動，撕掉我的衣服。

「來啊，站好，讓我找找妳的矢車菊記號。」

「在手上，大人。」

他獰笑：「是嗎？別說謊，該不會在屁眼上吧。」他捧起我的一隻乳房仔細觀察。「跟人類娘們沒什麼不同嘛。」又分開我的腿，捏捏大腿肌肉。「怪怪，人魚也能站？」

我無罪卻被判刑嗎？這話不夠精確，應該說我天生便有罪。我是十六分之一的混種人魚，是白塔決心肅清的外種貴族之一。我告訴自己對裸體羞恥，是奴性堅強的人類才有的思維，但同時我又努力說服自己：派駐流放島的官員也許身不由己，他們也許不得志也許鬱悶，處境比起囚犯也好不到哪裡去。就算無禮，也是情有可原。

他從肩背撫摸我的身體，喃喃說：「可惜啊，這好皮膚很快就要沒了。太陽毒，人魚特別不禁曬。」我不知他如何得出這種經驗。他繼續翻看掌上的罪人烙印。這是新傷。天氣炎熱，旅途多塵，傷口起泡發膿。

「為什麼烙手掌？」

「為了不讓我施法，也證明我不如人。」我據實回答。

他呵呵大笑，撕掉我的水泡。

我渾身顫抖，但盡量不哭叫。無論如何絕對不哭。

「妳是人魚？不像啊。施法給我看，舉起尾巴給我看！你們不是可以自由變化嗎？快變呀！」

門嘎地一響推開了。一個高瘦的黑髮男人大步走進，身旁跟著另一位年長些也矮小些的灰髮男子。黑髮男人隨手拉張椅子坐下，灰髮男子侍立在旁。帶軍帽的男人甩開我，朝他倆翻翻白眼。燭火將三人身影映得細薄，彷彿灰堡誘捕、蠶食、生吞了他們。

黑髮男人支頤微笑：「左拉，玩遊戲怎麼不找我們？來啊，繼續玩啊。」

左拉壓壓帽子，瞪他們一眼，隨即哼一聲甩門走了。

黑髮男人輕輕笑了。他轉頭，面無表情掃視我：「約瑟，讓她穿衣服，帶去醫務室。」

「是。」年長的男人點頭。他找出一套囚服給我，揮手示意我尾隨。他的步伐又大又急，我得不時小跑才能跟上。他沉默地清瘡包紮，治療完畢，又遞來一條麻斗篷，開口說第一句話。

「人魚怕曬。」他也這樣說：「為了以後好好幹活還是給妳方便。走吧。以後看到左拉，那個戴橘帽子的人就走遠一點。」

我點頭致謝。日頭高照，我一出醫務室便渾身發汗。我拉起斗篷遮掩陽光。手掌依舊刺痛。憤怒從未消失，但值得萬幸——理性尚未潰堤。我還在想，我為何來到這裡，我是什麼樣的人。

這個夏天，還長著呢。

❖　❖　❖

我們容克一族，早在更新世政權建立前四百年，便世代久居白城。即使白城數度易主，我們總備受禮遇。來到流放地前，我天天過著刺繡、種花、彈琴、跳舞的生活。我的人生目標也是所有富人子女的目標，優裕涵養，適齡婚配，養育同樣嫻雅的子代。我喜歡讀書，喜歡古老祕術，但這不過是寫意消遣。在我看來，汲汲營營嘶吼吶喊都是凡人的特質——太熱切的吃相是很難看的。我們家唯一汲汲營營的是父親，他議事講學，著書演說。回家後他常窩在沙發忖度：我是否說錯了話？方才那些人這樣說是什麼意思？杯弓蛇影惹得全家哄笑不已。沒人懂得他窩囊的煩惱。

矢車菊島的生活很單純，囚犯的工作就是植草除草、推車鋪路、燒火、煉鐵與傾倒廢料。每月新船進港當天，我們會有例行集會，宣布要事，公開獎懲——大多是懲。若被指定為最佳囚犯，就有一個月夜晚帶著鐐銬放風的機會。當初一同入島的重刑犯並沒有和我們一同工作，有人說他們被終生監禁，也有人說他們在後山服更粗重的苦役。我們有時也花一整天蒐集海帶，自製道具克難地撬開一簍簍鹹腥的牡蠣；定時排班走進海蝕洞，餵食一種流放地專門培養的行獸，我不知牠確實的名字，人們這麼稱呼，我也就這麼喚牠。頂上的人叫我們做什麼，我們就做什麼。說實話很重複，都是沒什麼意義的粗活。頂上的人鎮日抽菸，躲在無風雨也無日頭的碉堡小心翼翼分配少量的菸草，糖與茶葉。他們也不知該給我們分配什麼工作，也不明白自己該做什麼。海島雖美，但沒多久便令人感到荒虛不值。戇懶的軍官卑屈的罪人，消磨人所有興致。

除了醫官約瑟，他總聚精會神替人治病，無論士官、島民或囚犯都一視同仁，從旁人的謙敬，就可知他頗得人望。全島最重要的三個官除了醫官約瑟，還有副首領官左拉和首領官望。流放地天高皇帝遠，人治勝於法治，許多事都是看長官的心情與喜好決定。左拉，這大概也跟約瑟一樣是外地人的名字吧。他待得最久，愛擺架子，愛拍馬屁的士兵與囚徒也不少。反觀單名望字的首領官，出入沒什麼跟隨者，排場反而比呼風喚雨的副官左拉更遜色。他看上去還十分年輕，深沉眉眼與跳舞般輕快的步姿，我總覺得有說不出的古怪。

我來到這裡，才知道世上原來真有行獸這樣的生物。這是種頗具靈性的巨大食肉野獸，小則數公尺，大則數十公尺。蛇尾魚鱗，牛鼻狗嘴，身軀像傳聞中的龍，不過臉則混合海豹與人的特徵。牠們的臉廓像海豹，漆黑光滑，但生滿巨齒，從頭頂至脊梁覆著一排生倒刺的暗綠鬃毛。獸眼圓而深，眼上有幾根稀疏白毛。動物有了眉毛就像人，彷彿有表情，會思考，看久了有些嚇人。有些體型似魚，身側有長刺，面頰生有長鬚。有些體型似鳥，擁有巨大的青藍羽翼，一根短羽比我的手臂還長上三倍不止。所有行獸終日蟄伏海蝕洞底，半瞇著眼，似醒非醒。海洞連綿，外圍堆滿亂石與刺網，深，濕，而且陰冷。我每次走出海洞總起雞皮疙瘩。

老囚犯說成年行獸很有價值，魚行獸可以運輸貨物，鳥行獸則是重要的活物武器，馴養得宜，可以誅殺公海海盜與叛亂分子。不知他們從何處捕來，又如何培養這麼多？行獸數十，野性難馴，全需白城安撫師加以牽制。不過我來到島上前幾個月，安撫師便因病過世。眾人都說：他是活活累死的。才三十歲，死時滿臉皺紋，掉光了頭髮。他們討論起行獸的叫聲，說不知道為什麼，總覺得那些多音節的叫聲聽起來很像一串話，像貓有時會莫名對主人胡言亂語一樣。

比如許多人都聽到，救救我吧。救，救，我，吧。這種奇怪的叫聲。

不對吧？是死、死、死、死。

哪有啊，我明明聽到的是叔叔，你叫什麼名──字──？

通常聊到這裡，人就轟笑。

每逢輪值餵食，眾人總顫抖不已。我倒不覺得有什麼可怕。我提飼料，一洞一桶，先潑一、兩勺在地上吸引行獸注意，再將整桶飼料潑灑在雙人浴缸大的石槽裡。一般人就是在這時被攻擊的。大多時候行獸總閉著眼，巨大灰敗像太古石像。當牠睜眼看人，那灼灼的目光蘊藏意志，有時狂暴有時惱怒，但更多時候，不過是犬科動物瞳孔常泛出的憂鬱與孤獨。行獸背後有數重海洞，似乎洞中有洞，隱隱透光。我從不敢越雷池一步。

自從前安撫師過世，官派安撫師尚未遴選上任，失去箝制的行獸更加躁動，餵食事故頻傳。本就十分忙碌的醫官約瑟更是疲於奔命——他是島上最有官樣的人了。

「雖然你們死了，我們完全不必負任何責任。」集會時，約瑟爭取了一小段時間發言：「但萬一沒死成，我就得一個個把你們治好——實在累人，也浪費物資。」

他詢問是否有稍通動物性情，不容易被攻擊的囚犯。比如以前待過馬戲團、當過獸醫，在動物園工作的。只要沾上一點邊都可以。要是自願，只需負責餵食，其餘勞役可免。有人從背後推我一把，我一個踉蹌站出去。

「海倫？」他詫異看我一眼。

「有人推我。」我老實答。

身後的人群忽然歡呼喝鬧起來：「那好，以後就交給她啦！」他們什麼也沒看見卻指證歷歷，將行獸說成我的寵物，又說餵行獸之於我，就像餵雞餵豬那樣簡單。我忍不住低嘆，他們這樣扯謊不過是為了自保而已。以前在白城，人們喜歡老套地奉承我像白雪公主。黑檀木般的長髮，玫瑰般的嘴唇，白雪般的皮膚。但在這裡，他們說我的頭髮像一團海草，眼神像魚一樣木。當我面無表情站在隊伍裡，那張臉就充分顯出了魚相，需要互動，就以完美的笑容拚命偽裝。我走路像魚踮起尾鰭，喬模喬樣學人頂天立地。無論如何，就是換了一組形容詞。我常偷偷照鏡子，除了手上多一枚火印，看不出和之前到底哪裡不同，但聽著聽著，自己也糊塗起來。

於是第二個月，我便專職飼養行獸。那些本該輪班搬運飼料的囚犯看我好欺負，個個都偷懶。我不想多生事端，自行要了推車，從營地一趟趟搬運七十多桶飼料。我手上的刺瘡與燎泡從未消過，我盡量忍受；沒人跟我說話，我也盡量忍受。

所幸這樣的日子並未持續太久。那天我一如往常獨自工作，其他囚犯各忙各的，或依舊偷閒看熱鬧。一個盤坐營地角落的女人突然咒罵一聲。她紅唇紅髮，一身古銅色的肌骨壯健結實，短髮參差不齊。遠遠望去，如著火花樹，熱情暴烈。她大步走來，我下意識後退幾步，她一把扛起飼料桶摔上推車。

「推去哪？」她瞟我一眼。

「不必幫我。」我說：「請回去休息吧。」

「請？」她挑挑眉：「有夠做作。推去哪？」

她這樣說我也懶得道謝了。我悶頭領路，聽女人大聲嚷嚷：「從沒看過像妳這麼扭捏的人，哪來的？」

「白城。」我低聲答。

「殺人？」
「不是。」
「叛亂？」
「不是。」
「走私？強盜？賄賂？」
「都不是。」
「那還有什麼罪會被送來？」女人翻翻白眼。
「種族驅離。」我說：「不是純粹的人就是罪。」
「是嘛。」她興趣缺缺地咕噥，我點點頭，關於我的事就這樣說完了。
「那妳呢？」我反問。
「殺人囉。」她笑笑，掀起上衣給我看盤據胸腹的矢車菊烙印。在一般監獄，這個烙印必須公開袒露。因為流放地看管相形鬆散，她才有機會穿回上衣。我忍不住閉上眼睛。
「我都不覺得嚴重，妳又在難過什麼勁兒？」女人再次翻翻白眼：「對了，我叫馬蒂。」
「我叫海倫。容克海倫。」
「容克家？跟降服南方與諸嶼的容克法師有關嗎？」馬蒂喔了一聲。
「是，他是曾祖母的弟弟。」
「我們馬戲團曾演過他的故事，《戲懲白鯨》嘛。嗯……不過是當戲班還養得起海豹與水舞舞者的時候。」她眨眨眼：「真好玩啊，沒想到竟然在這鳥不生蛋的後花園，和大法師的子孫相遇。」

「現在不錯啊。至少在流放地，我們還能在自然中行走呢。」馬蒂笑笑，幫我把飼料推到洞口，站在外頭看我餵食。她幫我推了餘下幾趟，臉不紅氣不喘，而我著實輕省不少。一路上馬蒂總有說不完的話，毫不介意曝露自己的過去：她是馬戲團團員，自小賣藝維生，喜歡上一手調教她、長她十多歲的團主，但團主只不過把她看成一種便宜有趣的玩意。後來她失手殺死他，又在獄中屢屢跟其他女犯打架，就一路流落至此。沒辦法，生氣是忍不住的。

回程時我倆轉過草坡，碰上一群囚犯燒整野地。大火大煙燻得我們倆涕淚直流，為彼此的狼狽而哈哈大笑。馬蒂說她來這七年了，有個死去的朋友就是負責燒火的。他什麼都得燒，燒野草，燒石灰，燒屍體，每次見面都滿身煙硝。但每次看他燒地，那平靜柔順的神情簡直不像苦役，反而像整理後院雜草。這侏儒學士只當了短短半年的官就被流放到這裡，不到半年就死了。雖說是官，也沒人知道他是誰。但話說回來，人都來了，以前是什麼做什麼都不要緊了。馬蒂這麼血氣方剛來到這裡，侏儒學士和我這麼乖也來這裡。都一樣。

我們看懸掛海線的日落，看矢車菊潑灑一種光冽的藍，浸著霞光，分外迷離嬌脆。若這種花不曾烙在我的手上，我真的會覺得它很美。不知不覺，我們已經走回營地，新朋友向我輕快告別。這一天，我似乎在無盡重複與疲憊中重獲一點滋味。我還是相信，只要耐心，痛苦與孤寂終究會過去。

起先，只是幾個家族無聲無息消失：藍兀兒家，慕古家，解家。我們當初還以為他們旅行去了。

❖ ❖ ❖

後來，城裡揭發了越來越多的異族犯行：某位翼人官員偷盜無數；矮人副警長嚴重貪瀆，動員全家族暗中洗錢；植物園園長兼國家科學院士，樹人黑胡桃女士涉嫌培製大量毒品四處流售。後來也無需太多理由，各地成立甄別中心，鼓勵自首與舉發，凡有十六分之一以上外族血親者，都需集中扣留。

父親火速辭職，上頭也批准，我們閉戶不出，試圖動用所有可能的人脈潛逃，但還是很快被拘留定罪了。即使我的母親是不折不扣的人類，她也還是被判了刑，理由是自願受異族同化，思想搖擺而危險。我們是第三批，輪到我們受審時，由於牽連人數太多，便乾脆下令悉數烙印流放——容克一族何曾想過會有今日這樣的屈辱？據說，我們是海神次女的後裔，善言語、潛泳、音樂與大洋祕法。傳說總是附麗，我不怎麼相信。我只承認信史：我們的祖先數百年自沿海崛起，出過國民樂派的交響詩大家、皇家鑑寶師、無數爵爺夫人。在身懷祕術的年代，他們曾受命與海底王國交涉，隨行軍旅，參與大大小小的戰役。我想馬蒂所說的，也許就是百餘年前曾出征南海與諸嶼的容克海鶇。但《戲懲白鯨》？我就不知是什麼故實了。到了我們這代祕法已完全失傳，我也僅有十六分之一的血統。曾祖母才是我們這一脈最純的混種人魚：半人魚，容克海鶇在《我的大洋故居》自述中鬼靈精怪的長姐。我看過她的畫像：雪白臉皮，眼距稍寬，灰藍圓大的眼珠盡露狡獪之氣。畫裡的她不合禮儀咧嘴而笑，露出三角細齒，笑渦延伸至鮮豔修長的藍耳朵，像熱帶魚的鰭。聽說她總是穿著內縫魚骨群撐的紫繡錦服，步態婀娜，沒人知道裙子裡是腳還是尾巴。她最自豪的，就是兩排細碎尖白的牙齒，掉了又長，從來不酸不蛀……。

拘留之初，他們找來過去女校的禮儀老師感化我。我的老師一如往常引經據典，要我認罪。知錯能改，善莫大焉；莫要人不知，除非己莫為。放下屠刀，回頭是岸。

我端坐卻轉著筆，想著自己究竟犯了什麼罪，握著什麼刀。這個問題其實是「我為何來到這裡」、「我是什麼樣的人」的另一種變形。她說可憐的孩子，妳還不懂這罪有多深吧，掏出袋裡的書，本本都是論辯異人為何次等，為何醜惡。我說請讓我讀讀，她就走出去，從玻璃窗外殷切地看我。我終於能爽快嘆口氣。她很和藹，不過說的都是別人教給她的那一大套，沒什麼自己的思想，又或者奉行體制就是她的思想。這些書無非是以各種繚繞論證，說我們這種存在就是原罪：只要有權力，聰明人都為你服務，聰明人會讓自己往合宜的方向繼續加速聰明下去，整個社會就是這樣演化起來的。按理來說我們海氏一族，不，容克家，在沿海發跡的時日還比更新世政權還早。那群在北方古國奪權失敗的逃難者若不是仰仗當地望族接濟，當初是無法在這塊土地立足的。人類、人魚，矮人，樹人等大家族任他們自由傳播思想，帶他們在廣袤的南方大地四處遊覽學習，傳授另一套植物與動物，礦脈與海洋的知識。他們則帶給我們北方古老的符文、星象、火器與冶金術，政治與教育的體制。這個國家最初是各族共同締建的，可惜我們的祖先沒有爭王的意識。建國之初我們被封為貴族，賜予「容克」尊姓。我的姓名有四個字，比起一般人的單名，更高貴有氣勢。課本對當初他們如何狼狽，如何接受望族捐助隻字不提，然後再讓禮儀老師拿這種課本教我，實則我們所知比她還多。為了防堵北方古國的追擊，人們還頒布一套禁北法案，拒絕一切古國的人事物。諷刺的是他們如此厭惡古國，卻又因襲諸多古國制度。更諷刺的是，現在被清肅的每派異族貴冑，當年都曾列席簽署法案。這次新政就是拿禁北法案稍事調整就公佈了。他們喜歡拿特定族群轉移社會的怨氣，建國時是北方人，和平時是年輕人，現在是我們。

我洋洋灑灑寫下悔過書。寫他們想看的吧。我只希望有機會跟家人重聚。節制隱忍，善解人意，是容克一族的天性。非人種族已經在白城佔據太高太多的位置，也無法像先祖各展所長。我們也確實心懷僥倖，忘記一味謙順不懂自保是多麼危險，人的理性與良善都是此一時彼一時，不可靠。

來到島上以前，我原以為自己只是從白城監獄移送到另一座監獄。但在這裡，我雖工作繁重，卻能自由行走與聊天。每天總是馬蒂推車，我負責餵食，我漸漸忘了自己正犯錯服刑，以為自己天生就該過這樣的日子。城裡的生活越是回想越是稀薄。平順善忘——這不就是意外的幸運嗎？偶爾交通船會順道捎來中央的消息。據說因無人願意派駐矢車菊島，新任安撫師持續空懸。因管理行獸，這個位子官小責重，直屬中央，免不了精挑細選。

我只見過行獸飛一次。士兵跨騎行獸準備出巡，才剛跨坐沒多久，行獸便瘋狂嚎叫，摔下背上士兵，狠狠撕啃。幾個士兵連忙戳刺行獸的腳。行獸重重摔在地上，嘴裡還銜著露出半條小腿的人。他們射了幾次麻藥，行獸怒吼幾聲便不動了。幾個士兵拿魚叉撬開行獸的嘴，拖出胸腹被咬出成排血洞的士兵。

「死了。」約瑟嘆口氣：「找地方埋了吧。」

「那行獸……？」

「拖回去，別讓牠受傷。海倫妳跟去看看。」

眾人費了一番功夫才將行獸拖上木推車，又找來二十多個士兵，好不容易才將行獸拉回洞口。那些人放下行獸飛快地走了，留下那動彈不得的獸癱倒喘息。我顫抖著手撫摸牠骯髒的藍羽——其實很柔軟，不如想像中可怕。我認為牠如此鼓噪並不是發怒，而是害怕，彷彿有什麼東西正挾制牠。海洞四壁滿是灰綠刻痕與駁痕，生滿綠苔，正後方岩裂尤深，可能是行獸長期劇烈甩尾撞碎了岩石。行獸尾巴上也嵌著不少碎石，我輕輕拔起一塊，傷口便滲血。眼下這隻受傷低吼，沒多久從其他海洞也隱約迴盪陣陣可怖的低鳴。我覺得可怖，不是因為兇殘，而是那低迷的鳴叫會傳染。

「這是幼獸。」背後傳來人聲。我回頭，年輕的首領官緩緩走來。

「短角，羽色偏白甚至透明，爪子卻利。」他說：「幼獸最容易出事。」

首領官在行獸面前停住。伸手按住牠巨大濕潤的鼻尖，閉眼默念，似乎正施行一種我不知道的法術。漸漸行獸的鼻息低平下來，他由上自下輕刷行獸眼瞼，姿勢優雅像指揮樂曲。那幼獸便閉上眼，沉沉睡去。

「牠似乎是害怕，不是生氣。」我說。

「是啊。這種生物剛來到世上總是害怕，之後便是憤怒了。」他微笑：「妳很了解啊。」

「只是有點感覺。」我搖搖頭。

「會施法嗎？」

我依舊搖頭。首領官又笑了，我很疑惑他為何如此愛笑：「是嗎？簡單的咒語也不會？那妳能治病吧？就算被烙印不方便施手印，施些簡單的口訣與選擇藥物還是可以的。人魚在這方面可是天賦異稟。這樣吧，我准許妳使用口訣與草藥。在新安撫師到任前，妳就暫時權充安撫這群怪物的人。」話畢，他擺擺手，轉身離開。他走起路來輕飄飄的，行獸彷彿一個鼻息就能吹垮他。

「首領官——」我連忙叫住他。他回頭瞧來，我支吾解釋：「我一直過著人類貴族的生活。我對您所說的天賦……幾乎什麼都不懂。」

「大草原的民族，善騎，善跑。矢車菊島的孩子打娘胎就會游泳，深潛，預測天氣。每種生物都有天賦：不特別費力就能輕易做好。」他沉吟一陣：「人魚，就是對其他生物有特別敏銳的感受。也就是說，他們有成為好術師、好馴獸師的潛力。」

「坦白說，我有點意外啊。大多數的貴族難免私相授受，但你們容克家未免也太老實，完全沒有傳給子孫任何技藝。」他冷笑一聲。

「我父親確實從來沒教過我們。這些技能在白城派不上用場。」我說：「不過，我曾偷偷從別的長輩那邊零碎地接觸……只是興趣。」

「那，想不想趁坐牢時學些才藝？」他唇角微勾：「《百草繪卷》、《傷寒雜論》、《獸法入門》……這些妳讀過嗎？還有，單靠手勢與眼神的基礎溝通，其實妳已經懂得一些了。這些很基本，甚至不完全算是法術的範疇。」

我似懂非懂點點頭，他像個孩子高興拍手：「做好小嬰兒在大海游泳的覺悟吧。我會叫約瑟每天找時間教妳。」

我很快就意識到這對話有多荒唐。我趕忙搖頭，才脫口稱大人，首領官便輕輕搖手，示意我不必爭辯。

「沒關係。我們實在缺人，武夫很多，懂得治病與和猛獸相處的卻不多。約瑟應該很高興有人能分擔工作。」

他把方才的簡單口訣教給我，要我到村莊附近，島西的牧羊地，從幫羊治病練起。這些授受與自由超乎預期，我一時反而惶惑不安，但一股陌生的動力還是驅迫我拉起斗篷往西北角走去。彷彿眼前閃閃的——也許我還是想擺脫生活的泥淖。

我走出軍營，沿路默記口訣，費了很大一番勁才依著路牌走到島的另一端，找到由亂石與叢生矢車菊圍起的牧羊地。羊群後是巨大連綿的海蝕洞，有幾隻羊就臥在洞前陽光可及之處歇息。草少得可憐，羊且行且止，十分倦懶。除了羊，幾種海鳥與蜻蜓，沒其他動物。

一走進羊群，幾隻羊便擎著角撞過來了，可牠們走得慢，力氣也小，連我也可以輕易推開。我就這樣小心穿越羊群，找到一隻蜷縮於石堆陰影的羊。那羊跌傷了蹄，正舔舐自己的傷處。我默念幾句方才學來的話，輕撫傷口，那羊便在岩塊間慢慢伸直腿，在日頭下晃悠。沒多久，那羊蹬上岩壁，在海洞上輕巧跑跳起來。

我忍不住笑了，手腳並用爬下西北角往回走。突然，一位少年從羊群盤據的大石間敏捷跑來，追過我，在路邊衝我咧嘴大笑。他剃光了頭髮，頰上有曬斑，手肘有醒目的星狀傷疤。還是個孩子啊。我點頭致意，避開他。

「妳是誰？」孰料少年一路跟來。他朗聲問，我沒回答。

「妳幾歲？」他又問。

「你幾歲？」我反問。

「十一歲。」

「我可比你大多了。」我繼續往前快走，他在後頭咯咯亂笑：「嘿，拿下妳的斗篷。」我轉過身，順從拿下。少年開懷笑了，露出尖白細牙，很滿意的樣子。他笑起來讓我想起曾祖母的畫像。

「你手上的傷怎麼來的？」

「小時爬上岩礁摔傷的。妳是誰，犯人嗎？」

我點點頭。

「妳從工業城來嗎？」

「不，是白城。」

「那工業城漂亮嗎？妳去過嗎？」

「沒有。聽起來就是無趣的地方。」

「我爸爸，伯伯和叔叔都在工業城。」他咧嘴笑笑：「不知道工業城和白城近不近？妳有沒有看過他們？」

我搖搖頭。少年便像忽然洩了氣，噘嘴席地而坐：「每個人都這樣說。」

「對不起。」我看看日色，歉然道：「我該走了。」

他無精打采喔一聲，要我記得下次再來。

夜晚我們報備後，走下營地後方石階，往礁石堆垛的海岸去。我跟馬蒂聊起這事，她連聲怪笑不停。

「真可愛啊。」她嘲弄打趣：「這年頭，這種地方？可惜啊，是小毛頭。」

我沒答腔。即使如此我還是高興。這可說是平淡生活中少數的調劑了。我想起以前在白城清閒的下午，我和女伴坐在花園酒館的露台喝酒。時不時出現穿著得體的男士，請我再喝一杯。若喜歡他，我會買單——我一向討厭虧欠男人。

潮聲大作，如某種巨物飢餓的空號。馬蒂難得夜晚出來放風散心，走著走著，便不自覺甩開我走到最前端的海岬了。我拉緊斗篷，坐在灘上回想白天種種，心念一動，偷偷試著施一道過去學過的法術，但雙手烙印處旋即燒來一股股劇烈的灼痛。一想起那炙紅的圓印、焦炭氣，與皮膚剝裂的聲音，我便再次顫抖不止。我強忍住痛，雙膝跪地，冷汗直流。

「怎麼啦？流了一臉汗。不舒服？」馬蒂走來。

很難解釋，我只好先點頭。

她笑笑，把我拉往灘邊。「也許泡泡水會好些？」

我脫下鞋，撩起裙襬走進水中。入夜海水冰涼，浸透腳趾，足踝，小腿。我找塊小礁石坐下，看海潮一波波淹染裙角——上回看見海是什麼時候？我，人魚混血，人人都說我是有罪的水族。但我其實不常去海邊，甚至不會游泳。我們服膺規矩，最後失去一切，還剩下什麼？

「如果真有海神，希望海神能聆聽我說的話。」我默禱：「希望我愛的人平安，希望我能找到天賦，希望我能像海有力但是平靜。」

海，美麗卻心事重重，清澈卻也無比汙濁。海總如此沉默。

❖　❖　❖

我從治羊學起，再學治人。從簡單的灰癬與炎症，乃至脖子腫大，惡瘡、眼病與產後調理，一樣一樣慢慢學。我認為這是拋開過去，走向新生活非常重要的過程。每天我都像拼命吸水的海綿，努力將自己填充成截然不同的人。過去我已不願回想，也不願計畫什麼未來，也因此這有限的流放歲月，反而相形充實安定。

約瑟負責教我相關藥草與治傷的知識。他職務繁重但從不抱怨，總是每天下午三點準時出醫務室偕我進村。他之於我，可說如師如兄。他可以不帶感情滔滔宣判病人為何無藥可治，解釋因缺乏物資，病人將有幾種惡化的可能。除此之外，他絕少搭理島民的攀談，即使早已摸透每個島民的脾性。

後來約瑟認為我可以單獨試試，便讓我去一天，他去兩天，他進村時，我便和其他囚犯一同採集藥草。一般小病對我已經沒有困難，不過太嚴重的刀傷、火傷與腫瘤，我還是無法處理。也許因為有問必答又笑口常開，我漸漸跟村民熟稔起來，幾位年長女性還教我許多自家的藥草知識。比如滿島的矢車菊就是現成入藥良方：泡茶助眠，磨碎冷敷；或混羊乳敷面，或摻糖釀蜜，用途繁多。他們告訴我，現在所見的這種藍色大花，其實是外來矢車菊與本土島菊的混種。島菊小而偏紅，嘗起來更苦鹹有藥效。島菊只生長在近海高鹽多風的小丘，淡水一多便膨爛而死。他們稱這種島菊為海神之血。自從外地人開始培育出混種，強勢耐養的矢車菊，島菊便日漸絕跡了。混種矢車菊，保留了原有的青藍，卻有類似橙花的苦氣。此外，島上的矢車菊竟是由蜻蜓授粉，這也相當罕見。

我進村醫病，左拉早就看不慣，只因首領官壓著，又有約瑟帶領，工作名目混淆不清，一時難以大加責備。約瑟放手讓我進村時，又正值左拉進城報告之時，我便幸運躲過了幾十天。按例來說，向中央述職本是首領官的職責，可左拉卻能越職代表，可見他確實更受器重。不過左拉一回矢車菊島，便有人舉發我獨自看診的事。當日集會他便當著全營與首領官的面，喝令我與約瑟出列下跪。

「狗到哪裡都是狗，罪人永遠是罪人，怎麼能做醫官的工作？」他斜睨約瑟：「你這醫官未免太偷懶了。」

「這是首領官同意的。」約瑟解釋。

「瘋子的話怎麼可信？」他瞟瞟角落的青年男人：「你知不知你真正該服從的是什麼命令？」

「知道。首領官。」約瑟肯定回答。

「你以為我不能拿你怎麼辦？我現在就扣你半年薪餉。」左拉先直指首領官，又轉頭對眾人大聲宣示：「很快就是我當家。你們誰還做他的狗？」

眾人一語不發。也許顧忌，也許麻木，也許只是看好戲。首領官依舊端坐，對方才的羞辱不發一言，甚至心不在焉。

「還有這不知輕重的賤貨。」左拉發落完約瑟，瞪我一眼，隨意卻矯作地喝令：「來人——

把這女人的手給剁了，看她還怎麼作怪。」他總說我是天生有罪的雜種，但在現下的咆哮中我又成為女人了——所以我到底是什麼呢？想來公正嚴明的左拉大人也弄不清楚。

身旁的士兵互望一眼，左拉暴喝一聲，他們便猶豫地上前扣住我的手。我掙扎了幾下，卻似乎讓他們意識到我為什麼來這裡，我是什麼人。他們揪住我的頭髮，將我牢牢按死在桌上。

「別鬧了，左拉。」首領官終於揉揉太陽穴開口了。左拉見他一臉厭煩，挑釁起來：「誰在鬧？你為什麼放任重犯到村裡去？還叫醫官教她？」

「這樣不好嗎？可以減輕約瑟的工作份量。因時制宜你懂不懂？規矩都是次要的。」首領官若無其事回答：「若不是你什麼也不會，我怎麼會要他們做這些事？你除了努力抓人把柄進城打小報告，還會做什麼？」

「不准汙衊中央派給我的工作！」

「究竟是誰汙衊了誰的工作？」首領官翻翻白眼：「興風作浪，把一個好好的集會拖得這麼長，讓所有人看你演戲？我先說結論吧：約瑟不會被扣薪，海倫也照常治病。我們人力太少了，光是約瑟一人要看遍島上所有生病的村民、囚犯、軍人，行獸與動物，負擔實在太重。在新安撫師上任前，我覺得找合適的人工作沒什麼不可以。」

「是罪犯！」左拉更正。

「這座島上沒有罪犯。」首領官笑了，一字一句柔聲道：「這裡關著什麼樣的人，你也不是不知道。」

「目無法紀。你把中央的裁決當成什麼？」左拉瞇起眼，眉頭與鼻皺成一團：「如果沒有罪，她怎麼會來這裡？」

「你愛批評我也不是一天兩天的事了。」首領官聳聳肩：「你既然這麼懂我，就知道再講下去永遠沒結果。可以散會了。」

「你這隻蛀蟲！」左拉齜牙咧嘴低吼。他推開椅子，如兀鷹盤繞前庭：「你以為我不知道你想幹什麼？我不會讓你得逞的。我上台後，你就完蛋了。」

望斜睨左拉，而後笑了。先是咯咯輕笑，而後笑聲漸大，終至無可遏抑狂笑不止。大概是氣瘋了吧。眾人手足無措，左拉起初得意後來也怔住了。

「隨便你。只不過，我現在還是可以制裁你。」

左拉冷哼一聲，拂袖離去。我跪在地上，一時竟無法起身。這個人總是清楚提醒我何謂現實。只要有一個這樣的人，我的處境不會有任何改變。當年判決也是這樣的。在特殊法庭，熟人們一個個站在遠處指證我們。還來不及答辯便發落了。進法庭前，我們的律師便兩手一攤，坦言他不過被安插來做做樣子。為了自身安全，他不可能為我們積極辯護。等會開庭你們最好一句也不說。多說多錯，少說少錯。越服從結果越好。

「不要怕。」約瑟低沉的嗓音喚醒了我：「我們沒有錯。」

我雙手撐地，費勁直起腰來，膝蓋隱隱作痛。

現在退縮又有何助益？當初來到這座島，哪裡想過首領官和約瑟會這樣幫我？現在放手，現在順從，就什麼也沒有了。

在諸家村民中，我對海德家與海珠家特別熟悉。他們是鄰居，海德便是我第一次進村碰見的少年，與海燕婆婆祖孫倆相依為命。海德的伯伯、父親、叔叔三人都去了大陸。海珠的丈夫海跖半年前也搭船離開。島上數十戶人家，近半都沒有男人。並不是男女地位有別，或唯獨男人想去大陸，而是規令本是如此。白城只徵求男性島民，因而半自然，半強迫地形成了以年長女性為中心的聚落。

海燕婆婆一百零二歲了，是村中最高齡的長者。除了兩腿風濕，此外康健無虞。滿布皺紋的眼如兩甕老酒。雖則大多時候，她只是花一整天煨芋，靜靜喝著魚湯與矢車菊茶，至多是個懂得過日子的老人。海珠幾個月前放羊時不小心摔跤落了胎，鬱鬱寡歡，還得海燕婆婆時不時照顧她。平常我去，就是看診給藥，喝矢車菊茶，幫忙剖魚曬魚，兼聽海燕婆婆說故事：太初，地海互食，彼此不斷吸收，長大，從不停止變化。地與海的吃並不是為生理飢餓而吃，而更像是遊戲，出於無意識，且從不疲倦也從不疼痛。在那時候宇宙還極廣袤空曠，萬物尚未定型之時，地與海能時不時化為人，化為獸，化為魚鳥；有時地是少女，海是少年，有時海是少女，而地是少年。從雲頭俯瞰，就可看見它們迅疾的變化。變化時，泡沫為人，碎石為獸，矢車菊則是嬉玩互食流下的血。人與獸也不停止互食，但這種互食卻攸關性命飢餓，先因果腹再因爭地，時常陷入疲倦與劇痛之中。後來，人艱難地馴服了獸，與獸訂立契約，地與海也成為神靈。原初的島民在每個岬角以珊瑚礁與貝殼搭起小海神廟，但白城統治後拆除大半，僅餘後岬一座。

村裡十五歲左右的孩子只有七個，嬰幼兒也僅有五個。年年村裡都會發放彩畫冊子，教孩子認最簡單的字。那些冊子畫滿各式新奇事物：七彩洋蔥尖塔，青銅巨像，玻璃港口與紫石磨砌，終日白煙繚繞的千井之城，皆是彼岸勝景。關於矢車菊島的一切我並不清楚，但我卻很了解生於斯長於斯的白城。孩子也不太懂得矢車菊島，卻都嚮往彼岸的白城。他們連行獸是什麼都一知半解，一見碉堡便渾身冷顫。白城將島的一邊劃為監獄，另一邊則令原生居民自生自滅。這裡的居民像被圈養，只能蝸居島西，連漁船也不准擁有。不許從軍，不許從政，想受教育也是困難重重，唯有申請進城勞動相形簡易。想尋求發展只得漂洋過海。在小小的，邊陲的，手無寸鐵又公認缺乏歷史的矢車菊島，人們沒有機會。

孩子們也帶我看村裡的廢棄小屋，他們的祕密遊戲場。那是半穴居的矮石房，海德告訴我很久以前這裡住著女巫一家，專替人治羊馴獸。後來女巫一家不知為何全離開了，這間小屋便荒棄了幾十年。小屋久無人居，石縫與屋簷都爬滿野藤與矢車菊，也有海鳥築巢。石屋天花板掛著大大小小的羊角與海螺，還遺下幾只鍋爐與魚鉤。孩子們平常就在此嬉戲、發呆、小憩，看陽光或雨水滴滴答答滲落。

「外面有什麼？」海德時常這樣問。

「什麼都有啊。」我回答，興致勃勃描述了堆滿錦繡絲布與果品的集市，環城的高聳杉木林。在白城，百橋千塔，運河迤邐。那些白石材打磨的橋與塔，粉白，灰白，青白，雪白；有些是島上貝殼沙或海水拍岸泡沫的顏色。有些高而陡而細，如蜘蛛腳，走上去總讓人心鼓鼓直跳。這些我熟悉的皆是我喜愛的。

每隔數月就有一艘交通船，載來罪犯，載走渴望出外奮鬥的島民。海德喜歡聽汽笛聲，看那灰白巨船昂然進港。船進港時，他常和其他少年一同站在海岬眺望，雙眼粼粼放光。我同他也為了他，微顫昂揚不安。海燕婆婆說過，那些離鄉背井的男人至今沒一個回來。軍人與囚徒，已經超過島民百倍。

❖ ❖ ❖

新月又來，大船入港，流放地悄無聲息迎進了新安撫師。回營晚飯時，我才從馬蒂那邊聽來一些傳聞：一個瘦小畏縮的老人家，沒有儀仗，沒有介紹，像隻幽靈默默住進了營區深處。逢人就低頭諾諾，說請，謝謝，對不起。可憐的爺爺，路都走不穩，何必照顧什麼野獸？

隔天餵食行獸時，我就在洞口瞧見了那駝背，戴紫氈帽的小老人。我出於禮貌打聲招呼。老人一如傳言壓脖子縮肩膀地回頭了，四目相對，我們彼此怔了半晌。

「海倫？」

「晚谷叔叔？」

「好久不見，真是好久不見。」老人興奮直起身，一拐拐走來，與我無聲擁抱。他比從前更清瘦，頭髮也更短更白。見到晚谷叔叔我自然高興，可同時也興起一種複雜的情緒。高興，是因為遇見故人；複雜，則是因為故人使我忍不住又想起過去，繼而重感強烈的剝奪與不平。

「一切都不同了。」晚谷叔叔長嘆一聲：「前幾年做什麼都被監看，現在能來這裡，也是因為上頭沒那麼在意妳們家了。」

「反正我們也翻不了身。」我微微一笑。

「我聽說矢車菊島重徵安撫師，就想來了。」他眼神微爍，努力裝出稀鬆平易的模樣。是啊，這位我父親的好友當年緘默無言。光是他們共事的部門就有五個家庭遭罪，每個人他都親厚，就是不願多說一句好話。

「為什麼想來？」至少他還懂得愧疚。換作我自己，未必比他勇敢。我壓下不快柔聲接腔。

我是非常擅長轉念思考的：「一路上都好嗎？」

「我沒事，不過時局不好。議長被暗殺，議院亂成一團，原本新送往鐵森林的流放者途中暴動，殺光了押解軍，還占據了一個小鎮。雖然那群犯人後來全被屠殺，但官方死傷慘重，勝了也沒什麼好高興的。」他搖搖頭：「大家亂成一團，根本沒人管我，也沒人想來——我沒有競爭者。」

我們沉默半晌，相視而笑。

「我剛剛費了好大力氣才讓牠們鎮定下來。要不是石壁上刻滿符文，牠們肯定更有力氣。妳見過那些嗎？」他話鋒一轉，指指行獸問道。

「見過，我負責餵食。」

「牠們吃什麼？」

「一些肉吧，也有魚。我拿到時都是一桶桶的肉泥了。」

晚谷叔叔點點頭，又問我過去幾年的生活。餵食行獸，學習治病。如此平淡，不出十分鐘就說完了。只是，自由使我儼然是最有特權的囚犯，為此我時而惴惴不安。

「妳是貴族，十六分之一的水族。妳因為血統遭禍，也因為這身分在這裡越來越好過。」他說：「這樣也很好。這種生物是白城特意培養的，了解祕密總是有好處。」

「我對祕密毫無興趣。」我連連搖手。

「興趣是曖昧的詞彙。」叔叔瞇眼笑了。「重點是萬一哪天出了事，妳該有能力反擊。了解祕密甚至製造祕密就是武器。」

「就當我這老頭想太多吧。」晚谷拍拍我的肩：「妳悔過態度這麼良好，沒人執意重罰。再說妳以前的朋友也說了很多好話……其實在這也好……比妳的家人好些。北疆湖泊天寒地凍；鐵森林改造場的苦役是出名的苛酷，在荒原勞動的人一天只能吃一頓飯，那片凍土實在太貧瘠了。」

似乎瞧出我臉色不對，他歉然咿唔：「妳的父親還好，只是失去自由，沒受折磨。不過妳的母親與弟弟，我就沒聽過其他消息。就一個孩子來說這是大不幸；但就一個人而言，妳還不夠老，還算是很明朗。」他還是這麼擅長鼓舞人：「加油。熬過這五年，妳就自由了。到時妳也擁有足以謀生的技藝。天地之大，哪裡都能去。妳會成為全新的人。」

「去哪都可以？」我感覺心口一股灼熱流淌，快意微醺。

「去哪都可以。」他笑得無比溫煦。

在日常中磨耗不見得是壞事，除了磨損各自的心志，還磨損各自的不安與敵意，將每個人都磨成朋友。初見晚谷叔叔時，我還對他心懷怨恨，可漸漸我發現他是島上少數說得上話，或至少帶來熟悉與親密錯覺的人，最初的猜忌也就暫時壓落心底了。

晚谷叔叔說他想在此終老。這裡清靜，白城令人緊張。他和我一樣喜歡去孩子們的廢棄小屋。他還常去海神廟附近蹓達，可惜海神廟在後岬，管制區，我沒法去。

他向首領官建議讓我學習進一步的行獸駕馭與安撫技巧，長官也同意了。起初我一爬上行獸的背，行獸便不住嘶晃。好不容易爬上了，但一想轉向或走動，就會被行獸故意猛甩下來。我技藝不精，反而像行獸駕馭我，我只是牠背上的貨物甚至飛蟲。若是晚谷叔叔施展，牠便像賞他面子，搖頭擺尾緩步跟在後頭。此時晚谷會騎另一隻，把原先那隻讓給我，叼根菸，戴著厚手套的手輕拉獸鬚。他就這樣在烈日下陪練了好幾個下午。

約莫兩週，我開始上手了。除了裝備不齊、容易擦傷外，騎乘行獸就像騎車或游泳，非但不令人恐懼，反而令我感受如魚得水的快樂。我有時挺直上身，輕拉獸鬚，示意牠跟從我的意志；有時我彎下身，在頭部最柔軟之處俯首貼耳，聽鱗甲下方傳來的跳搏。那儼然是另一種深不見底的世界。牠體內有各種呼嚕交錯的聲音：隆隆聲，號叫聲，磨牙聲。還有來自最深處海浪般的起伏，竟能使人沉靜下來，如母親環抱撫慰。

「進步很多了。」晚谷叔叔看我逐漸上手，讚美一聲：「可惜不能騎著牠飛上更遠的地方。妳只能偷偷騎。」

飛上去看一看誰不想？我回想起海燕婆婆講述過的創島神話，順口向晚谷叔叔提起，這前任南洋植物學家頻頻點頭，似乎對這話題很感興趣。

「其實以前島上的人也騎行獸啊，駕馭行獸是他們的天生本領。」他說：「傳說的描述就是人從高處俯瞰——乘駕行獸四處翱翔的角度。」

若真如晚谷叔叔所說，過去的島民天生即能騎乘，實在令人驚羨。他談興一來，隨意坐上亂石，掏出羊角水壺喝水：「這是島上的原生野獸再加以配種的生物，也有人說第一隻行獸是島上的大巫變化而成。在那個年代，人與動植物自由轉化並不是奇怪的事，翻翻其他地方的神話就知道了。島上的住民成功馴服牠們，自由來去諸嶼，最遠的一次甚至飛上大陸，在黎明岬角建立了部落。」

「其中大海盜海霧，可說是所有騎行島民中最赫赫有名者：三百年前，她是海盜之母，建立了以矢車菊島為據點的海盜王國。據傳她是個高大美麗的女人，騎術精湛，善於聆聽百獸語言。身著紅衣騎巡時，風姿出眾，被譽為大洋珍珠。黎明岬角的部落就是海霧建立的，當時鄰近的燈塔列嶼、珍珠灣、碎甲群島與巨龜島，也都是海霧的領域。可當海霧六十歲時死於血疾時，這巨大卻鬆散的海盜聚落也於焉瓦解。兩百年後，上述所有海島，包括矢車菊島，全被更新世收編、馴化超過百年，現在島上已經沒人敢騎，也不會騎了。」

「怎麼馴化的？」我追問。

「獸性難制，人卻容易壓抑。」他答：「當初征服矢車菊島時，島民強烈抵抗，雖好不容易打勝了，島民卻又時不時聯合行獸反叛。野蠻的後花園，島上全住著一堆海蠻子。這外號就是這麼來的。後來，政府收買了幾個島民，使他們自相殘殺，又自行培育行獸，最後以壓倒性武力鎮服島上所有暴動。他們殺光所有能騎行獸的成年男女，只留下少數人，日後稍有不軌，隨即綁在海岬放行獸啃食，強迫島民圍觀。長年下來，會騎行獸的島民幾乎滅絕，餘下的人們世世代代在恐懼中長大，再也不可能翻身了。」

「當年……為什麼不滅絕所有島民？」我問：「留下命脈，管制他們又處處威嚇，不也是大費周折？」

「這我也不知道。」晚谷搔搔頭，哈哈笑開：「問倒我啦！別再問了。」

「晚谷叔叔，您什麼時候有研究矢車菊島的興趣？我怎麼不曉得。」

「很久以前。研究南方與諸嶼就是我的興趣，但只能研究植物，礦物這些純屬自然的東西。」晚谷摸摸氈帽，莫名紅了臉：「興趣只能是興趣，尤其是這樣危險的歷史。」

❖ ❖ ❖

現在看見島上的孩子，我總不自覺感到歉疚，甚至憐憫。雖則對他們而言，這些愧歉也許純屬多餘。特別是海燕婆婆。她必定活過那最混亂之時，無聲忍耐，蟄伏度日。當她看著孩子，孫子，甚至曾孫們都想離開小島往本國去，不知做何感想？我有惑卻不敢探問。

但我確定海德是想離開的。矢車菊島只就這麼丁點大，他一直想出島好好見識。看海以外的地方，看大城，看許多人，看高山與森林。雖然得像爸爸一樣進城辛苦工作，也不能再游泳放羊了。身邊的人都以為這是不壞的決定。海燕婆婆還健康，其他人也會照顧她。就趁這時出去看看吧，只是要記得回來。其他孩子聽了，或多或少也動了遠遊的念頭——他們在對岸都有家人。我倒以為：要是離開的人認識外頭與家鄉的差別後還願意回家，這座島也許很快就會大不相同。

這天集會過後，首領官要我留下。他拿出七張紙，問：「這是下個月的出島申請許可，妳認不認識這些孩子？」

我接過紙張，略看了看，又遞給首領官：「認識。海德，海松，海芒，海日……都是村裡的孩子。」我不知道他們什麼時候繳的件。也許是輪到約瑟看診時，他們向約瑟討來的。

長官翻翻紙卷笑了：「勸他們留下吧。他們是島上少數的孩子了。」

「為什麼？」

他兩手一攤，傲慢無比：「出去做什麼？對他們未來的人生沒有幫助。」

我不敢相信長官會說出這樣的話。比起城市，這裡多麼荒涼？他怎麼可能不明白？孩子想出去見見世面，他憑什麼阻止？

「你只想把這些孩子鎖在島上？」我怒斥：「他們實在可憐。」

「看來看去不都是一樣的？」長官沉吟一聲，聳聳肩：「這群海盜後代已經是次等公民了。島上的人乖乖留在島上就好。進城不過是做人奴隸。」

「不會的。」我說：「這是個機會，看這個世界到底是什麼模樣，而非照單全收別人要他們相信的樣子。他們的家人不也過去了？」

「所以妳覺得這是個機會？看看我，看看妳自己？」他瞇眼笑笑：「是嘛？那好吧。」

他火速簽完文件，啪地擲在地上。我愣了愣，彎身撿起散落的草紙。

「海倫。」他話鋒一轉，打個哈欠：「妳來這座島多久了？」

「快三年了。」

「不知不覺啊。」頭往後一仰，他伸展雙臂。

「比起其他人算好了。畢竟只判了五年。」

「是嗎？說實在……」他重新坐直，左手撐頰笑眼微彎：「妳難道不曾覺得……不合理？」

我不知如何回答，他隨即哈哈笑開：「我也不想告訴別人我這麼問。」

「事情來了只好接受它。忍一忍就過了。」我說：「我的家人也這麼想。」

「忍一忍就過了？」他輕輕巧巧冷笑：「看來狗急才會跳牆是真的。正因可以忍受，許多痛苦才會一直理直氣壯存在。」

他推開椅子站起來，開始繞桌踱步，輕盈鬆軟，像是跳舞：「妳的奴性太堅強。妳的理性就是妳的奴性。要是少點理性，多釋放點真正的個性，妳會遠比現在更幸福。」

「真正的個性？」我挑眉。

「是啊！高興，憤怒，感謝，憎恨，更多的懷疑與欲求。即使不合規矩也沒關係。那些訂下規矩的人難道真的更有智慧，更仁慈，更有能力，還是只有權力？」

「這是魔鬼的話。」

「妳跟我的搭檔很像。當我好心提醒，她也是這樣故作嚴詞指責我。」

「是嗎？然後呢？」

「我搭檔最後採納了建議放手一搏。前途將無可限量。」

「是嘛？」我故意沉吟一聲：「您的搭檔在哪裡，您又為什麼在這裡？」

「她被判死刑，我被降職。」

「人都死了，哪來前途無量？」

「她不會死的。」他信心滿滿地說：「她將從死裡回來，比以前更堅強。我們這種靠著才能或血統一路順遂，從未嘗過失敗滋味的人，早就給自己設下層層疊疊的繭，必須經歷一種徹底的斷裂，才能突破這些妨礙前進的執著。」

我不懂首領官真正想說什麼，只隱約感覺這些想法古怪而又危險。我不知他經歷過什麼，但老實說我也沒興趣。我對那些玩世不恭的挑唆感到厭惡，不僅失去首領官的風範，還顯得任性。一個從未被剝奪過失去過什麼的人，有什麼權利指責他人的軟弱與知足？我不聲不響掉頭離開，那些輕佻的高調還是令我生了氣。

那幾個下午，我跟他們一起採摘矢車菊，看海燕婆婆與海珠打點行李。一個人需要的不多，能帶走的也不多。愛少年的人所給的，遠超過少年的所需與負荷。海燕婆婆罕見哼唱起古調。那古調以島民古語吟唱，綿長悠緩，帶點小調祭歌的蒼涼。

孩子們稱讚婆婆唱得好聽。他們從小學習更新世語，大概不明白那調子唱了什麼吧。他們只是單純地被音樂打動罷了。

啟程那天，我們到港邊送行。少年們揹起行囊走上甲板，在出島的隊伍中笑顏燦爛。出島的人總是笑，入島的人總是憂愁，後者身負烙痕，看見灰堡、海洞以及滿開的奇異藍調。少年所見的，則是無垠的大洋與海鳥——他們比任何人都自在。身無長物，無比純淨。我由衷期待他們的新開始！

❖ ❖ ❖

海德離開不過月餘，海燕婆婆便收到了信，海珠也收到丈夫來自大陸的短信了。海珠的丈夫還沒進白城，不過先在海濱的工業城找了開運輸車的差事。他說從沒開過這麼高大的車，學起來很費勁。好在終於學會了，每天上工下工，吃喝拉撒，生活單純。工業城又黑又大，偶爾一時興起想去海邊，還得湊人一起付錢搭車，因為麻煩，有假時他寧願待在房裡睡一整天。現在工錢還沒下來，他還沒問清有多少，但想必比島上好過許多。等過一陣，白城開缺，他就要進城看看。

「他們不會寫字，還請別人代寫這麼多，真不好意思。」村裡其他女人也陸續收了信，我也幫她們代讀幾封，他們的家人現在也都在工業城，那些信似乎都出自同一人的手筆，語句樸實，字跡飛揚。她們高興地詢問相熟的士兵與醫護，包括我：是否真有這麼一個地方？是真的，彼岸的工業城是蜂巢般的城市。處處都是機械與車馬，鐘塔每半小時就嗡嗡鳴響，街坊與港口總擠滿來自世界各地的商人與勞工。人人聽了都欣慰。

首領官交接日將至。除了約瑟與晚谷照常工作，其他人站哨時不免鬆散。望近來成天找人下棋練劍，大有不管事之態，似乎早已做好迎接退役長假的準備。左拉還沒回來，眾人就更樂得清閒。大家心知肚明，新官上任，日子必不好過，還不如趁現在忙裡偷閒。

「簡直像被趕走的。」約瑟私下告訴我：首領官這次休息便是真正退役了。他跟我說了些過去首領官在白城的事。從小被選入菁英培育機構水蜘蛛，一路拔尖進了白塔，立了不少功勞也幹下不少勾當。但自從他的搭檔殺了最高執政官，炸毀水蜘蛛，判處極刑，鬧出大醜聞後，他的聲勢便大不如前了。雖無直接證據顯示他曾授意，但人人都道他脫不了干係。他先是被降職調來矢車菊島，再降一職，最後再強制退役，終生不得進白城。

「左拉比他更好。他太我行我素。」他坦白說：「我跟他很多年了，雖然知道最後必然如此，但眼睜睜看一個思想豐沛，又不怎麼壞的人沒有好結果，還是覺得⋯⋯。」

也許這話不算安慰，我小心翼翼提醒：「左拉畢竟是未來的首領，你還是明哲保身，不該投入太多個人好惡。」

「我明白。」他平靜回答：「我不欣賞他，這是私事。」

「害怕嗎？」像想起什麼，約瑟抬眼看我。我大力搖頭，但誠然表情說明一切。

新的一月，大船入港。船進港時，我正和馬蒂一同採集牡蠣，聽聞汽笛，直起腰遠望。這次沒人離開，只新進一批囚犯、一隊負責押解犯人與貨物的運輸兵。左拉還是沒回來。

也許正值交接之際，這次的犯人比過去少些，依舊分作兩批：穿囚衣的，以及半裸烙大印的。那群可憐的重刑犯一如前幾批，戴著面罩拖著鐐銬，垂頭走下甲板。七個囚犯纖瘦結實，步履蹣跚，和我當年一模一樣。只是，他們即使被鞭打喝罵依舊屢屢望向東方。當他們魚貫經過海岬時，我瞥見其中一個囚犯的手肘有道眼熟的星形傷痕。

我指著那走遠的囚犯對馬蒂惶惶低語：「那個人……我好像認識？」

「是誰？」馬蒂怪問一聲：「也從白城來嘛？」

「好像是村裡的孩子，剛走的那批。」

「怎麼可能？」馬蒂皺起眉頭，同樣放低音量：「妳確定？」

我搖搖頭，我不能也不敢肯定。

隊伍已經走上山坡，離灰堡不過五分鐘路程。我狐疑拉著馬蒂，低著頭遠遠跟在後頭。一如往常，重刑犯並不與一般犯人集結，他們繞過軍營廣場，轉入重刑犯區，覆滿棘刺的高大鐵柵屏蔽了我的視線。我遠遠覷看他們最後的背影，那些人的肩背，小腿與步態，越看越覺眼熟。越眼熟越不安。

「為什麼不可能？」良久，我擠出這句話：「我不就是最好的例子嗎？」

「去看看吧。」馬蒂無可奈何聳聳肩：「反正也不是第一次幹蠢事。」

❖ ❖ ❖

當馬蒂把我架在肩上，偷偷幫我翻進重刑區的鐵欄時，所有犯人都消失了。只見一堵玄武石門嚴嚴實實矗立眼前。

我們在石門邊瞧見一種老舊的圓石栓。我發現石栓有些鬆動，便小心翼翼旋轉它。旋轉同時，石門對角岩壁便發出喀喀聲——石門紋風不動，但從右側岩壁露出一縫暗門。我轉到底，暗門便完全翻敞，露出裡頭的玄武岩裂洞。

我和馬蒂面面相覷。馬蒂張望一陣，撿來幾根枯枝隨意紮在一起，掏出火石點燃往洞口照去。洞似乎很深，一時望不到盡頭。

「進去吧。」馬蒂遞來火把，還輕推我一把：「我怕那些怪物就在裡頭。牠們不會傷害妳……。」

我們彼此對視，深深吸了口氣。而後我蹲下身，擁著火，馬蒂跟在後頭，兩人手腳並用鑽進了石洞。

石洞細窄幽深，非常難爬。我很害怕越走越窄，便會卡死在胡同裡。所幸洞漸漸變得寬敞，後來甚至可以半直著身，手撐岩壁緩緩步行。但我已不知自己走了多久，手腳磨破多處，更不知自己身在何方了。洞口附近的岩石黑而硬，現在的石頭稍稍鬆軟偏白，微微泛綠，夾雜褐黃與褐紅的礦物，但還是六角黑岩居多。不知何處、何時，我開始感覺風的滲涼，及渦渦的海流聲。當我們終於走出洞口，我和馬蒂不禁呀了一聲。

一方從未見過的天井海洞。

玄武石四壁滿是不知如何刻上的符文，彷若巨人執筆，又像特別輕盈的妖精旋舞刻寫而成。海洞或許位於島上唯一的火山中，才會藏得這麼深。黑岩地淺淺淹著漂混苔癬的淡紅海水，一位白髮少年癱坐於海水中。

我們悄悄走近。深洞兩側是櫛比鱗次的玄武岩柱，亂石形成海階，不遠處似乎還有四通八達的海窟，岩柱高處睡著成群的小蝙蝠。白髮少年身後有一只繫著沉重鋼纜的大鐵籠，鐵籠內散落著許多陶俑，不知是何物事。我們屏息以進，深怕一只腳步或一次呼吸會驚動這裡的主人。終於，我們靠近他了，腳下的水也越見殷紅。少年像人，可是也不是人。他的下半身是遍布灰鱗的魚尾。似乎久未活動，某些鱗縫卡滿青苔。他周身纏鎖符文細碎的鎖鏈，熟睡著，睫毛顫動，吐息時微微露出森白細碎的尖牙。

籠裡籠外橫七豎八躺著幾個土俑。我定定心神，緩步走近，比較靠近我的那人張著嘴，動也不動。我走近一看，那人也是個少年，渾身血洞，已經死了。他的嘴是空蕩蕩的血洞。另一個人套著軍服，但多處燒傷，軍服也被血漬透。我和馬蒂湊近一瞧，那臉浮腫毀敗，正以獨眼怒視我們。

左拉。

馬蒂摀住嘴跌坐在地。她試圖直起身來，但幾次踉蹌，終究只能半跪在海水中嘔吐。比起奇異的海洞，我更訝於自己目睹左拉屍體的麻木。現在還能行動自若，就證明我比馬蒂勇敢。還有什麼比明白這裡是什麼地方，發生什麼事更重要？我輕輕扶起馬蒂，躡手躡腳走向鐵籠查看那些土俑。這些土俑身上的綠土並不均勻，似乎只是草草敷上。土俑面目不清，可是身上的土塊似乎因乾裂與垂降而碎解不少，其中一具並未完全遮去手肘的傷疤。

隔著鐵籠我顫抖著手，試圖撥開那東西頭臉上灰綠的塵土。那東西一感到觸摸，便劇烈掙扎起來，震得鐵柵格格作響。我有些慌了，撥得更快，揭下一大塊乾硬的綠土，露出半隻眼與口鼻。那人張嘴大喊，卻只能低嗚，半隻黑眸狂亂瞪視著我。他的舌頭也被割去了。

那是海德。

我和馬蒂手足無措。我先是驚，再是愧，腦海一片空白。良久，馬蒂哆嗦著打自己一巴掌，再輕拍我，指指鐵籠的門。門沒有上鎖，鐵欄生銹多苔，一推動便發出嘰嘰嘎嘎的聲響。只一聲，便驚醒了圈鎖的少年。蒼白的少年緩緩睜眼，回頭，露出赤紅雙瞳，像生病的海豚吼出纖細的高音。

少年的吼聲彷彿是漣漪中心，很快地，其他海洞也傳來嗚嗚嗡嗡的低鳴。腳下水渦聲起，漫過我們的小腿。不知是否受不了這種怪響，馬蒂臉色發白，又開始吐起來。

「離開這裡！」她痛苦叫嚷。我大力搖頭。現在不行，孩子還在這裡。我慌亂四顧，拔出左拉屍身上的刺刀，對準少年。

「海倫——停下來！」突然，身後有人喊我的名。我回頭，見晚谷疾疾走上前，開始施安撫咒。少年表情和緩不少。他漸漸垂眼，陷入半夢半醒之間。晚谷撫摩少年凌亂的白髮，低眉斂目，神情憐惜。

「被祂咬過的人就會獸化，若是敷上火山沼土，體積就會漲大數倍。」他說：「熬不住死去的人，就絞碎了餵行獸吃……長久以來，行獸就是這樣來的，安撫師要照顧的不只是行獸，更是他。我就是為了等待這種恐怖終結之日而來的。」

「晚谷叔叔……？」

他似乎已猜出我要問什麼，柔聲道：「海倫，我以前就住在那間小屋裡。我就是女巫的兒子。」

「可是你……不像這裡的人。」

「我改變了容貌。拔了牙齒，染了髮，漂了皮膚。」他喃喃說：「也改了名字。容克海倫，妳們家族的姓名也被改過啊。他們取這個姓氏是要你們克制容忍。妳們這末後的貴族，除了夸夸其談的歷史，可還記得自己的恥辱與真名？我們與你們，曾共享同一個姓氏。」

馬蒂筋疲力竭瞪他一眼，抓住我的手往反方向逃。但我們旋即止步了——首領官站在另一個洞口，身後跟著一隻行獸。

我下意識倒退幾步。馬蒂一把將我拉到後頭，橫身擋在我與他之間。只見那人抬了抬手，馬蒂便被高高舉起，撞向另一頭岩壁。我完全看不清這一切如何發生，只能在馬蒂摔落時失聲大叫。

「妳如果還不明白我怎麼辦到的，那妳實在該多多練習。」他張開雙臂展示海洞中的一切：「我當時說過讓他們留下來，是吧？現在妳知道為什麼了。行獸就是這麼來的。寫那些信滿有趣的，可是也浪費我不少時間。」

我企圖反擊，卻被他一次次輕鬆閃開。他嘻皮笑臉，只是虛應故事，並不認真。我每個拳頭都非常無力，我非常痛恨這樣的自己。偶爾他發狠，揚手把我撞倒在地，又揮手指示行獸向前，那獸便茫然嘶叫，朝我步步走來。我從水坑踉蹌爬起，他見我慌亂，就憐憫地呵呵大笑。我像被瘋貓玩弄的鼠，第一次因行獸感到性命交迫的恐懼，揮手瘋喊：走開，走開，走開！

行獸低吼一聲，縮頸，後退幾步。我愣了愣。他能召喚的，我也可以支使。我開始複誦安撫咒，行獸遲疑一陣，隨即轉頭，撒開步子回衝。他側身閃過，我乘勢跨騎上去，完全顧不得自己騎術生澀，沒有護具這回事。現在，我與獸昂然俯視。他看來渺小危脆。

他微微一笑，顯然並不害怕。我的手腳撕裂滲血，笨拙地拉扯行獸羽鬚調度方向。行獸咬了好幾次都沒咬中，只一次次撞擊湧捲的海水與岩壁。他試探性地欺向前幾次，而後輕巧騰躍，拔起刀，奮力斬斷行獸的頭顱。

行獸失重倒地，我也跟著摔落。在獸轟然壓地前我驚惶跳開，我重重跌落，他輕蔑地將長刀抵住我的喉嚨。瘦長黑影尖刻迫人。

「放走他們。」事成定局，我閉眼，低聲請求。我與首領官，左拉與行獸，都不過是扮演各自在秩序中的角色。是吧？我不該對壓倒性的勝敗有太多不甘心。

他冷笑搖頭：「如果要放，放走所有的人。」

「我制服妳，不是讓妳像以前那樣順從。現在，站起來。」他又繼續說，但沒有鬆手。我狼狽起身，一身濕漉，雙手與其他擦傷灼灼滾痛。

「來玩玩幾道二選題。」他吹了吹口哨：「看見那被鎖住的少年嗎？第一題，殺了他？或放了他？這對妳來說都易如反掌。」

「為什麼殺他？」我反問：「解開鎖鏈又有什麼難？你們自己放了吧。」

「我就是想讓妳來做。」

「為什麼？先告訴我他是誰，為什麼在這裡？為什麼非要讓我來解？」

「可以！這裡不是罪人，就是野獸，就是死人。大家的未來都已經定下了，只有妳沒有，自以為刑期滿了可以自由。當妳為了那群孩子和我爭吵，我是多麼高興呀，可是妳後來卻又這麼溫吞，真令人洩氣。我就乾脆替妳指明一條更有意思的路——反正那些孩子都注定要受傷了。其實妳也推了一把，妳不是最喜歡跟他們吹牛白城多麼繁盛，多麼優美嗎？那是妳容克海倫的視角呀。」他溫然道：「我把最重要的理由說了，剩下的，好奇寶寶，等妳做完決定再說。」

我不打算殺死他。我跪在少年面前，海水浸了半身。當我慢慢解開脖子上的鎖鏈，他怒視我，兩排尖牙悉數嚙入手臂。鐵鎖上的刻紋便發出淡綠熒光，我的掌心瞬時被灼傷，矢車菊印也扭曲浮凸起來。他死咬不放，我忍痛抓緊鎖鏈，一把扯離少年身軀。

少年抬眼獰笑。鎖鏈一解，他就由髮梢指節開始化為膨大散漫的水氣。那水氣時而如火如雲，時而又可看出霧化的人身輪廓。須臾，少年竟從海洞完全散逸了。

「好了。」他滿意欣賞瀰漫海洞的水煙，說：「晚谷，你來說。」

我喘氣，緊握受傷的雙手，晚谷點頭輕輕說：「海倫，記得你們家族南征的容克海鶇嗎？他就是當初容克海鶇捕獲的『海神』，不，最接近傳說描述海神的生物。」

「那是太古就生存至今，尚能自由變幻形體的生物。牠的本體是以矢車菊島為首的諸嶼一帶過去常見的大白鯨。」他說：「當年軍隊巫師捕獵、囚禁他，利用他製造原生行獸。不知使用過多少人，凡是被咬都會死去，只有島民活下來。這個海神只是與你，與我都略有親緣的稀有生物，並不如傳聞中擁有特別的怪力。本來與祕法無關者，因為被施了法，反而成為祕法本身。」

「你的意思是，這都是我祖先容克海鶇的作為？」我有些不明白。

他點點頭：「所有行獸都與他有關。我們無法破解海鶇的術法，也無法使中止國家消化島民的計畫。即使我了解行獸也是無用。容克海鶇早已不知去向。但當年他曾說，這祕法只有容克家的人才能解開。至於為何這麼做？只得問海鶇本人。」

「放走洞底的少年，現在，再麻煩妳——」晚谷話畢，首領官粲然一笑：「放走所有行獸。大鬧一場。」

「你這樣是叛變。」

「妳以為只有我？」他挑眉，狡黠一笑：「誰放走『海神』？等一下又是誰會放走行獸？」

「你有病。」我咒一聲。

「大家都有病。」首領官再次和悅地張開雙手：「我早就想這麼幹了，總得有人來幹這些所謂幼稚瘋狂的事。告訴妳吧，鐵森林，北疆……這些地方都將叛變。送去那裡的犯人都是精挑細選的。適應地緣，一呼百諾。」

「他們喜歡一本正經地作亂，我為何不順水推舟呢。」他得意一笑，晚谷也同樣微笑點頭：「利用這次種族肅清的機會，動員內外人脈，安插適合的人準備叛變。否則我也無法說服晚谷。至於左拉，放他吠幾天，非到最後我不想傷人。不是為了倫理，是這樣比較有樂趣。」

「幼稚。就為了你們各自的……？」我喃喃咒罵一句。

「隨妳怎麼說，我們要的是新世界。這裡不過是起點。」首領官輕快走來：「不一起來嗎？海倫。」

「在所有流放者中，妳最軟弱順從，最缺乏必要的術法根基。但妳能填補矢車菊島空懸的女巫位子，我們可以從頭開始教妳。」晚谷叔叔接腔：「這不也是種非『人』的幸運嗎？不管妳喜不喜歡，都會繼續下去。」

「我可以放過妳。」首領官親切呢喃：「看妳是聽我的，還是與我為敵。」

怒氣沖淹理智。我一把抄起左拉的刀，箭步上前。他來不及閃避，刀尖嗤地沒入左胸。他微微睜大眼，似笑非笑，一時體表尚未出血，一時還不覺得痛。

「去吧！」他和悅地說，我冷冷看著生命從他眼底流失：「放掉所有行獸，妳就自由了。」

❖ ❖ ❖

所有的獸都失控了。牠們紛紛鼓翅刨爪，出海洞，一隻隻往灰堡爬去。牠們推倒鐵絲網，咬食所有或逃命或抵抗的人類。不久，碉堡便化作煉獄了。魚行獸躍下海崖，繞行海面伸展滿是倒刺的背脊；鳥行獸聯袂遮去碉堡大半屋頂，每次振翼都捲起大風，掀翻火焰。牠們昂首高號。我懂得那些咆哮的意思。那是解放的狂暴與喜悅。

我麻木凝望這一切，海洞的種種如在夢中。當洞底飛濺的土塊與水氣悉數散去，首領官與晚谷都消失後，我打開鐵籠，見少年們顫巍巍直起身來，揩去塵土，個個蒼白虛弱。起初他們只是茫然四望，而後有幾個漸漸恢復理智。開始哀鳴，如受傷的小狗跌撞逃奔。囚禁少年的海洞，原與行獸的居所相連。我日日為行獸揮汗工作，卻不知海洞深處才蘊藏島上真正的祕密。行獸就是島民，同等畏懼與萎靡。長年來的蓄意玩弄，比起明目張膽的殺戮更令我顫慄。我為島上的苦難咬牙切齒，同時也明白自己不過是掀起爭端的一顆棋。我半扶著馬蒂走出海洞。沒氣力管剩下的少年，除了疲倦，還深深感到不快。

我將馬蒂藏在一處隱蔽的海階，回頭走向碉堡：我想知道約瑟是否來得及逃出來？他是好人，我還有事想問他。我撥開碎石，忍受粉塵與煙火的焦臭，爬進半毀的碉堡。在正廳，約瑟高高端坐著，彷彿早知我會來。

「這是為什麼？海倫？」他冷峻質問我，如庭上的法官。

「我只是解開了鎖鍊。」我輕答：「你知不知道海洞裡有什麼？你知道那些行獸是怎麼誕生的嗎？」

他搖頭：「我不知道，八成不會是好事……妳問過首領官？」

我淡然一笑：「就是他要我放出來的。」

他微愣，又是搖頭苦笑：「我不意外。這是最瘋狂的解職了。」

「他是個瘋子！」我幾近失控地吼出聲：「我以為自己殺了他，但一刺中他，他便化成一團白土，一朵矢車菊——只是替身！連晚谷也不知去了哪裡？」

「我知道。」他有些厭煩，有些無力地睥睨我：「換作其他醫官，這事早就曝光了。他人不在這，正快活地四處旅行呢。」

「想想被流放的家人。傳出去，你們下場一定十分悽慘。」他聳肩，並不收回那厭煩的表情。

「現在收手也來不及了。」我說：「我不會讓這種事情發生。」

「就憑妳？」他輕笑：「妳連像樣的巫術都施展不開。」
「不需要巫術我也能做到。」
「或許吧。」約瑟沉默良久：「有些人的確可以。」
「你們不能控制這裡。」我鼓起勇氣：「約瑟，你想跟隨我，還是反抗我？」
「我不追捕，也不跟從。」他平靜回答，以眼神示意我離開。既然問完話，我也不願多說。沒多久，門後傳來人砰然倒地笨重的悶響。我輕閉雙眼。再睜眼，我關注的已不是故人的臉，而是窗外的光。

望與晚谷都消失了。碉堡裡的兵至死都是活在一團迷茫恐懼裡吧。在這失序的時刻，我突然想再次聽聽軍靴踏地的威嚇。齊一，森嚴，龐大。但那集體的雄壯消失了，只剩零落的嚎叫與哀鳴。獸吼如鼓如錘，震得人頭皮發麻，眼卻因受驚而異常明亮。

他們把我困死在這裡了。一切非我籌謀卻因我而起。我無路可退。

少年們走出海洞，一個個茫然地望著我。他們傷痕累累，失去了舌頭，但幸好肢體無缺。幾個膽大的村莊女人見軍營冒火鬧亂，抄起魚刀走來。她們都瞧見了行獸但並不退卻。確實。這座島已不在白城的掌控——他們甚至攙來了海燕婆婆。

海燕婆婆努力直起頭，張口，嘶啞地唱起歌來，那是當日海德離開時唱過的古謠。先是她唱，而後其他女人跟著和。一時所有的獸都停止哮叫，牠們在空中略頓了頓，隨後斂翅，紛紛停在軍營或岬角上方。牠們低下頭，伸長身軀，宛如輻射複瓣。

不知為何，我有種想說話的衝動。我踉蹌爬上亂石高處，迎風，立足，嘶喊。

「去吧！去哪裡都行。」我說：「騎上行獸，牠們絕不會傷害你們，這是你們被蒙蔽的天賦。記得背上的傷，以及無法言說的痛苦。我們以這裡為據點，把被奪走的東西建立起來。」

他們默默聽我吼叫。隨後一個個、一家家，戰戰兢兢騎上行獸。空中盤旋的獸群，如巨大的太古蜻蜓。

我孤立海崖，不知何去何從。我是解脫了，還是主動犯下一樁大罪？突然，身後風動劇烈，我回過身，只見負傷的海德騎行獸繞飛。他跳下行獸的背朝我揮手，那是邀請的手勢。他失去很多不是嗎？甚至沒有好好養傷，可是現在的他看來勇敢，而且昂揚。我跨坐獸背拉起兩條多刺的羽鬚，鱗甲刮擦皮膚，彷彿提醒自己還是弱小危脆的生靈。

「等你好了，我們一起去北疆湖泊吧，我的家人在那裡。」我轉頭，海德安閑盤坐身後，點點頭，同時頑皮拉拉我的耳朵。

我顫抖雙手往臉側摸了摸，耳朵變得很長，如熱帶魚鰭。但我不害怕，甚至喜歡這樣的改變。也許手邊有鏡子，我會喜見自己擁有與曾祖母同樣靈動的眼神。我輕拍行獸，牠便鼓翅飛起，每掀一次翅膀，諸土諸海彷彿隱隱振動。我們從空中俯瞰石落潮來，地土顫動，及地海不間斷的變貌。現在，太多事等著我解題。

我為何來到這裡？不知道。我是什麼樣的人？不知道。我從未離開矢車菊島，也從未被赦免。以前是，現在是，未來也是。

但，我已永遠自由。

春雨

春雨瀰漫的一天，她帶著老娃娃魚回家。

小小，晶白，巢一樣的家。在白城靠海的市郊遺留了這批建國初期的舊屋，每戶人家都是紅屋瓦，都是冷硬發青的鐵門。但打開這一扇，人就進入了一座稜角分明的幻境。

她關門，仰倒在平日習慣的角落，任鑰匙落地發出叮叮的高音。桌椅床櫃，有牆有地，小房間人們熟悉的生活輪廓依稀可辨，但全被某種微微透光，介乎晶與骨的物質滲融、渾裹。成簇不規則的結晶將每一處方正拉成奔灑的曲線，窗外的日光也淘轉澄靜，映出房裡如蛛巢也如玻璃珠的紋理。住久了，人就在這奇異的感覺結構底緩緩長出另一種眼睛。每次回來，她都恍惚以為自己還像從前那個盯著天花板作夢的孩子。即使現在她也能不太費力地造出老娃娃魚式的異境，她還是喜歡由牠盡情布置。這樣，她就能一次次提取初次踏入那座湖上白屋的戰兢與愉快。只要在某地停留三五天，令老娃娃魚長出一點安生的感覺，牠就會小口小口咬下自己的趾頭，埋入地，開始點滴勤奮地造窩。

老娃娃魚伏在她身邊哭。牠從山上一路啜泣到山下，坐車時差點因此洩露了行跡。牠難得出門，總安安靜靜伏貼在牆的一角，如水缸壁底吃雜碎的魚。即使不必再那樣工作，不再見了人就哼歌，四肢還是終日不自覺地蠕動。那張八字眉老臉似乎沒那麼愁苦了，只是當耳側纖白的觸鬚如睫毛顫動，臉上總還有陰影浮掠不去。她輕拍老娃娃魚的背，從骨節起伏感覺牠的心思。牠懷念，牠憤怒，有時困惑，也傷心。牠哭著哭著就睡了。一隻小手啪地搭上她的手心。有新生月亮的指節，如小嬰兒幼嫩。

水蜘蛛消失的那一天，老娃娃魚哭到吐了。她輕輕揪住娃娃魚的後腦，把頭拉高，要牠看清楚自己的心血究竟是如何消亡的。很久以前當老娃娃魚還很健康也很天真時，牠喜歡直立起身化裝成人，在人臉大陸多水多雨的地帶旅行。牠討厭乾旱與灰塵，也討厭喧囂與寒冷。牠為人們造出照亮大陸鼻尖的燈塔，橫跨大陸之眼裂谷的吊橋，半座白城，以及耳垂上的明珠。人們說，牠是有著嬰兒雙手的建築師。但當牠抽出最長的骨頭，想在老家湖上好好造一座自己的屋子時，人們卻一擁而上踩住牠的尾巴，剝奪了那間大屋。牠從此被自己的結晶困住了。只能貼地爬行，被喚作懶骨頭。伸出舌頭與四肢貪戀地清理，彷彿那些骨頭還在體內擁有光潔的生命。懶骨頭的頭頂很軟滑，像只脆弱有胚胎的蛋。她忍住把手指戳進腦殼的衝動，只閉上眼，伸長手指輕輕安撫著。她想起自己還叫阿尼瑪的時候，她爬上水蜘蛛天台，捧起喜鵲巢一顆顆把蛋砸碎的愉快。那時阿尼姆斯有些不安地制止她。她原以為他們最親密，可是從阿尼姆斯表現不安的那一刻起，她忽然哀傷地曉得，有些路註定得自己走。她不時悄悄默想，該以什麼樣的方式和他告別。

但這一次，他們心思一致。他毀掉水蜘蛛，她帶懶骨頭回家。即使明知會痛苦，她認為懶骨頭還是有必要親眼看一看。看完了，或許牠可以從此毫無掛念地離開。

上山那天也下雨。水蜘蛛崩毀時噴出大量潔白的碎塊，全是那些介乎晶與骨之間不知名卻堅硬的物事。屋裡竟還有不願離開的孩子，他們逃上天台緊抱彼此，就這樣咬著嘴唇與水蜘蛛一起消失了。湖畔波光閃閃，全是娃娃魚隱匿的眼睛。當碎晶如流星雨刮擦樹林與軟土，牠們就嚶嚶笑起來。幾隻特別幼小的，還跳到懶骨頭與她身上。娃娃魚本就是生猛的，枕流漱石，碰上吃得下的獵物，就張開森森的細齒。世間萬物本都是生猛的，只是漸漸都變成同一種和順的樣子。懶骨頭眼睜睜看著，流下一滴滴清澈可是滑潤的眼淚。火口湖畔一如既往有小孩的哭聲，今日哭得特別響，還有火星，可惜全被大雨遮蓋。

很多年後，當她在旅行中失去了一隻手，她才又遇上老娃娃魚。剛好也是場春天的大雨，濕氣將左手的斷面沁得隱隱發痛。她撞見了娃娃魚的遷徙：粉白妖異的隊伍，踩過濕潤的草葉啪嗒啪嗒打著鼓，發出小兒哭泣高亢又懵懂的叫聲。在其他國家牠們被喚作鯢，小魚巫之子，在人臉大陸的口唇與下巴一帶濕熱的南地遊蕩。小眼眨巴，不避不閃。老娃娃魚一見到她便不願離開，還是長不出大骨，安靜而萎靡地拖在隊伍最後頭。她幾乎忘記牠了，但當牠輕挲自己的手，她就想起那皮膚涼潤的感覺。她帶牠回家，就這樣一起生活了三年。她與阿尼姆斯都期盼懶骨頭能重新長出失去的大骨。很多年過去了，牠始終沒有恢復。出門時，她會拿一只有蓋子的長背袋將老娃娃魚收束在裡頭，放點安神野草，讓牠只露出一點憂鬱無知的黑眼睛偷看這世界。她也曾餵一點蚯蚓、小魚、甲蟲，想喚起老娃娃魚遺失的野性，但也沒什麼作用。牠老是癱軟趴伏，在屋角小小口啃自己的指節，使屋子日積月累長成一幢崎嶇的雪洞。可惜，再也沒有那麼長大漂亮、足以創造覆蓋一半湖面大屋的骨頭了。牠還為她織了一只手套，嵌在左腕，像以假亂真長出一隻白手。手套又薄又硬，戴上去冷熱與觸感都隱約隔了一膜。卻又很銳利，劃開許多人與物，翻出一層層皮與肉。

她起身，小心翼翼不驚動懶骨頭，推開窗，任外頭新鮮的水氣湧來。春雨淅瀝，萬物滋長，一群藍紫色的小雀急急飛過，不遠的海口有迴旋的湧浪。即使風和日麗，依然可以聽見大渦澎湃的吼聲。直至今日，人們還是越不過這片暴躁的海。世界當然不只這張實實在在的臉而已，但越過這臉目，世界便長得令人看不慣。她知道，小雀來自大海彼端，是阿尼姆斯的師傅當年周遊世界不小心帶來的生物。現在那位老地圖師已經到高嶺之國大明明養老去了。他大概不知道，這不起眼的小鳥其實從不屬於這裡，正如他大概也不曾想過，水蜘蛛會消失，而他真心喜愛過的孩子全都下定決心離開了。

她不打算撿起鑰匙。等老娃娃魚睡醒，他們就啟程，再也不回來。從結晶縫隙生出了蓬蓬的鼠麴草和藍鳶尾，一如水蜘蛛的肚腹深處。現在，是適合生長與遷徙的季節。

誰會打開這扇不鎖的門呢？他可以住下，就算拆毀也無妨。但若想透過這團閃爍的紋理找尋從前的屋主，只注定徒勞而笨拙。她不知該在哪落腳，但總之，必須是寂靜多雨的地方。在草葉裡，在下一幢老屋裡，她與娃娃魚將背負一個個結晶的幻境靜靜生活下去。

釀奇幻28　PG2069

魚巫遺事：
人臉大陸軼聞集

作　　者　王麗雯
責任編輯　陳慈蓉
圖文排版　周好靜
封面設計　王嵩賀

出版策劃　釀出版
製作發行　秀威資訊科技股份有限公司
114 台北市內湖區瑞光路76巷65號1樓
電話：+886-2-2796-3638　傳真：+886-2-2796-1377
服務信箱：service@showwe.com.tw
http://www.showwe.com.tw
郵政劃撥　19563868　戶名：秀威資訊科技股份有限公司
展售門市　國家書店【松江門市】
104 台北市中山區松江路209號1樓
電話：+886-2-2518-0207　傳真：+886-2-2518-0778
網路訂購　秀威網路書店：https://store.showwe.tw
國家網路書店：https://www.govbooks.com.tw
法律顧問　毛國樑　律師
總 經 銷　聯合發行股份有限公司
231新北市新店區寶橋路235巷6弄6號4F
電話：+886-2-2917-8022　傳真：+886-2-2915-6275

出版日期　2019年7月　BOD一版
定　　價　340元

Printed in Taiwan

國家圖書館出版品預行編目

魚巫遺事：人臉大陸軼聞集 / 王麗雯著. -- 一版. --
臺北市：釀出版, 2019.07
面； 公分. -- (釀奇幻 ; 28)
BOD版
ISBN 978-986-445-330-6(平裝)

863.57 108007462

讀者回函卡

感謝您購買本書，為提升服務品質，請填妥以下資料，將讀者回函卡直接寄回或傳真本公司，收到您的寶貴意見後，我們會收藏記錄及檢討，謝謝！如您需要了解本公司最新出版書目、購書優惠或企劃活動，歡迎您上網查詢或下載相關資料：http:// www.showwe.com.tw

您購買的書名：________________________________

出生日期：________年________月________日

學歷：□高中（含）以下　□大專　□研究所（含）以上

職業：□製造業　□金融業　□資訊業　□軍警　□傳播業　□自由業

　　　□服務業　□公務員　□教職　□學生　□家管　□其它____

購書地點：□網路書店　□實體書店　□書展　□郵購　□贈閱　□其他

您從何得知本書的消息？

□網路書店　□實體書店　□網路搜尋　□電子報　□書訊　□雜誌

□傳播媒體　□親友推薦　□網站推薦　□部落格　□其他________

您對本書的評價：（請填代號　1.非常滿意　2.滿意　3.尚可　4.再改進）

封面設計____　版面編排____　內容____　文／譯筆____　價格____

讀完書後您覺得：

□很有收穫　□有收穫　□收穫不多　□沒收穫

對我們的建議：________________________________

____

____

____

請貼
郵票

11466
台北市內湖區瑞光路 76 巷 65 號 1 樓
秀威資訊科技股份有限公司 收
BOD 數位出版事業部

（請沿線對折寄回，謝謝！）

姓　　名：＿＿＿＿＿＿＿＿　年齡：＿＿＿＿　性別：□女　□男

郵遞區號：□□□□□

地　　址：＿＿＿＿＿＿＿＿＿＿＿＿＿＿＿＿＿＿

聯絡電話：(日) ＿＿＿＿＿＿＿＿　(夜) ＿＿＿＿＿＿＿＿

E-mail：＿＿＿＿＿＿＿＿＿＿＿＿＿＿＿＿＿＿